도시의 전사 2

도시의 전사 2

초판1쇄 인쇄 | 2017년 4월 20일
초판1쇄 발행 | 2017년 4월 28일

지은이 | 이원호
펴낸이 | 박연
펴낸곳 | 한결미디어

등록일자 | 2006년 7월 24일
등록번호 | 제25100-2006-152호
주소 | 서울시 마포구 모래내로 83 한올빌딩 6층
전화번호 | 02 · 704 · 3331
팩스번호 | 02 · 704 · 3360

ISBN 979-11-5916-052-3 979-11-5916-050-9(set)   04810

* 잘못 만들어진 책은 구입처나 본사에서 교환해 드립니다.

도시의 전사 2

HANGYEOL
MEDIA

목 차

6장 새 세상

"다 들어왔어."

최철산이 다가와 말했을 때는 밤 10시 반, 마이클은 난간에 서서 앞쪽 해안을 바라보는 중이다. 이곳은 남중국해의 북서쪽 카마우곶, 이틀 밤낮으로 달린 요트가 지금 베트남의 칸토 앞바다에 떠 있다. 밤이었지만 주변은 어선들이 불야성을 이루고 있다. 가끔 여객선이 지났고 화물선도 다가온다. 공해상이어서 순시선은 보이지 않는다. 최철산이 말을 이었다.

"650만 불이다."

최철산은 지금 얀센한테서 받은 인질대금을 말하고 있다. 얀센은 650만 불을 토해냈는데 최철산이 다 받아먹었다. 최철산이 지금도 운용하는 마약 대금 구좌 12개에 분산 예치시킨 것이다. 이것은 CIA도 추적하지 못하는 구좌라고 했다. 또 얀센이 미치코에게 주려고 가져온 현금 10만 불도 압수했다. 이제 입금 확인까지 끝난 것이다. 머리를 든 최철산이 마이클을 보았다.

"자, 정리하고 떠나자."

머리를 끄덕인 마이클이 몸을 돌리면서 말했다.

"다 살려 두기로 하지."

"뭐?"

놀란 최철산이 힐끗 선실을 보았다. 선실 안에는 선장과 항해사, 얀센, 미치코가 모두 묶여있는 것이다. 본래의 계획은 이곳에서 넷을 다 죽이고 배를 침몰시킨 다음에 근처의 어선으로 옮겨 타고 베트남에 상륙할 작전이었다. 최철산이 이맛살을 찌푸렸다.

"그럼 우리가 베트남에 내린 것이 다 드러나게 돼, 금방 추적당하게 된단 말이다."

"죽이지 않고 다른 방법을 쓰라고."

"너, 마음이 약해진 거냐?"

"민간인 죽이는 게 싫다."

이맛살을 찌푸린 마이클이 말을 이었다

"배에서 셋이나 죽였어."

"네 목숨하고 바꿀 작정이야?"

최철산이 눈을 치켜떴다.

"나도 함께 끌고 가는 거야, 넌."

"약속을 받으면 돼."

"미친놈."

어깨를 부풀린 최철산이 곧 선실을 향해 발을 떼었다.

"내가 처리할 거다."

"이봐, 최철산."

"시끄러, 이 자식아."

최철산이 허리춤에서 권총을 빼내더니 마이클을 겨눴다.

"이 병신, 누굴 죽이려고 저것들을 살려서 보내? 너까지 죽을래?"

"옳지."

마이클이 최철산이 겨눈 총구를 노려보면서 웃었다.

"결국 총구가 나에게로 겨누어졌군."

"닥쳐, 이 자식아."

"방아쇠만 당기면 끝난다. 그럼 넌 살고 돈도 다 네 차지야."

"이 간나새끼."

최철산의 눈빛이 강해졌다.

"이 새끼 진짜 미쳤군, 이 미국종자."

"당겨라."

"이 개새끼."

"당겨라, 당겨."

그때 최철산이 권총을 다시 허리춤에 찔러 넣더니 어깨를 늘어뜨렸다.

"이 미친놈."

"들어가자."

몸을 돌린 마이클이 앞장서 선실로 들어섰고 뒤를 최철산이 따른다. 선실 안에 있던 넷이 일제히 몸을 굳혔는데 이미 미치코는 사색(死色)이 되어있다. 입금을 시킨 후에 둘이 모두를 묶어버렸기 때문이다. 그때 마이클이 넷을 둘러보며 말했다.

"다 죽이고 배를 침몰시키려고 했지만 마음을 바꿨다."

마이클의 시선이 얀센에게로 옮겨졌다.

"네 별장으로 돌아간 후에 우리한테 납치당했다고 할 테냐?"

"아니, 절대로."

얀센이 말이 끝나기도 전에 머리를 저었다.

팔다리가 묶인 채 의자에 앉아 있었으므로 파도에 배가 흔들리면서 몸이 위태롭게 건들거렸다. 마이클이 말을 이었다.

"네가 네 정부하고 같이 있다가 납치되었다고 말해야 될 거야. 내가 사진을 다 찍어 놓을 테니까 말이다."

마이클이 주머니에서 핸드폰을 꺼내 보였다.

"내가 누군지 알아? 한때 유튜브에서 3억 조회를 올린 '몬스터'다. 너희들도 조회 수를 만들어 주지, 우리한테 납치당했다고 하면 말이다."

마이클이 머리를 돌려 최철산을 보았다.

"이것들 옷을 벗기고 같이 엉켜있는 장면을 찍자고."

그때서야 마이클의 계획을 알게 된 최철산이 다가가 둘의 묶은 끈을 풀기 시작했다.

"진즉 그렇게 이야기해줄 것이지."

최철산이 투덜거리자 마이클이 쓴웃음을 지었다.

"이 자식아, 함부로 권총 휘두르지 마. 그러다 큰일 난다. 다른 놈 같았으면 오줌을 질질 쌌을 거다."

메콩 강, 거의 36시간을 메콩 강을 따라 북상한 터라 지금 위치는 캄보디아를 통과하고 라오스로 진입했다. 메콩 강은 동남아 최대의 강으로 라오스를 지나 중국에까지 닿는다.

"사반나케트에서 쉬기로 하지."

보트에서 잠깐 자고 일어난 최철산이 말했다. 보트는 어선을 개조한 10인승 관광선이었는데 새 모터를 장착해서 잘 달렸다. 시속 25노트(40km) 속력으로 7시간 가깝게 쉬지도 않고 달린 것이다. 지금까지 배를

4척 갈아탔고 36시간 가깝게 배 안에서만 지낸 터라 마이클도 사지가 굳은 느낌이다. 인도네시아에서 남중국해를 횡단한 2박 3일간의 항해까지 포함하면 거의 5일간 배에서 지낸 셈이다.

"사반나케트에서 동향을 파악해 봐야겠다."

최철산이 배 안을 둘러보며 말했다. 배에는 60대의 선장과 열대여섯 살짜리 아들이 조수 역할을 했는데 이틀간 전세 비용으로 600불에 계약했다. 검은 피부에 깡마른 체격의 선장이 무표정한 얼굴로 최철산의 시선을 받는다. 이곳은 최철산의 안방이나 같다. 북쪽 트라이앵글 존에서 생산된 마약을 수없이 운반했기 때문이다.

"무슨 동향 말이야?"

마이클이 묻자 최철산이 강변을 둘러보며 대답했다. 오후 6시, 해가 저물어가고 있다.

"내가 대사관 폭발의 범인인 그 여자를 알아, 마이클."

눈만 치켜뜬 마이클을 향해 최철산이 말을 이었다.

"내가 리비아에서 훈련시킨 알 카에다야."

"……"

"내가 그 훈련 필름도 보관하고 있었지. 그래서 얀센에게 가는 도중에 홍콩에다 연락했어. 그 필름을 보관시킨 장소를 알려주었지."

"……"

"아마 지금쯤 그 필름을 찾아서 유용하게 써먹을 거야, 마이클."

"어느새 잘도 연락했군."

마이클이 투덜거렸지만 불평하는 기색은 아니었다. 최철산의 지시에 따라 배는 강변 쪽으로 다가가고 있다. 10차선 도로 1, 2차선을 달리다가 7, 8차선 쪽으로 옮겨가는 꼴이다. 최철산이 말을 이었다.

"수시로 적이 변하는 거야. 이용 가치가 없으면 오늘의 친구가 내일은 적이 된다. 미국은 내 정보를 받고 우리들에 대한 추적을 느슨하게 풀었을지도 모른다. 우리가 맨입에 정보를 주지는 않았을 테니까."

"……"

"사반나케트는 라오스의 꽤 유명한 관광도시야. 관광객들 사이에 끼어서 좀 쉬어야겠다."그리고 사반나케트에서 다리 하나만 건너면 태국인 것이다. 배가 이제 강변으로 다가갔고 사반나케트의 불빛이 반짝였다. 최철산이 뱃전에 등을 붙이고 마이클을 보았다.

"마이클, 마리안이 섹스 파트너 이상이었냐?"

최철산의 시선을 받은 마이클이 쓴웃음을 지었다. 지금까지 최철산과 함께 있는 동안 처음으로 받는 개인적인 질문이었기 때문이다.

"내가 이렇게 겪고 끝내는 여자가 어디 한둘이냐?"

"하긴 재크린이 있었지."

따라 웃은 최철산이 선장에게 인적이 드문 강가에 배를 대라고 지시하고는 다시 마이클에게 말했다.

"재크린도 동남아로 빠졌을 텐데, 어디로 갔을까? 약속하지 않았어?"

"내가 다시 만날 이유가 없지."

"그렇다면 마리안이 폭사한 것에 대해서 별 감동이 없다는 말이군."

"그 지시를 내린 놈은 내가 없앨 거야."

"CIA 고위층이겠지."

"내가 찾아서 죽인다."

"네 말을 듣고 보니 우리가 미국하고 협상을 했다고 해도 너하고 난 표적에서 벗어나기 힘들겠다."

마이클의 시선을 받은 최철산이 눈을 부릅떠 보였다.

"네 감정 상태를 CIA가 모를 리가 없을 것 아니냐?"

"관심 없어."

"넌 아무래도 평생 이런 곳에서 살아야 될 것 같다. 고기나 잡고, 마약이나 팔면서."

"……."

"배나 한 척 사서 마약 운반 일을 하는 게 어떠냐? 한 번 일 끝낼 때마다 몇만 불 받게 될 텐데, 내가 일감은 계속 줄 테니까."

"……."

"라오스나 캄보디아 여자들은 착해. 남편이 죽으라면 죽는 시늉을 하고, 살림 차리는 데 한 달에 1백 불이면 충분해."

최철산의 두 눈이 어둠 속에서 번들거렸다.

"어때? 메콩 강을 따라 1, 2백 킬로 간격으로 여자들을 하나씩 살림 차려 주는 거야, 한 20명쯤 현지처를 만들어놓고 그곳을 마약 보관소로 사용하는 것이지……."

그때 마이클이 옆에 있던 고기 담는 바구니를 최철산에게 던지는 바람에 말을 그쳤다. 배가 강변에 닿아가고 있다.

카이엔이 세 번째 주문한 커피를 한 모금 삼키고는 주위를 둘러보았다. 카페 안에는 두 쌍의 중국인 관광객이 있을 뿐이다. 밖은 소란하다. 오후 7시가 되어가고 있어서 저녁을 먹으려는 관광객들이 근처 식당으로 몰려들고 있다. 이곳 카페는 저녁 식사 시간이 끝나고 나서야 손님이 몰릴 것이다. 카이엔이 다시 손목시계를 보았을 때 카페 안으로 손님 하나가 들어섰다. 흰 반팔 셔츠에 검정색 바지, 발에는 고무샌들을 신은 현지인이다. 그렇다. 라오스인 캄룽, 탈레반에 가담한 지 10년이 넘은 전문가로 주로 주요 인사의 도피처 제공과 자금 전달, 연락을 맡았는데 동남아 지역에 몇 명 남지 않은 핵심 요원이다.

"카이엔, 그들이 인도네시아를 탈출해서 동남아로 잠입한 것은 확실합니다."앞쪽 자리에 앉은 캄룽이 검은 얼굴을 찌푸리며 웃었다.

"동남아가 범죄자의 은신처가 된 지 오래되었거든요."

"그렇다면 내가 한 발 빠른 셈이군."

카이엔의 얼굴에도 웃음이 떠올랐다.

"그들이 내가 이곳에 와 있는 줄은 예상하지 못하겠지요."

"당연하지요."

캄룽의 얼굴에서 웃음기가 지워졌다.

"아직도 얀센은 함구하고 있지만 항해사가 털어놓았습니다. 요트가 멈춘 곳은 베트남 칸토에서 50킬로 떨어진 해상입니다. 그들은 그곳까지 어선을 탔는데 어느 어선인지는 아직 찾지 못했어요."

카이엔이 시선만 주었다. 얀센의 보트가 항해에서 돌아 왔을 때는 아무 일도 일어나지 않았다. 얀센이 입을 열지 않았던 것이다. 그러나 다음 날 배의 항해사가 경찰에 신고를 했고 다시 CIA의 추적이 시작되었다. 지금 베트남과 캄보디아 등 메콩 강 하류는 고기 반, CIA 정보원 반이라는 소문이 떠돌고 있다. 캄룽이 말을 이었다.

"카이엔, 강가에 정보원을 풀어놓기는 했지만 그들을 찾기는 쉽지 않습니다. 더욱이 최 중좌는 이곳에 기반을 굳히고 있는 인간입니다. 당신 혼자서는 힘들 겁니다."

"캄룽, 내가 둘을 잡는다는 게 아니에요, 둘을 찾는다는 것이지."

카이엔이 목소리를 낮추고 말했다.

"최 중좌는 리비아에서 나를 교육시킨 교관이었어요. 철저하고 노련한 교관이었지. 나에게 사격과 폭약 제조, 은신법과 미행법까지 가르쳐준 사부였어요."

카이엔의 얼굴에 희미하게 웃음이 떠올랐다.

"헤어진 지 10년 가깝게 돼요. 그때 최 중좌는 대위였어요. 난 스물한 살짜리 혼혈 시리아 난민이었고……."

"카이엔과 최 중좌가 그런 인연이 있는 줄은 몰랐습니다."

"세상은 좁아요."

"특수한 사람들한테는 좁은 세상이지요."

캄룽이 다시 웃었다.

"우리 같은 테러나 마약 조직 말입니다. 최 중좌는 양쪽 다 상관이 있으니까 부딪칠 확률이 많은 것이지요."

"이곳 사반나케트는 최 중좌가 여러 번 언급했던 곳이에요. 마약 운반의 중간 루트로 은신에 유리하고 휴식하기에 적당한 곳이라고 했지요."

눈을 가늘게 뜬 카이엔이 말을 이었다.

"휴식 시간에 최 대위는 저녁때의 강변 이야기를 해주곤 했어요. 어부들 이야기, 강가에서 헤엄치는 아이들 이야기."

"누구한테 말입니까?"

"나한테."

카이엔이 엄지를 구부려 제 얼굴을 가리키고는 말을 이었다.

"내가 혼혈인 데다 혼자 떨어져 있었기 때문인지 가끔 날 불러서 캔 통조림을 주고 이야기를 해주었죠. 내가 고향인 북한 이야기를 해달라고 하면 할 게 없다고 했어요."

"그래서 이곳 사반나케트에서 최 중좌를 기다리는 겁니까?"

"이곳이 은신하기 좋다고 했기 때문이지요. 누구도 나에게 이곳으로 가라고 하지 않았어요."

"카이엔, 그럼 오늘은 이만."

엉거주춤 자리에서 일어선 캄룽이 카이엔을 보았다.

"수시로 연락드리지요, 카이엔."

"절대로 외부에 연락하지 마세요."

"알고 있습니다."

쓴웃음을 지은 캄룽이 말을 이었다.

"제가 이렇게 오래 살아있는 이유도 외부 통신을 절제하고 있기 때문입니다."

캄룽이 카페를 나갔을 때 카이엔이 주의 깊게 안을 둘러보았다. 캄룽은 탈레반과 연계가 있는 마약 조직원이다. 최철산의 북한계 마약 조직과는 경쟁 관계여서 요즘도 자주 상대방 마약선을 습격하거나 조직원을 죽이는 일이 일어나고 있다. 그래서 상대방의 행동에 민감한 것이다. 캄룽도 카이엔이 자카르타 미국 대사관을 폭파하고 이곳으로 도망쳐 온 것을 알고 있었으므로 극도로 조심하고 있다. CIA가 이 좁은 사반나케트를 쑥대밭으로 만들 수 있는 것이다. 카이엔이 자리에서 일어섰다. 숙소로 돌아가려는 것이다.

"이곳이 새 세상이야."

강가의 목조 2층 건물에서는 메콩 강 줄기가 좌우 끝 쪽까지 모두 보였다. 20킬로쯤의 시야가 확보된 셈이다. 2층 베란다에 앉은 최철산이 웃음 띤 얼굴로 마이클을 보았다.

16

"여기서 너도 장래 계획을 세워보도록 해, 앞으로 어떻게 살 것인지 말이다."

오후 9시다. 이쪽은 불을 켜놓지 않았지만 강변은 선명하게 보였다. 강 위로 떠다니는 배들도 구분되었다. 강과의 거리는 1백 미터도 되지 않았기 때문이다. 집 안은 조용하다. 아래층에 살고 있는 모가 부부는 마약 운반책이다. 최철산과 알고 지낸 지 7년째라고 했는데 휘하에 30여 명의 조직원을 거느리고 있다. 운반원과 경호원, 정보원으로 구분된 조직으로 이 조직도 최철산이 만들어 주었다고 했다.

"내가 은행에 가서 내 몫을 찾을 작정이다."

최철산이 말했으므로 마이클이 머리를 들었다. 마이클의 시선을 받은 최철산이 말을 이었다.

"네 몫은 그대로 둘게."

"……."

"난 내 몫을 조국에 보내야 돼."

주머니에서 담배를 꺼내 든 최철산이 어둠 속에서 이를 드러내고 웃었다.

"내 조국에 기부를 해야지."

"……."

"내 몫이 325만 불이야, 그중 3백만 불은 조국에 보내고 10만 불은 내 가족에게 보낼 거다."

"……."

"난 이렇게 기부를 할 때마다 내 자신이 자랑스럽다. 나를 이렇게 만들어준 조국에 감사하는 마음이 일어나고……."

"육갑 떨고 있네."

"뭐?"놀란 최철산이 눈을 부릅떴다가 어깨를 늘어뜨리면서 물었다.

"너, 그 말은 어디서 배웠어?""내 어머니가 한국 TV를 보다가 병신 같은 말을 하는 연놈들한테 했던 말이야."

"내가 병신이라고?""육갑 떨고 있네."

"왜 병신이냐?"어둠 속에서 최철산의 눈이 번들거렸다. 마이클이 흔들의자에 등을 붙이면서 말했다.

"강도질을 한 돈을 나라에 보내?"최철산을 향해 마이클이 얼굴을 일그러뜨리며 비웃음을 날렸다.

"한국말에 강도국이란 말이 있냐?""……."

"강도 나라, 그런 말 말이다."

"……."

"세상에 강도질한 돈을 국가에 보내는 놈이 어디 있어? 하긴……."

생각이 났다는 표정으로 마이클이 머리를 끄덕였다.

"마약을 팔아먹는 국가니까 그럴 법도 하네, 아니 참, 위조 달러도 만든다고 했지?"

"네가 다른 놈 같았으면 벌써 쏴 죽였을 텐데."어깨를 늘어뜨린 최철산이 입맛을 다셨다.

"세상 물정을 모르는 미제 꼭두각시로 자라난 놈이라 내가 살려준 거다."

"어디 가서 여자나 구해와."

불쑥 말한 마이클이 턱으로 뒤쪽 시내를 가리켰다.

"음식 솜씨 좋은 여자로 말이다. 아래층 여자가 만든 음식은 도저히 못 먹겠다."

정색한 마이클이 머리까지 저었다.

"내가 아랍 여자가 만든 염소골 요리도 먹어 보았지만 최악이야."

"그래야겠군."

"너, 돈 없으니까 임금은 내가 내지."

"내가 조금 후에 시내 나갔다가 올 테니까 넌 이곳에 있어."

"무슨 일이야?" "모가하고 같이 나갈 일이 있어. 다녀와서 이야기할게."

"혹시 나 죽이고 돈 다 갖는다는 음모를 꾸미려는 거 아냐?"

"정보원 겸 시중드는 여자를 둘 데려오는 것이 어떠냐?"

"여자 말이냐?"

화제가 바뀌었는데도 마이클이 금방 끌려들었다.

"아, 좋지."

"이 자식은 그 난리를 겪으면서도 여자가 끊이지가 않는군."

"그게 민주주의 국가에서 성장한 인간하고 강도국 출신하고 다른 점이야."

"이 쓰레기 같은 놈이."

"여자를 데려와서 여기에서 담당을 고르기로 하자."

"무슨 말이야?" "네가 예쁜 여자를 먼저 골라놓고 데려올 것 아니냐? 그럼 안 된다는 말이지."

"이 쓰레기……."

입맛을 다신 최철산이 몸을 돌리면서 마이클에게 물었다.

"뭐, 필요한 거 있냐?"

그러자 마이클이 바로 대답했다.

"콘돔."

방으로 들어선 브레드 웨인의 얼굴에 쓴웃음이 번졌다. 테이블에 앉아있는 두 동양인, 바로 남북한의 정보부서 실무자인 것이다.

"어서 오십시오."

자리에서 둘이 일어났지만 먼저 인사를 한 것은 한국 측 홍콩영사 이수철이다. 이수철과는 3년쯤 전에 서울에서 만난 적이 있었으므로 구면이다. 브레드가 이수철이 내민 손을 잡았다.

"반갑습니다."

"이쪽이 북한 영사관의 고 영사입니다."

이수철이 소개하자 브레드가 고성준과도 악수를 했다. 오늘 만남은 이수철의 요청에 의한 것이다. 이번 자카르타 미국 대사관 폭발에 결정적인 정보가 있다는 연락에 안 올 수가 없었던 것이다. 북한 측이 제공할 것이라고 했지만 지금 똥오줌 가릴 상황이 아니다. 악수를 나눈 셋은 소파에 마주보고 앉았다. 브레드가 이수철과 고성준을 마주보고 앉은 위치다. 오후 2시 반, 이곳은 홍콩 구룡반도 서북단의 이스턴호텔 1201호, 스위트룸이어서 유리벽 밖의 경관이 좋았지만 시선을 줄 경황이 없다. 먼저 입을 뗀 사람은 브레드다.

"자, 정보를 들읍시다."

브레드의 시선이 고성준에게 옮겨졌다. 물론 영어로 한다.

"북한 측에서 갖고 있다면서요?"

고성준이 눈만 껌벅였으므로 브레드가 헛기침을 했다. 서두르는 분위기를 연출하고 있다.

"자, 말씀해보시지요, 미스터 고."

그때 고성준이 머리를 돌려 이수철을 보았다.

"이 새끼가 미쳤나?"

물론 한국말이다. 고성준이 이 사이로 이수철에게 말했다.

"이 형, 이 미친놈한테 내 조건부터 합의하자고 말해 주시오."

머리를 끄덕인 이수철이 브레드를 보았다.

"브레드 씨."

이수철이 불렀을 때 브레드가 말했다.

"이 형, 저 미친놈한테 그럼 조건을 말해보라고 하시오."

그 순간 이수철이 숨을 들이켰고 고성준의 얼굴은 누렇게 굳어졌다. 브레드가 유창한 한국말을 했기 때문이다. 브레드의 시선을 받은 고성준의 얼굴이 이제는 상기되었다.

"이보쇼, 내가 미친놈이오?"

브레드가 묻자 고성준이 헛기침을 했다.

"미안합니다."

"내가 한국말을 몰랐다면 계속 미친놈이라고 했을 것 아뇨?"

"미안합니다."

"나는 시발놈, 좆같은 놈도 다 할 줄 압니다."

그때 참지 못한 이수철이 풀썩 웃었고 고성준은 따라 웃으려다가 말았다. 그때 브레드가 정색하고 고성준을 보았다. 이제는 한국말을 한다.

"정보는 확실합니까?"

"녹화 필름이 있습니다."

어깨를 편 고성준도 정색하고 대답했다.

"그 여자의 이력과 훈련 장면까지 다 나옵니다."

"허."

놀란 브레드가 상반신을 굽혔다.

"하나만 물읍시다, 그년 정체가 뭐요?"

"테러단이죠."

바로 대답한 고성준이 브레드와는 반대로 소파에 등을 붙였다.

"그것까지밖에 말씀 못 드립니다."

"그럼 조건을 말해보시오."

"둘을 놔두시지요."

"둘이라니?"

"우리 북조선 요원과 남측의, 아니…….''

고성준이 머리를 돌려 이수철을 보았다. 그때 이수철이 말했다.

"마이클까지 놔두시라는 말씀입니다."

"왓?"

당황한 브레드가 영어로 되물었다.

"마이클이라니요?"

"집행관 마이클 로한, 전(前) 이름은 제임스 진이라는 미 육군 특수정찰대 소속 상사 말입니다."

이수철이 이번에는 영어로 또박또박 말하는 동안 브레드의 얼굴이 굳어졌다.

"이유는?"

브레드가 묻자 대답을 고성준이 했다.

"그냥 하나 끼워 넣은 것이지, 우리만 요구하기에는 좀 손해인 것 같으니까."

"그리고"

이수철이 말을 이었다.

"이제 마이클 로한은 당신들한테 용도 폐기가 된 인물 아닙니까?"

"그건 우리가 판단할 문제인데, 이 영사."

"당신들이 데리고 있기는 거북할 텐데, 당신들은 그 친구 어머니까지 무고하게 잡아넣었다가 살해당하게 했지 않소?"

"당신이 미국에 대해서 이래라저래라 할 입장이오?"

브레드가 버럭 소리쳤을 때 이수철도 눈을 부릅떴다.

"보자 보자 하니까, 우리 남북한 전쟁 붙이려고 양쪽을 번갈아 암살한 것은 누구인데? 정말 그냥 해보자는 거요?"

이수철이 소리쳤고 고성준이 말을 받았다.

"가만두면 마이클 그자는 CIA를 1백 명은 더 잡아 죽일 거야, 하지만 한국 측에 넘기면 안심이 되지 않을까? 한국은 미국 식민지니까 말이야."

이수철이 어깨를 부풀렸고 브레드는 한숨을 쉬었다.

"어이구."

방으로 들어선 두 여자를 본 마이클이 신음부터 뱉었다. 밤 10시 반, 최철산이 여자 둘을 앞세우고 돌아온 것이다. 여자들은 양손에 가득 물건이 든 대나무 바구니를 들고 있었는데 모두 음식 재료다. 마이클의 표정을 본 최철산이 싱글벙글 웃었다.

"아직 임자는 정하지 않았으니까 네가 먼저 골라라."

"으음."

마이클이 다시 신음했다. 여자들은 큰 키에 몸매도 날씬했다. 햇볕에 탄 피부는 윤기가 흘렀고 젖가슴과 엉덩이의 볼륨도 풍만하다. 둘 다 20대 중반쯤으로 가장 혈기가 오르는 나이이다. 그러나 둘의 얼굴은 전형적인 동남아 원주민이다. 넓은 콧등, 두툼하고 튀어나온 입술, 이마는 좁고 긴 머리는 꼬아서 위로 묶었다. 마이클의 시선을 받은 둘이 수줍게 웃었는데 자신들의 용도를 아는 것 같다. 심호흡을 한 마이클이 입을 열었다.

"훌륭해, 아름답다."

"그럴 줄 알았어."

여자들한테서 대나무 광주리를 받은 최철산이 음식 재료를 꺼내면서 웃었다. 둘은 지금 한국어로 이야기한다.

"재빠른 애들이야. 이곳 마약 운반책으로 메콩 강을 수십 번 오르내린 전문가들이지, 눈치도 빠르고 뱃심도 좋아. 내가 단련시킨 애들이다."

"단련시키면서 손은 대었겠지?"

"그럼 내 권위가 안 서지."

"지금부터는 댈 거냐?"

"할 수 없지, 부부 행세를 할 테니까."

"나까지 말인가?"

"임마, 나는 부부인데 넌 종을 데리고 있을 거냐?"

돼지고기 뭉치를 내놓던 최철산이 버럭 소리치자 여자들이 둘을 번갈아 보았다.

"메콩 강 하류에 쫙 깔렸던 CIA가 지금 주춤한다고 들었다."

최철산이 다시 말을 이었다.

"아마 내가 카이엔에 대한 정보를 넘겨준 대가를 받은 거겠지."

"……."

"정보를 주는 조건으로 너까지 끼워 넣었다고 했다니까."

외면한 채 음식 재료를 꺼내 선반 위에 놓으면서 최철산이 말을 이었다.

"남북한 양측 실무자가 CIA 놈들을 만났다고 했어."

그때 마이클이 말했다.

"서로 부딪치지 않는 것이 낫지, 만나면 가만있지 않을 테니까."

"그래, 일부러 사냥하듯 잡으러 다닐 필요는 없어."

최철산이 가라앉은 표정으로 마이클을 보았다.

"너도 어머니를 억울하게 잃었지만 놈들을 수도 없이 죽였지 않아? 이곳에서 좀 쉬어야 돼."

"이곳에서?"

쓴웃음을 지은 마이클의 시선이 여자들에게로 옮겨졌다. 그때 최철산이 여자들에게 영어로 말했다.

"루마, 카나, 너희들 둘 중 누가 저놈 파트너를 할 거냐? 너희들이 먼저 골라."

그러자 여자들이 서로 얼굴을 마주보며 웃었다. 웃는 소리가 맑고 표정이 밝았으므로 마이클의 얼굴에도 웃음이 떠올랐다. 그래서 최철산에게 한국말을 했다.

"내가 이곳에서 데릴사위가 되는 거냐?"

그때 카나라고 불린 여자가 손을 들고 말했다. 웃음 띤 얼굴로 마이클을 본다.

"내가 가질게요."

"저년이."

마이클의 한국말이다. 그때 최철산이 머리를 끄덕였다.

"카나, 마이클이 여자를 몰라. 네가 가르쳐줘야 돼."

"정말요?"

카나의 볕에 탄 얼굴이 금방 붉어졌고 옆에 선 루마가 깔깔 웃었다. 마이클이 정색하고 카나를 보았다.

"난 여자하고 한 번도 잔 적이 없어."

"그럴 수가, 그게 문제가 있어요?"

정색한 카나가 묻자 최철산이 주저앉았다. 웃겨서 배가 당긴 것이다. 최철산의 얼굴을 못 본 카나가 여전히 정색했고 마이클이 머리를 저었다.

"아니, 난 기회가 없었을 뿐이야."

"아이구 카나, 넌 좋겠다."

그때 얼굴을 일그러뜨린 최철산이 말하고는 루마에게 돼지고기를 건네주었다.

"늦었지만 돼지고기 요리를 해. 넷이 파티를 해야겠다."

최철산이 여전히 마이클에게 시선을 주고 있는 카나에게도 말했다.

"카나, 너도 도와라. 오늘밤에 저놈한테 성에 대해서 알려줘."

"카이엔, 최 중좌가 이곳에 있습니다."

가쁜 숨을 고른 캄룽이 카이엔을 보았다.

"정보원한테서 들었어요."

카이엔은 시선만 주었고 캄룽이 말을 이었다.

"북한계 마약 조직이 떠들썩하다는군요."

"언제 왔는데요?"

"며칠 된 것 같습니다. 지금 강가에 숨어 있다는데 우리 정보원이 그쪽 정보원을 통해 들었다고 합니다."

"소문이 퍼졌나요?"

"보안을 유지하고는 있습니다. CIA가 몰려오면 우리도 피해를 입으니까요."

"이곳에 오다니."

쓴웃음을 지은 카이엔이 캄룽을 보았다.

"캄룽, 최 중좌는 내가 이곳에 있는지 모르겠지요?"

"알 리가 없죠."

"정보원끼리 정보를 교환한다면 서로 알려줄 수도 있는 것 아닌가요?"

캄룽의 시선을 받은 카이엔이 말을 이었다.

"CIA는 아직 나에 대한 정보가 없어요, 캄룽."

"상류로 가시지요. 루암프라방 근처까지 북상하면 따라오지 못할 겁니다."

루암프라방은 버엔티안을 거쳐 한참이나 더 북상해야 한다. 거리로 계산하면 강을 따라 1천 킬로도 더 올라가야 하는 것이다. 한동안 캄룽을 주시하던 카이엔이 머리를 끄덕였다.

"준비해주세요, 캄룽."

"시간이 이틀 정도 걸립니다. 준비할 것이 많아서요."

"알겠어요."

카이엔이 머리를 끄덕이자 캄룽은 소리 없이 방을 나갔다. 이곳도 강변의 통나무 오두막으로 카이엔은 혼자 거처하고 있다. 밤 11시 반이다. 자리에서 일어선 카이엔이 뚫린 창밖으로 밖을 보았다. 이층 통나무집은 독채로 강가 숲속에 세워진 데다 지상에서 3미터쯤의 높이에 떠 있다. 기둥 4개로 받친 이층집인 것이다. 2층에 오르려면 사다리를 올라와야 한다. 이윽고 카이엔이 핸드폰을 꺼내 쥐었다. 라오스에서 구입한 대포폰이다. 그러나 이곳에 온 후에 한 번도 사용하지 않았다. 버튼을 누른 카이엔이 심호흡을 했다. 신호음이 두 번 울렸을 때 곧 응답 소리가 들렸다.

"그래."

가르통이다. 카이엔이 딱 한마디 했다.

"여기 있어요."

그러고는 핸드폰 전원을 껐다. 핸드폰을 버리거나 지운다면 더 의심 받을 것이므로 놔두었다. 가르통은 CIA가 깔린 이곳에 오지는 않겠지만 대역을 보낼 것이었다. 카이엔이 다시 심호흡을 했다. 탈레반은 IS까지 동원하며 마이클 로한을 쫓고 있는 것이다. 알 카에다 잔당까지 이용했고 파리에서 자카르타까지 쫓아 왔다. 핫산의 사촌동생 카림을 죽이는 장면은 카이엔도 보았다. 처음에는 개인적인 원한으로 시작된 '몬스터' 추격전이 이제는 탈레반과 알 카에다, IS 테러 조직의 자존심이 걸린 대작전으로 변질되었다. 상대는 이제 하나가 아니라 둘, 카이엔은 지금도 최철산이 몬스터의 동업자가 된 이유를 이해하지 못한다. 같은 민족이어서? 천만에, 남북한은 원수 간이다. 그럼 왜? 머리를 저은 카이엔이 창가로 다가가 섰다. 짙은 어둠 속 이곳에서는 숲 냄새와 바다 냄새가 같이 맡아졌다. 낮에는 바닷바람이 불어 물 냄새, 밤에는 숲 냄새다. 그때 탁자 위에 놓인 핸드폰이 낮은 벨 소리를 냈다. 수신용 핸드폰, 조금 전 핸드폰과는 다른 번호다. 핸드폰을 귀에 붙인 카이엔이 대답했다.

"예."

"내일 저녁에."

그러고는 통화가 끊겼으므로 카이엔이 몸을 굳혔다. 빠르다. 캄룽에게 배를 준비시켰지만 이틀 후나 가능하다고 했다. 그런데 내일 저녁이라니, 핸드폰을 탁자 위에 던진 카이엔이 서랍에서 베레타를 꺼내었다. 손에 익은 터라 앞쪽을 응시한 채 베레타를 분해하기 시작했다. 침대에 비스듬히 앉은 채 재빠르게 손을 놀렸는데 총은 보지도 않았다.

"손가락에 힘을 주지 마라."

최철산의 목소리가 귀에서 울렸다.

"방아쇠를 당길 때는 두 번에 걸쳐서 부드럽게 하나, 둘."

이제 베레타로는 20미터 거리에서 95% 명중률을 내는 카이엔이다.

"카이엔, 넌 여전사(女戰士)가 될 거다."

헤어질 때 최철산이 한 말이다. 그 최철산까지 잡으려고 암살자가 온다. 가르통은 최철산과 자신과의 사연을 모르는 것이다.

"자, 그럼 우리는 간다."

최철산이 루마의 어깨를 안고 방을 나가면서 카나에게 당부했다.

"카나, 잘 부탁한다. 그놈 오늘 처음이야."

루마가 소리 내어 웃었지만 카나는 수줍은 듯 대답하지 않았다. 밤 12시 반, 루마와 카나가 만든 돼지고기 볶음과 쌀국수는 맛이 있었다. 마이클은 오랜만에 포식했고 음식에 곁들여 술을 마셨다. 루마와 카나가 밝은 성격인 데다 영어도 잘 통했기 때문에 마이클도 활력을 되찾았다. 통나무 방안이 갑자기 조용해진 느낌이 든다. 마이클이 뒷모습을 보인 채 서서 그릇을 씻고 있는 카나에게 물었다.

"카나, 넌 섹스 잘해?

카나가 주춤 몸을 굽혔다가 다시 그릇을 씻으면서 대답했다.

"나 결혼했어요."

"그렇군."

마이클이 카나의 풍만한 엉덩이를 응시한 채 웃었다.

"네 남편은 어딨어? 허락받고 온 거냐?"

"당연히 허락받았죠."

카나는 여전히 등을 보인 채 대답했다.

"여기서 며칠 있어도 돼?"

"문제없어요."

"네 남편이 칼을 들고 달려오지 않을까? 그럼 내가 쏴 죽여야 하는데."

"그럴 리 없죠."

마이클이 일어나 카나의 뒤로 다가가 섰다. 원피스를 들치자 흰색 팬티가 드러났다. 풍만한 엉덩이다. 카나가 몸을 비틀었지만 저항하지는 않았다.

"착한 남편인 모양이군."

마이클이 카나의 팬티를 끌어 내리면서 말했다. 카나가 다시 몸을 비틀었지만 곧 다리를 들어 팬티가 벗겨지는 것을 돕는다. 카나의 숨결이 가빠졌고 어느덧 그릇 씻는 것도 멈췄다. 마이클이 카나의 팬티를 벗기고는 곧 바지와 팬티를 끌어 내렸다. 어느덧 남성이 무섭게 발기해 있었으므로 카나의 상반신을 눌러 엉덩이를 들리게 한 다음 다리를 조금 벌렸다. 그러고는 카나의 골짜기에 남성을 붙이고는 곧장 진입했다.

"아악."

카나의 신음이 통나무 방을 울렸다. 터진 창으로 카나의 신음이 어둠 속을 향해 퍼지는 느낌이 든다. 그 순간 마이클도 어금니를 물었다. 강한 쾌감 때문이다. 카나의 동굴은 옅게 물기만 배어있을 뿐이어서 자극이 컸던 것이다.

"아아아, 아파."

고통과 쾌감이 함께 밀려온 카나의 신음이 이어졌다. 마이클은 카나의 엉덩이를 움켜쥔 채 천천히 남성을 빼내었다. 그러자 카나는 상반신을 비틀었다. 쾌감이 전해져왔기 때문이다. 이윽고 마이클이 다시 힘있게 진입하자 또 신음이 터졌다. 이제 카나는 뒤쪽에서 전해지는 쾌감만 기다리고 있다. 통나무 방안은 곧 신음과 가쁜 숨소리로 가득 찼다. 개수대를 두 손으로 움켜쥔 카나가 이제는 엉덩이를 흔들면서 마이클의 몸을 받는다. 어느덧 카나의 동굴에서는 애액이 넘쳐흘렀고 금방 절정으로 솟아오르기 시작했다. 그때 마이클이 동작을 멈추고는 카나의 허리를 잡고 말했다.

"카나, 누워라."

카나가 재빠르게 몸을 돌리더니 방바닥에 그대로 눕는다. 아직도 원피스를 입은 차림이어서 누우면서 원피스를 벗어 던졌다. 브래지어도 서둘러 풀었으므로 카나는 금방 알몸이 되었다. 카나가 가쁜 숨을 뱉으며 말했다.

"죽겠어요, 빨리 해 줘요."

카나가 알몸으로 누웠다. 마이클도 옷을 모두 벗어 던지고 카나의 몸 위로 올랐다. 가쁜 숨을 뱉으며 카나가 마이클의 남성을 잡더니 제 동굴에 붙였다.

"천천히, 여보."

카나가 번들거리는 눈으로 마이클을 보았다.

"나 이렇게 좋은 적 없어요, 여보."

그 순간 마이클이 몸을 합쳤으므로 카나가 비명을 질렀다. 이제는 쾌락의 비명이다.

"아이구, 여보."

다시 방안에 신음이 이어졌다. 이제는 절정으로 급하게 솟아오르기 시작한다. 카나의 흑갈색 피부는 땀으로 번들거렸고 뱀장어 같은 사지가 빈틈없이 엉켰다가 풀어지면서 거칠게 꿈틀거렸다. 이윽고 카나가 폭발했다. 동굴이 갑자기 좁혀지더니 온몸이 굳어지는 것이다.

"여보, 여보."

카나가 악을 쓰듯이 마이클을 부르더니 사지가 굳어졌다. 마이클에게 엉켜 붙은 채 굳어진 것이다. 마이클이 카나의 땀에 젖은 입술에 키스했다. 카나는 온몸을 떨면서 알 수 없는 말을 주문처럼 중얼거리고 있다. 숨소리가 너무 거칠어서 쇳소리가 난다. 마이클은 대포를 쏘지는 않았지만 만족했다. 앞으로 더 기회가 있다.

다음 날 아침, 마이클은 음식 냄새에 잠에서 깨어났다. 돼지고기와 양념 냄새가 났다. 양념에 버무린 돼지고기를 굽는 것이다. 눈을 감은 채 마이클은 국수의 육수 냄새를 맡는다. 구수하고 매운 국물이 끓고 있다. 그 다음이 양파 냄새. 그렇지, 양파가 있어야 된다. 도마를 칼로 치는 소리가 났다. 뭣을 자르는가? 음식은 거의 되어가는 중이다. 참지 못한 마이클이 눈을 떴다. 주방을 보았더니 이쪽에 등을 돌린 카나가 분주하게 움직이고 있다. 오늘 카나는 무릎 밑까지 닿는 헐렁한 치마에 소매 없는 셔츠를 입었다. 미끈한 상체가 다 드러났고 맨발이다. 그때 카나가 몸을 돌려 마이클을 보더니 깜짝 놀랐다.

"깼어요?"

"응."

마이클이 탁자 위에 놓인 시계를 보았다. 오전 6시 반이다. 창밖은 아직 어스름했고 바닷바람이 밀려 들어왔다.

"왜 이렇게 일찍 일어난 거냐?"

"난 6시면 일어나요. 조용히 음식 만들려고 했는데……."

"이리와."

마이클이 두 손을 벌려 안기라는 시늉을 했다. 마이클은 여전히 알몸이었고 어느덧 남성이 발기한 상태다. 마이클의 몸을 본 카나가 눈을 흘겼다. 얼굴이 상기되어 있다.

"안 돼요. 루마가 아침 먹으러 오기로 했어요."

"언제?"

"연락하면."

"그럼 끝나고 연락해."

그러자 눈을 흘긴 카나가 가스 불을 끄더니 주춤거리며 다가왔다. 창밖은 흐리다. 이른 아침에 금방 비가 쏟아질 것처럼 비린 물 냄새가 바람결에 맡아졌다.

"벗어, 카나."

마이클이 말하자 카나는 허리의 끈을 풀었다. 그 순간 치마가 바닥에 흘러 떨어졌고 하반신의 알몸이 드러났다. 다시 발을 떼면서 카나가 셔츠를 올려 벗었다. 풍만한 젖가슴이 출렁거린다. 마이클은 입안에 고인 침을 삼켰다. 카나가 침대 위로 오르더니 곧 마이클의 품에 안기면서 말했다.

"거짓말쟁이."

"왜?"

"당신은 선수였어, 전문가야."

카나가 두 팔로 마이클의 목을 감아 안으면서 가쁜 숨을 뱉었다.

"나 어젯밤에 죽는 줄 알았어."

"오늘 아침에도 죽여주지."

마이클이 카나 위에 오르면서 말했다. 곧 방안에서 거친 폭풍이 휘몰아쳤다. 독채 통나무집이어서 카나의 외침은 거침이 없고 움직임도 크다. 마이클은 마치 한 마리 야생 표범을 안는 것 같은 느낌을 받는다. 앙칼지지만 순종적이고 힘이 넘치지만 부드럽다. 이윽고 카나가 다시 터졌다. 이번에는 절정의 직전까지 네 번이나 치솟았다가 체위를 다섯 번째 바꾸고 나서 터진 것이다. 길고 거친 신음을 뱉으며 카나가 늘어졌을 때 밖은 장대비가 쏟아지는 중이었다. 통나무집 터진 창으로 빗물이 쏟아져 둘의 알몸을 시원하게 적셔주었다. 어느덧 한 시간이나 지난 오전 7시 반이었지만 밖은 더 어둡다. 늘어졌던 카나가 겨우 몸을 일으키더니 갑자기 마이클의 입술에 키스했다. 마이클이 눈을 크게 뜨자 카나가 수줍게 웃었다.

"사랑해요, 마이클."

성에 만족감을 느낀 답례일 것이다. 마이클이 자리에서 일어나 알몸으로 밖에 나왔다. 그러고는 장대 같은 비로 샤워를 하고 나서 안으로 들어서자 카나가 수건을 건네주며 웃었다.

"좋죠?"

"응, 좋다."

"오늘밤에는 바닷가로 가요. 수영을 하고 섹스를 해요."

"좋아, 바다에서 섹스를 하지."

"그래요, 마이클."

"그런데 네 남편이 집에서 기다리지 않아?"

"죽었어요, 마이클."

카나가 흰 이를 드러내며 웃었다.

"그것도 눈치채지 못했어요?"

"그럼 네 배 위에서 죽은 거냐?"

"무슨 말이에요?"

"네 섹스가 좋아서 그래, 섹스 하다가 죽은 거야?"

"미쳤어요?"

눈을 흘긴 카나가 다시 주방으로 몸을 돌렸다.

"마약 운반하다가 총에 맞았어요. 시체는 강으로 떨어져서 찾지도 못 했죠."

"그렇군."

"하지만 걘 내 배 위에서 10초도 안 걸렸어요. 서너 번 흔들다가 끝 났거든요."

"이제야 잡았군."

모간이 웃음 띤 얼굴로 말했다. 오전 9시 반, 나무에 등을 기대고 앉은 모간이 옆쪽에 엎드린 사이론을 보았다.

"준비는?"

"쿠스린이 옆쪽에 도착했습니다."

무전기를 귀에 붙인 채 사이론이 말을 이었다.

"준비 완료."

"잠깐 기다려."

몸을 돌린 모간이 나무둥치 사이로 앞쪽을 보았다. 통나무집이 보인다. 2채, 거리는 2백 미터 정도. 통나무집 안에는 자카르타 미국 대사관을 폭파한 범인이 머물고 있다. 어젯밤에 태국의 치앙주 공군기지에서 날아온 C-140 수송기에서 점프한 특수팀 요원 20명이 지금 통나무집을 포위하고 있는 것이다. 열 영상 망원경을 눈에 붙이자 곧 붉은색 열 덩어리가 드러났다. 뒤채에 6개, 앞채에 7개다. 예상보다 많아서 모간은 긴장하고 있다.

"무기가 많아."

모간은 신중한 성격이다. CIA 특수팀은 각 군(軍)의 특수부대 경력자를 모아 다시 강도 높은 훈련을 통해 최강팀으로 만들었는데 모간은 해군 UDT 대위 출신이다. 모간이 사이론에게 말했다.

"모두 중화기로 무장하고 있어. 로켓포로 박살내야겠다."

"대장, 그럼 목표를 식별하기 힘들어질 텐데요."

목표는 카이엔, 작전 출동 전에 모두 모니터를 통해 얼굴을 확인하고 온 참이다. 보좌관 사이론은 육군 특수부대 상사 출신이다. 잠깐 사이론의 시선을 받았던 모간이 머리를 끄덕였다.

"좋아, 중화기만 쓴다. 출동."

손에 쥔 슈타이어 AUG는 총신 길이가 50센티지만 강력한 기관총이다. 40발들이 탄창을 장착했고 가볍다. 모두 슈타이어를 쥐었고 권총과 수류탄으로 중무장한 병력 20명의 습격이다. 모간이 앞장섰고 그 옆을 사이론이, 숲에 엎드려 있던 8명이 횡대로 벌려선 채 통나무집을 향해 전진했다. 사이론의 연락을 받은 2조, 쿠스린의 10명도 일제히 바닷가 쪽 통나무집을 향해 공격해갈 것이다. 거리가 가까워지면서 모간이 옆을 따르는 사이론에게 말했다.

"밖에 나와 있는 놈이 보이지 않아."

"그렇군요."

사이론이 건성으로 대답했다. 총기가 흔해 빠진 지역인 것이다. 이곳은 라오스의 사반나케트 북쪽 바닷가, 마약 밀매단이 득실거리는 지역이다. 거리가 50여 미터로 가까워졌을 때 모간이 거친 숨을 뱉으며 말했다.

"좋아, 여기서 전열을 정비한다."

나무에 기대선 모간이 사이론에게 말했다.

"쿠스린도 멈추라고 해."

사이론이 무전기를 귀에 붙였을 때다.

"탓탓탓탓탓!"

날카로운 발사음이 울렸으므로 모간은 반사적으로 풀숲에 몸을 굴렸다.

"탓탓탓탓탓!"

발사음이 사방에서 울리고 있다.

"이런."

이를 악문 모간이 상반신을 일으킨 순간이다. 앞쪽 사이론이 두 손을 휘저으며 쓰러지는 것이 보였다. 맞았다.

"응전하라!"

모간이 악을 쓰며 소리쳤지만 이미 사방은 총성으로 가득 차서 목소리가 금방 지워졌다. 엎드린 모간이 총성이 울리는 쪽을 겨누었지만 상대가 보이지 않는다.

"라이언!"

팀원 중 고참을 불렀지만 대답이 없다.

"료크!" 그때 옆쪽에서 대답 소리가 울렸다.

"팀장! 다 당했어요!"

료크다. 총성이 더 요란해졌고 이어서 수류탄 폭발음도 울렸다.

"꽈꽝!"

"이런, 젠장."

벌떡 일어선 모간이 옆쪽으로 몸을 굴렸다. 그러고는 다시 소리쳤다.

"후퇴다! 물러나라!"

매복해있던 적에게 당한 것이다. 작전 실패다. 총성이 더욱 요란해졌지만 이쪽에서의 발사음이 줄어들었다. 몸을 일으킨 모간이 뒤쪽으로 달렸다. 나무등치를 방패삼아 다섯 걸음을 뛰었을 때다. 어깨에 총격을 받은 모간이 땅바닥으로 뒹굴었다. 총에 맞은 것이다.

"갓 뎀."

욕설을 뱉은 모간이 벌떡 일어섰다가 이제는 가슴에 충격을 받고 뒤로 넘어졌다. 그 순간 모간이 몸을 비틀며 다시 상반신을 일으켰다. 그러나 다리의 힘이 풀려서 일어나지는 못 했다.

"카이엔이 이곳에 있어."

최철산이 다급하게 말하고는 힐끗 카나를 보았다.

"다른 곳으로 옮기자. 이곳도 노출되었을 가능성이 많아."

가방을 집어 든 마이클이 옷가지를 쑤셔 넣으면서 물었다.

"어떻게 된 거냐?"

오전 10시 반, 맑았던 날씨가 갑자기 흐려지더니 스콜이 쏟아지고 있다. 그야말로 장대비다. 그래서 저녁 무렵처럼 주위는 어두워졌고 빗소리에 이어서 천둥소리가 울리고 있다. 최철산이 다가와 소리치듯 말했다.

"내가 보낸 카이엔의 자료로 금방 이곳까지 추적한 거야. CIA 놈들한테는 시간 따위는 문제가 아냐. 놈들은 카이엔의 목소리도 입수했고 그 흔적을 이 근처에서 발견한 것 같다."

"그럼 CIA가 이곳에 따라왔단 말이냐?"

움직임을 멈춘 마이클이 묻자 최철산이 대신 옷을 담아주며 서둘렀다.

"우리가 이곳에 있는 줄은 아직 모르겠지. CIA 놈들이 말이다."

"젠장."

"CIA 놈들을 떨구려고 카이엔 자료를 넘겼더니 그년이 이곳에 있을 줄이야."

"너 하는 일이 그렇지."

허리를 편 마이클이 최철산을 보았다.

"옮길 아지트는 있는 거냐?"

"북쪽 밀림으로 들어가자."

최철산이 힐끗 카나를 보았다.

"난 루마를 데려간다, 넌?"

둘은 지금까지 한국어로 말하고 있었던 것이다. 카나가 불안한 표정으로 아까부터 서 있었으므로 마이클이 한 걸음 다가갔다.

"카나, 우린 은신처를 옮긴다. 따라갈 테냐?"

"물론이죠."

카나의 얼굴이 환하게 펴졌으므로 최철산이 혀를 찼다.

"이 자식은 여자 몸에 자석을 붙인 모양이군."

마이클이 머리를 끄덕이며 카나에게 말했다.

"서둘러. 짐 꾸려서 5분 내에 밖으로 나와."

그러고는 마이클이 먼저 빗발이 쏟아지는 통나무집 밖으로 뛰어나왔다. 집 그늘에 붙어 서 있던 루마는 흠뻑 비에 젖었다. 그때 옆으로 다가선 최철산이 주위를 둘러보며 말했다.

"CIA 특공대가 거의 몰살됐어. 1개 팀이 공수된 모양인데 이곳에서 5킬로 남쪽의 바닷가에서 습격을 받아 10여 명이 죽었다는 거다."

"이곳이 곧 전장이 되겠군."

"카이엔이 테러단의 보호를 받고 있었어. CIA가 함정에 빠진 거야."

"그럼 그 카이엔인가 그년은?"

"도망쳤겠지."

"어디로?"

"내가 아나?"

"이 근처에 있다가 유탄에 맞겠다."

그때 통나무집 안에서 카나가 나왔는데 등에 가득 짐을 짊어지고 있다.

"이런 젠장, 이사 가나?"

한국말로 투덜거린 마이클이 최철산에게 말했다.

"앞장서."

비는 여전히 장대처럼 쏟아졌고 땅바닥도 물이 고여 발목까지 차오르는 중이다. 넷은 일렬종대로 서서 숲속으로 뛰어들었다. 최철산, 루마, 카나, 마이클의 순서다. 카나의 몸은 금방 흠뻑 젖었고 원피스는 물에 젖어 엉덩이의 곡선이 다 드러났다. 마이클이 카나의 뒤에 바짝 붙더니 손바닥으로 엉덩이를 움켜쥐었다. 놀란 카나가 머리를 돌렸다가 곧 마이클과 시선이 마주치자 눈을 흘겼다. 숲 안은 장대비가 쏟아지고 있었지만 나뭇잎이 울창해서 빗방울은 적게 맞는다. 그러나 이곳저곳에 물길이 생겼고 습기가 솟아올라 숨이 막혔다. 마이클이 카나에게 소리쳐 물었다.

"카나, 집에 돌아가지 않아도 괜찮은 거냐?"

"집에 어머니하고 동생 둘뿐이에요."

카나가 재빠르게 걸으면서 대답했다.

"내가 마약 운반하면서 한 달이나 길면 두 달 동안 집을 비울 때도 있어요."

"누구 마약을 운반한 거냐?"

그때 앞에서 걷던 최철산이 머리를 돌려 마이클을 보았다.

"우리 마약이다."

한국말이다. 다시 발을 떼면서 최철산이 말을 이었다.

"루마와 카나는 10킬로 마약을 지고 밀림 속을 하루 50킬로씩 주파한 여전사야."

"이건 특공대 수준이군, 총도 쏘나?"

"아마 둘의 짐에 권총이 숨겨져 있을걸."

"이런, 네가 카이엔처럼 가르친 거냐?"

"주람보족은 원래 호전적이야."

그때 루마가 둘의 한국말을 끊었다.

"최, 앞쪽에 사람이 있어요."

비가 나무에 맞는 소리 때문에 주위는 어수선했고 소란했다. 그런데 사람의 인기척을 듣다니. 마이클이 숨을 들이켰다. 사내 넷이 다가오고 있었기 때문이다. 네 명 모두 야전용 군복을 입었는데 놀란 이유는 그들이 원주민이 아니었다. 검은 피부, 그러나 윤곽이 뚜렷한 이목구비. 넷 모두 수염을 깎았지만 검은 머리칼의 장신이다. 중동인(中東人)이다.

바로 테러의 진원지가 된 지역인인 것이다.

"저런."

옆쪽에 엎드린 최철산이 이 사이로 말했다. 그도 놀란 것이다. 루마와 카나는 옆쪽에 나란히 엎드려 있었는데 둘 다 어느새 권총을 빼 들고 있다. 마이클의 시선을 받은 카나의 입가에 희미하게 웃음이 떠올랐다.

"저것들, 아프가니스탄 놈들이야."

최철산이 입술만 달싹이고 말했다.

"내가 거기서 2년을 있었어."

사내 넷은 옆쪽을 비스듬히 지나는 중으로 거리는 80미터 정도. 그쪽은 밀림이 끊긴 골짜기여서 시야가 터진 지역이다. 사내들이 거침없이 이야기를 하면서 지나는 터라 루마가 들은 것이다. 사내들은 배낭을 메었고 손에 제각기 AK-47소총을 쥐었다. 허리에 권총을 찬 데다 가슴에는 수류탄이 매달려 있다.

"저놈들, 아침에 CIA팀을 몰사시켰다는 조직인가? 정찰하는 것도 아니고, 이동 중인 것 같다."

최철산이 속삭이듯 말했다. 이제 사내들은 골짜기를 건너 그들이 숨어있는 밀림의 윗부분으로 들어서고 있다. 밀림과의 거리는 50여 미터, 골짜기는 지금도 쏟아지는 폭우 때문에 물이 불어나 사내들은 바위를 이리저리 옮겨 딛는 중이다. 마이클이 총구를 내리면서 말했다.

"그냥 보내자."

최철산도 그럴 생각이었는지 머리를 끄덕이더니 손바닥으로 비에 젖은 얼굴을 닦았다.

"아지트를 더 먼 곳으로 옮겨야겠어."

최철산이 말한 순간이다.

"꽝!"

골짜기를 울리는 폭음에 넷은 기절초풍을 했다. 최철산도 놀라 무의식중에 풀숲에 얼굴을 박을 정도였다. 그러니 루마와 카나는 두 손으로 머리를 감싸고 웅크렸다. 그만큼 폭음이 가까운 곳에서 터졌고 컸기 때문이다. 그러나 마이클만은 두 눈을 치켜뜨고 폭격을 보았다. 그렇다. 폭격이다. 드론이 미사일을 갈긴 것이다. 바그다드에서 수없이 겪은 장면이다. 최철산은 중동 여러 곳에서 교관 노릇을 했고 이곳 메콩 강 유역에서 마약쟁이들의 군사교육을 시킨 전술의 전문가지만 마이클은 전투원이다. 집행관인 것이다. 날아온 드론이 쏜 미사일은 XK-27탄 155미리 포탄의 10배 위력이 있는 포탄이다.

"꽝!"

다시 한 번 미사일이 폭발했으므로 이번에는 마이클도 몸을 웅크렸다. 첫 번째 미사일에 4명 중 3명이 폭사했다. 3명의 몸이 산산조각이 나면서 허공으로 흩어졌던 것이다. 그러나 뒤쪽의 1명은 파편만 맞았지 죽지 않았다. 그래서 절뚝이며 밀림 속으로 뛰어들고 있었던 것이다. 그러자 드론이 한 바퀴 돌고 나서 놈을 가루로 만들어 버렸다. 그때 마이클이 소리쳤다.

"움직이지 마!"

영어로 소리친 것은 루마와 카나가 들으라는 것이다.

"놈들이 저놈들을 쫓아온 거야!"

마이클이 소리쳤다. 이제 골짜기는 이곳저곳에 작은 불덩이만 이글거렸고 빗발 속에 흔적이 감춰지는 중이다. 조금 전까지 골짜기를 건너던 넷의 흔적은 깨끗이 지워졌다.

"움직이지 마! 드론 위에 위성이 이쪽을 감시하고 있어!"

모두 숨을 죽인 채 움직이지 않는다. 이제 빗소리와 골짜기의 물줄기 소리만 이어지고 있다.

"CIA 놈들의 복수전이군."

이윽고 최철산이 한국어로 말했다.

"오늘 아침 몰살당한 팀의 복수를 하는 거야."

"지금도 위성이 떠 있어, 움직이지 마."

마이클이 이 사이로 말하더니 주위를 둘러보았다.

"드론이 목표를 겨누고 나면 보통 10분 정도 주변 탐색을 한다, 기다려."

"그런가? 10분이란 말이지?"

최철산의 얼굴에 웃음이 떠올랐다.

"내가 좋은 걸 배웠군."

"아직도 드론이 돌고 있는 거야."

"철저하군."

"움직이지 마, 카나."

마이클이 영어로 다시 주의를 주고 나서 말을 이었다.

"목표 상공을 3번 돌고 확인한다. 그동안 위성은 이곳을 계속 비추는 거다."

"지금은 두 번째 도는 셈인가?"

"저 정도 폭탄을 실은 드론이면 회전반경이 커. 두 번째가 아직 시작 안 됐어."

"강을 따라 더 멀리 가야겠다."

이 사이로 말한 최철산이 루마에게 물었다.

"루마, 오늘 하루 종일 걸어야겠다."

"얼마나요?"

루마가 묻자 최철산이 풀숲에 얼굴을 묻은 채 대답했다.

"60킬로 정도."

그때 마이클은 허벅지를 누르는 카나의 손을 보았다. 카나가 비에 젖은 얼굴을 펴고 웃는다.

"이쪽으로."

앞장선 캄룽이 바위 옆으로 꺾어졌을 때 뒤를 따르던 카이엔이 숨을 들이켰다. 동굴이다. 나뭇가지에 가려져 있었지만 높이 2미터, 폭 3미터 정도의 동굴이 있는 것이다. 캄룽을 따라 동굴 안으로 들어선 카이엔을 안에 있던 사내들이 맞았다. 가스등을 두 개나 켜놓은 동굴 안은 환했다.

"여어, 카이엔."

검은 피부의 사내가 손을 들어 카이엔을 맞았다. 안쪽 상석에 앉은 사내다. 30대 후반쯤으로 검은 머리, 후줄근한 작업복 차림에 정글화를 신었고 허리에는 베레타92F 권총을 찼다. 알 카에다 소속이었다가 지금은 독립 테러단으로 분리된 하샤지파의 행동대장 하슬란, 남예멘 국적으로 하샤지파의 2인자다. 하샤지의 사촌동생이었지만 전투 능력은 하샤지를 능가한다고 소문이 났다.

"하슬란, 승전을 축하합니다."

카이엔이 예의바르게 인사했지만 둘러앉은 전사(戰士)들이 낄낄대고 웃었다. 하슬란의 얼굴에도 웃음이 떠올랐다.

"너도 미끼 노릇을 잘했어, 카이엔."

오후 5시 반, 이곳은 사반나케트 북동쪽 30킬로 지점의 밀림 안, 지금은 폐허가 된 카이엔의 은신처에서 40킬로나 떨어진 곳이다. 아침에 급습해온 CIA 특수팀을 전멸시킨 후에 하슬란은 이곳으로 도피한 것이다. 각각 다른 방향으로 피신했다가 카이엔은 캄룽의 안내를 받고 늦게 합류한 셈이다. 앞쪽에 앉은 카이엔에게 하슬란이 말을 이었다.

"하지만 오전에 4명이 강을 따라 아지트로 돌아가다가 드론 공격을 받고 당했다."

"드론입니까?"

"그래, 우리도 위성으로 확인했어, 미사일 2발에 당했어."

동굴 안은 떠들썩한 소음으로 가득 차 있다. 길이가 50여 미터에 안은 폭이 20여 미터나 되는 곳도 있어서 30명이 넘는 대원이 모두 들어와 있는 것이다. 종이컵에 담긴 커피를 한 모금 마신 하슬란이 카이엔을 보았다.

"카이엔, 갑자기 CIA 특수팀이 사반나케트로 날아온 이유가 밝혀졌다."

주위의 소음이 컸으므로 하슬란의 목소리가 높아졌다.

"네 자료가 모두 유출되었기 때문이야."

카이엔은 시선만 주었고 하슬란의 말이 이어졌다.

"네 신상자료, 사진과 지문, 목소리까지 모두 CIA가 확보하고 있어."

"……."

"그 이유를 아나?"

"모릅니다, 하슬란."

"네가 10년 전에 리비아에서 테러 교육을 받았지, 기억나나?"

그 순간 카이엔이 숨을 들이켰다가 곧 얼굴이 굳어졌다. 그것을 본

하슬란이 쓴웃음을 지었다.

"방금 가르통의 연락을 받았어."

"⋯⋯."

"최철산이 네 자료를 CIA에 넘긴 거야, CIA가 네 음성 파일까지 확보하고 있어."

"⋯⋯."

"그래서 네가 이곳에서 연락한 목소리가 놈들의 안테나에 잡힌 것이지."

카이엔이 어깨를 늘어뜨렸다. 딱 두 마디를 뱉었던 것이다. 예, 그리고 여기 있어요, 그랬던가? 하슬란에게 부하 하나가 다가와 뭔가를 보고했으므로 카이엔은 자리에서 일어섰다. 10년 전, 북한군 교관 최철산은 훈령생들에게 신(神)이나 마찬가지인 존재였다. 중동 각지에서 모인 훈련생들은 엄격한 통제하에 12주간의 교육을 받았던 것이다. 그때 훈련생들의 신상은 물론 성격, 특징, 목소리까지 모두 기록되는 것은 당연했다. 그것을 최철산이 확보하고 있었던 것이다. 동굴 구석으로 다가가 선 카이엔이 팔짱을 끼고는 벽에 등을 붙였다. 서늘한 습기가 등을 타고 전신으로 번지는 느낌이 들었다. 이제야 CIA 특수팀이 이곳으로 밀려든 이유가 밝혀진 것이다. 최철산이다. 몬스터와 함께 있는 최철산이 자료를 넘긴 이유는 무엇이겠는가? 제 목숨과 자료를 바꾼 것이다. 그때 어느새 옆으로 다가온 하슬란이 웃음 띤 얼굴로 말했다.

"자, 이제 우리들의 본래 목표를 제거하기로 하지, 카이엔."

정신을 차린 카이엔의 얼굴에도 웃음이 떠올랐다.

"그러지요, 하슬란."

"아마 최철산과 몬스터도 오늘 아침의 전쟁을 다 알고 있을 거야."

"그럼요, 이곳은 최철산의 마약 수송 요지거든요. 운반, 경비, 정보요원이 수백 명이라고 했습니다."

"이제 그놈들과의 전쟁이야. 그런데……."

하슬란이 웃음 띤 얼굴로 카이엔을 보았다.

"어때? 카이엔 넌 유일한 여자다. 아무래도 내 옆에 있어야 되지 않겠나?"

"무슨 말씀이신지……."

"가르통한테도 양해를 구했어, 카이엔."

"뭘 말입니까?"

"널 내 여자로 하는 것 말이다."

"……."

"이것이 우리들의 전통이야, 알고 있지?"

숨을 들이켠 카이엔의 얼굴에 웃음이 떠올랐다.

"압니다, 하슬란."

잠깐 잠이 들었던 마이클이 인기척에 눈을 떴다. 최철산이 동굴 안으로 들어서고 있다. 밖에서는 비바람이 뿌리는 중이었는데 바람이 세다. 동굴 안쪽에는 카나와 루마가 배낭을 메고 잠들어 있다. 오후 3시 반, 목적지까지는 아직 20킬로 정도가 남아있었지만 바람이 세서 쉬고 있던 참이다. 다가온 최철산이 옆에 앉으면서 말했다.

"널 찾는다."

"뭐야?"

마이클이 눈썹을 모으고 최철산을 보았다. 밖에 나간 최철산이 연락을 하고 온 것이다. 최철산의 배낭에는 반경 30킬로까지 닿을 수 있는

R-127 전투부대용 무전기가 있다.

"누가?"

"CIA."

짧게 대답한 최철산의 얼굴에 쓴웃음이 번졌다.

"어제의 원수가 오늘은 동지가 되는 거야. CIA가 너를 필요로 하는 거야."

"개자식들."

"지금 우리는 CIA와 휴전 중이야. 놈들 목표는 카이엔이다."

그것은 맞다. 미국대사관 폭파범 카이엔을 쫓다가 CIA 특공대가 몰사했다지 않은가? 최철산이 배낭에서 무전기를 꺼내 내밀었다.

"주파수 144를 맞춰서 통신해, 널 기다리고 있다고 했어."

"그놈들이 드론을 돌리고 있어. 내가 무전기를 켜면 바로 가루를 만들 수도 있어."

"CIA 집행관 출신이라 그놈들을 잘 아는군."

"쓸데없이 연락을 한 네 잘못이지."

"내가 연락을 받지 못했다면 우리도 탈레반, 알 카에다 잔당한테 당했다고."

이야기를 하는 동안에 카나와 루마가 잠에서 깨어났다.

"자, 빨리 나가."

최철산이 재촉했으므로 마이클이 무전기를 들고 동굴을 나왔다. 밀림 안이지만 비바람이 거칠었다. 나무가 흔들렸고 나뭇잎이 회초리처럼 몸을 때렸다. 바위틈으로 몸을 숨긴 마이클이 주파수를 144에 맞추고 전원을 켜자 곧 잡음이 이어지더니 목소리가 들렸다.

"여기는 본부, 말하라."

"너희들 대장을 바꿔."

마이클이 바로 말하자 잠깐 침묵했던 사내가 다시 물었다.

"넌 누군가?"

"네 할아버지다."

"신분을 밝혀라."

"개자식아, 채널144를 알고 있는 분이시다."

그러자 잠깐 대답이 끊기더니 5초쯤 후에 다른 목소리가 들렸다.

"마이클?"

"넌 누구냐?"

"난 작전관 크리스요, 만나서 반갑습니다."

"날 보자고 한 이유는 뭐야?"

"당신이 놈들하고 가까운 곳에 있는 것 같아서요."

마이클이 무의식중에 머리를 들어 하늘을 보았다. 바람에 나무가 흔들리고 있다. 그러나 드론이 저 위쪽에서 미사일을 한 방 쏘면 나무고 바위고 다 가루가 된다. 나뭇가지가 부딪치는 소음이 컸으므로 마이클이 소리쳤다.

"날 지금 보고 있나?"

"위치는 대충 압니다."

"드론이 이쪽으로 오겠군, 그렇지?"

"우린 당신과 최 중좌를 건드리지 않겠다고 약속했습니다."

"그 약속을 내가 믿을 것 같나? 최 중좌 같은 멍청한 놈이나 믿지."

"그쪽에서 35도 방향으로 6킬로 지점에 테러단이 있습니다, 마이클."

"……"

"우리 지원대가 비바람 때문에 발이 묶여 있어요. 태풍 때문에 드론도 날아가지 못합니다.”

“······.”

“놈들이 다시 이동하기 전에 잡아야 합니다, 마이클.”

“닥쳐, 개자식아. 내 이름을 친구처럼 부르지 말란 말이야!”

“미안합니다, 마이클.”

“정확한 위치를 대.”

“예, 당신의 왼쪽 바위에서 좌측으로 35도 지점입니다.”

마이클이 심호흡을 했다. 놈들은 위성으로 자신을 내려다보고 있는 것이다. 채널 144를 켠 순간부터 위성이 이쪽을 겨냥했다. 크리스가 말을 이었다.

“동굴 안에 있는데 30명 가깝게 됩니다. 거리는 그곳에서 6.2km. 자, 지름길을 알려 드리지요, 마이클.”

“이름 부르지 마!”

“예, 마이클.”

마이클이 숨을 들이켰다. 이놈도 보통 관록이 아닌 것 같다는 느낌이 든 것이다. 크리스란 사내가 이제는 지름길을 말해주기 시작했다.

“이곳에서 조용히 시간을 보내려고 했더니 다 틀렸군.”

나뭇등걸을 넘으면서 마이클이 투덜거렸다. 비바람이 그치지 않아서 온몸이 물걸레가 된 것처럼 느껴졌다. 앞장선 마이클이 말을 이었다.

“나도 한심한 놈이지. 그냥 무시했으면 좋을 텐데 결국 이렇게 나서다니.”

“그 자식 노인네처럼 잔소리가 많네.”

뒤를 따르면서 최철산이 말했다.

"그놈들 처치해주고 카나하고 둘이 이곳에 남으면 되지 않아?"

마이클은 대답하지 않았다. 둘이 가진 무기는 각각 권총 한 자루씩과 실탄 탄창 2개씩, 그리고 최철산이 AK-47을 쥐었다. 30발들이 탄창이 2개, 그리고 수류탄이 각각 1발씩이다. 카나와 루마는 동굴에 남겨두고 왔으니 홀가분하기는 하다. 그러나 완전무장한 테러단 30명을 둘이 처리한다는 것은 무리다. 그들은 20명 가까운 CIA 특공대를 전멸시킨 전문가들이다. 그래서 앞쪽 골짜기에서 최철산이 마약 운반 조직을 만나기로 했다. 모가가 전투원 넷과 무기를 가져오기로 했던 것이다. 그래도 7 대 30이다. 숲속의 진창에 다리가 빠졌으므로 겨우 벗어난 마이클이 투덜거리며 최철산에게 말했다.

"골짜기가 가까워졌다, 연락해봐."

마약 조직원을 찾으라는 것이다. 멈춰 선 최철산이 무전기를 꺼내 통신을 시작했고 마이클은 나무둥치에 등을 붙이고 앉았다. 오후 4시가 되어가고 있었지만 밀림 안은 이미 어두워졌다. 비바람이 그치지 않았기 때문에 행군에 최악의 날씨다. 한 시간 반을 걸었으니 4킬로 가깝게 전진한 것 같다. 남은 거리는 대략 2킬로 정도, 그때는 이미 짙게 어둠에 덮여 있을 것이다. 그때 최철산이 무전기를 귀에 붙인 채 다가왔다.

"이 근처에 있다는데."

몸을 일으킨 마이클이 최철산과 함께 골짜기 쪽으로 20미터쯤 더 전진했을 때 앞쪽에서 인기척이 났다.

"모가."

최철산이 부르자 숲을 헤치며 모가가 나타났다. 뒤를 네 사내가 따르고 있다. 모두 등에 배낭을 메었고 AK-47을 쥐었는데 모가는 2정을 메었다. 맨 뒤쪽 사내는 구형 바주카포를 메었는데 포탄 3발이 허리에 매달려 있다. 반갑게 다가간 마이클과 최철산이 우선 무기를 점검했다. 마이클은 AK-47을 받아들고 실탄과 약실을 확인했다.

"수류탄 10발을 가져왔습니다."

모가가 최철산에게 수류탄을 나눠주며 말했다.

"밀림 안에서는 수류탄이 위력적이죠. 나무에 튕겨나지만 않으면 말입니다."

이제 7명은 골짜기 안쪽 밀림에 둘러앉아 있다.

"기습을 해야 돼."

최철산이 주람보족 전사들을 둘러보며 한마디씩 또박또박 말했다.

"동굴 안에만 있다면 우리가 승산이 있어. 동굴 안에 수류탄을 던져놓고 짐승 사냥하는 것처럼 잡으면 되니까."

그러나 그럴 가능성은 많지 않다. 동굴 주변 감시가 철저할 것이기 때문이다. 그때 마이클이 말했다.

"내가 한 사람을 데리고 척후를 나가겠다. 그러니까 나머지는 뒤를 따라와."

"그러지."

선선히 머리를 끄덕인 최철산이 전사(戰士)들을 둘러보았다.

"이번 작전이 끝나면 1인당 5백 불씩 주겠다."

그때 마이클이 말을 이었다.

"살거나 죽거나 마찬가지야. 내가 5백 불을 더 내서 1인당 1천 불이다."

"선금으로 주면 좋을 텐데."

사내 하나가 불쑥 말했을 때 최철산이 당황했다.

"난 돈 가방을 루마한테 맡겼는데."

최철산이 한국어로 말했을 때 마이클이 주머니에서 지갑을 꺼내 모가한테 던졌다.

"모가, 선금으로 5백 불씩 나눠줘. 나머지 반은 끝나고 준다."

"예, 보스."

지갑을 받아든 모가가 익숙한 솜씨로 지폐를 세더니 사내들에게 나눠주고 저도 챙겼다. 마이클이 지갑을 받아 주머니에 넣고는 사내들을 보았다.

"누가 나하고 가겠나?"

"내가 가지요."

사내 하나가 대뜸 나섰으므로 마이클이 최철산을 보았다.

"30미터 간격을 두고 따라와, 중좌. 밀림이라 더 떨어지면 안 된다."

그러고는 마이클이 앞장섰다.

위성이 최악의 기상 상황 안에서도 필사적으로 움직인 결과다. 위성 사진을 받은 사반나케트의 CIA지부 통신원이 최철산에게 연락했다.

"당신들 위치에서 6백 미터 서북쪽."

최철산이 귀에 무전기를 붙이고는 숨을 죽였다.

"동굴 밖에 셋이 나와 있다, 감시역이야."

셋이 나와 있는 것이다. 최철산이 손짓으로 뒤에 따르던 사내에게 앞장서 가는 마이클을 불러오라고 시켰다. 그때 통신원의 말이 이어졌다.

"셋의 위치는 동굴 전면 50미터 앞에 1명, 좌우 20미터 거리에 1명씩

이야."

통신원의 연락이 끊겼을 때 마이클이 다가왔다.

"뭐야?"

"위성사진이 나왔어."

최철산이 웃음 띤 얼굴로 마이클을 보았다.

"내가 이런 작전은 처음이다."

"뭐냐? 말해."

마이클이 가쁜 숨을 몰아쉬면서 서두르듯 말했다.

"그러니까 너 같은 놈들하고는 전쟁이 안 된다는 거야. 이것이 현대판 전쟁이다, 북한 놈아."

"동굴이 서북쪽 6백 미터다. 동굴 전면에 1명, 좌우에 1명씩 셋이 나와 있어."

최철산이 설명하자 마이클은 하늘을 보았다. 이미 어둡다. 비바람은 여전히 강했으니 최악의 기상 조건이다.

"좋아, 셋이 나와 있으면 나머지는 모두 동굴 안에 들어가 있다는 말이군."

마이클이 얼굴의 빗물을 손바닥으로 씻으면서 이를 드러내고 웃었다.

"최악의 기상 조건이 놈들을 방심시켰다."

"먼저 보초를 처리해야 돼."

"소음기는?"

"두 개 있습니다."

모가가 배낭에서 AK-47용 소음기를 꺼내 마이클에게 내밀었다. 마이클이 소음기를 AK-47에 끼우면서 말했다.

"보초는 내가 처리할 테니까 넌 동굴을 맡아. 처치하자마자 습격하란 말이야."

최철산이 머리를 끄덕이자 마이클이 몸을 돌려 어둠 속으로 사라졌다.

안에서 서둘러 나온 카이엔이 입구에 서 있는 사내에게 말했다.

"나, 일 좀 보고 올게요."

"아, 그러셔."

쓴웃음을 지은 사내가 힐끗 밖을 보는 시늉을 했다.

"비바람이 세니까 빨리 끝내고 오시는 게 나을 거야."

"내 걱정은 마시고."

눈을 치켜뜬 카이엔을 보자 주위의 사내들이 큭큭 웃었다. 동굴 안에는 화장실이 없는 것이다. 동굴 밖으로 나온 카이엔은 주위가 어두워져 있는 것을 보았다. 비바람이 세서 마치 폭풍이 몰아치는 것 같다. 몸을 웅크린 카이엔이 동굴 안쪽의 바위 사이를 지날 때 비바람 속에서 외침 소리가 울렸다.

"누구야?"

"일 때문에 나왔어요!"

나뭇가지가 흔들리는 소리가 컸기 때문에 카이엔도 소리쳐 대답했다.

"젠장, 여긴 아프가니스탄보다 더 견디기 힘들군."

어둠 속에서 외치는 소리가 들리더니 곧 우의를 입은 사내 모습이 드러났다. 어둠 속에서 두 눈이 번들거리고 있다. 아프가니스탄 출신의 하샤지파 테러단이다.

"저기 뒤쪽 개울가로 가서 던져."

사내가 앞쪽을 가리키며 소리쳤다.

"거기가 우리 공용 화장실이야!"

카이엔이 잠자코 사내가 가리킨 쪽으로 몸을 돌렸다. 사내에게서 세 발짝을 떼자 이미 모습이 보이지 않았다. 금방 비바람에 온몸이 흠뻑 젖었지만 카이엔은 조심스럽게 바위를 돌아 골짜기로 내려갔다. 골짜기는 50미터쯤 거리였지만 꽤 멀게 느껴졌다. 사내가 가리킨 개울을 지나자 카이엔의 걸음이 빨라졌다. 지금 도망치고 있는 것이다. 카이엔이 커다란 나무둥치를 지난 순간이다. 갑자기 뒷머리에 강한 충격을 받은 카이엔이 눈을 부릅떴지만 늦었다. 앞으로 넘어지면서 카이엔은 낮은 목소리를 들었다.

"보물 찾았다!"

마이클이다. 앞장서서 동굴로 접근했던 마이클이 남녀의 외침을 듣고 접근했다가 다가오는 카이엔을 잡은 것이다. 기절한 카이엔을 내려다본 마이클이 옆에 선 사내에게 말했다.

"묶어놔, 숨만 쉬게 입도 막고."

사내가 서둘러 카이엔의 몸을 묶자 마이클은 먼저 전진했다. 비바람 속으로 카이엔이 내려온 쪽으로 다가간 것이다. 바위를 돌아 20미터쯤 올라갔을 때 마이클의 눈에 꿈틀거리는 물체가 보였다. 우의를 뒤집어 쓰고 쪼그려 앉아있는 보초다. 이곳은 좌측 보초가 될 것이다. 몸을 숙인 마이클이 10미터 거리로 다가갔지만 비바람 속에 온갖 소음이 일어나고 있었으므로 사내는 눈치채지 못했다. 멈춰선 마이클이 소음기를 낀 AK-47을 겨누었다.

"퍽!"

발사음은 비바람의 소음에 섞여 마이클의 귀에도 희미하게 울렸다.

첫 발에 사내가 옆으로 쓰러졌지만 마이클이 그 몸통에 다시 한 발을 발사했다.

"퍽!"

마이클이 서둘러 전진하면서 뒤에 선 주람보족 사내에게 말했다.

"최 중좌에게 알려."

사내가 어둠 속으로 사라졌고 마이클이 앞으로 더 전진했다. 이제 정면의 보초를 없애야 한다. 20미터쯤 다가갔지만 보초는 보이지 않고 왼쪽에서 소음이 울렸다. 동굴이다. 동굴이 더 가깝게 있는 것이다. 마이클이 잠깐 망설이고 있을 때 뒤쪽에서 인기척이 났다.

"어떻게 된 거냐?"

다가온 사내는 최철산이다. 마이클이 말없이 왼쪽을 가리켰다. 25미터 거리에 동굴이 있다. 여기서는 입구가 보이지 않지만 바위벽 앞쪽으로 소음이 울려 나온다. 동굴에 시선을 준 최철산의 두 눈이 번들거렸다.

"동굴을 치자."

최철산이 숨을 고르며 말했다.

"보초는 나중에."

"좋아."

머리를 끄덕인 마이클이 최철산을 보았다.

"수류탄을 던지고 입구를 막아."

"그럼 생매장이 되는 것이지."

최철산이 몸을 돌려 뒤쪽에 서 있는 모가와 부하들을 보았다.

"모가, 서둘러라!"

비바람에 나뭇가지가 휘날렸다. 잠시 후에 준비를 갖춘 최철산과 부하 넷이 동굴을 향해 전진했고 마이클은 아래쪽으로 빠졌다. 동굴 입구와 오른쪽의 보초를 경계하려는 것이다. 간발을 다투는 것처럼 7명은 무섭게 긴장하고 있는 데다 폭풍이 휘몰려오고 있다. 동굴 안의 테러단들은 악조건에 마음을 놓고 안에 틀어박혀 있는 것이다. 마이클이 동굴 정면의 아래쪽으로 30미터쯤 내려갔을 때다.

"꽈꽝! 꽝! 꽝!"

연속해서 수류탄 세 발이 터지는 폭음이 밀림을 울렸다.

"타타타타타타타."

이어서 AK-47의 둔탁하고 짧은 발사음이 요란하게 울렸는데 마이클에게는 4정이 한꺼번에 발사되는 것이 구분된다. 넷이 쏘아대는 것이다.

"꽝! 꽝! 꽝!"

다시 수류탄 세 발이 폭발했는데 그 정도면 콘크리트 벙커도 무너질 위력이다. 비바람의 소음을 뚫고 굉음이 울렸다.

"우르르르릉 꾸꿍!"

동굴이 무너지는 소음이다. 그때 마이클은 갑자기 나타난 사내를 보았다. 밀림 속인 데다 어두워서 사내가 3미터 앞에 불쑥 모습을 드러낸 것이다. 정면에서 감시하던 보초다. 마이클과 사내가 거의 동시에 서로를 보았고 동시에 총을 쏘았다.

"퍽퍽퍽!"

"타타타타타타."

그 순간 사내가 두 손을 휘저으며 쓰러졌다. 마이클이 쏜 3발은 정확히 사내에게 맞았고 사내가 쏜 총탄은 빗맞았기 때문이다. 마이클 옆쪽 나무둥치 뒤로 몸을 굴리면서 쏘았다. 마이클이 훨씬 노련한 전사였던 것이다.

"타타타탕! 타타타타!"

그때 위쪽에서 총성이 울렸다. 총격전이다. 마이클이 서둘러 동굴 쪽으로 달려갔을 때 계속해서 울리던 총성이 뚝 그쳤다. 교전이 끝난 것이다. 마이클이 소리치며 다가갔을 때 최철산이 어둠 속에서 나타났다.

"방금 보초 섰던 놈을 쏴 죽였어."

최철산이 빗물에 젖은 얼굴을 일그러뜨리며 말을 이었다.

"그놈이 쏜 총에 모가 부하 하나가 죽었다."

그때 어디선가 폭음이 울렸다. 지하실에서 울리는 폭음 같다. 동굴 안에서 폭발이 일어난 것이다. 그때 모가가 다가왔다.

"동굴은 완전히 허물어졌습니다."

모가와 부하 하나가 총에 맞은 부하를 들고 있다.

"몇 놈이 살아있다고 해도 뚫고 나오지 못할 겁니다."

"몇 명이 묻혔는지 세어보지 못한 것이 유감이다."

최철산이 소리쳐 말했다.

"자, 철수하자."

마이클이 발을 떼며 최철산에게 말했다.

"내가 잡은 네 제자를 끌고 와, 최 중좌."

"이런 젠장."

최철산이 투덜거렸다.

"10년 만에 어색한 상봉을 하는군."

"네가 그년을 팔아먹은 줄 알고 있을 거다."

"상관없어."

뒤를 따르면서 최철산이 소리쳤다. 모가는 피살된 부하의 시체를 부하들을 시켜 운반했다. 집 가까운 곳에 묻어준다는 것이다. 동굴에서 1백 미터쯤 골짜기로 내려가 있던 마이클은 곧 끌려오는 카이엔을 보았다. 두 손이 뒤로 묶인 채 목에도 밧줄을 매어 마치 짐승처럼 끌려오고 있다. 마이클은 다시 발을 떼었고 일행은 어둠 속을 다시 전진했다.

비바람이 뚝 그치더니 푸른 하늘이 드러났다. 물과 바람으로 씻어낸 것 같은 맑은 하늘이다. 오전 9시, 사반나케트 북방 30킬로 지점의 메콩강변, 숲속의 오두막집에 모여앉은 일행의 표정에 모처럼 여유가 묻어났다. 카나와 루마가 분주하게 음식 준비를 했고 오두막 밖에서 모가가 일행하고 떠들썩한 목소리로 이야기를 주고받는다. 어젯밤 동료 하나를 매장했지만 이젠 밝은 분위기를 찾았다. 마이클한테서 죽은 동료의 몫까지 잔금 5백 불에다 보너스로 5백 불을 더 받았기 때문이다. 하룻밤 작전으로 1,500불을 받은 것이다. 그 돈으로 여기서 집을 한 채 사고 결혼까지 할 수 있다. 마이클이 오두막 구석에 쪼그리고 앉은 카이엔에게 다가가 앞에 음식이 담긴 쟁반을 내려놓았다.

"자, 먹어."

마이클이 앞에 앉으면서 카이엔을 보았다. 카이엔은 두 손이 앞쪽에서 묶였고 발목도 묶인 상태다. 그러나 두 손을 함께 움직여 음식을 먹을 수는 있다. 카이엔이 앞에 놓인 쟁반을 내려다보았다. 접시에 흰밥과 돼지고기 볶음이 담겨졌고 양념 소스 그릇, 구운 닭 반 마리가 놓여있다. 그때 카나가 다가와 손을 씻을 물그릇을 옆에 내려놓고 돌아갔다.

"먹어라, 사형수도 밥 먹는다."

마이클이 다시 말했을 때 카이엔이 물그릇에 손을 씻었다.

"30분 후에 헬기가 도착해."

뒤쪽에서 최철산이 한국어로 말했다.

"모가 시켜서 쟤를 데리고 나가야 돼."

카이엔을 잡았다고 연락을 하자 CIA는 난리가 났다. 당장 본부로 연락하더니 태국 기지에서 4백여 킬로를 날아 다가오는 중이다. 카이엔이 잠자코 손으로 밥을 집어 입에 넣고 씹었다. 비에 젖었던 머리가 말랐지만 어수선했고 얼굴은 창백했다. 그때 카나가 다가와 마이클 앞에도 음식이 담긴 쟁반을 놓았다. 마이클이 돼지고기를 집으면서 최철산에게 말했다.

"최 중좌, 얘가 널 알아보지 못하는 거 아니냐?"

"천만에."

뒤쪽에서 최철산이 웃음 띤 목소리로 대답했다.

"한눈에 알아보는 것 같더군, 다만 모른 척하고 있을 뿐이야."

"그걸 어떻게 알아?"

"처음 시선이 마주쳤을 때 알았지."

"미인이다."

"옛날에도 그랬어, 남자들이 모두 눈독을 들였지."

"잡혀가면 아마 재판을 받고 사형을 당하게 될 거다."

"그렇겠지."

"그냥 숲에서 죽여버릴 걸 그랬어."

돼지고기를 씹고 난 마이클이 카이엔을 보았다. 그때 시선이 마주친 카이엔이 말했다.

"당신이 '몬스터'로군요, 그렇지요?"

"맞아."

마이클이 웃음 띤 얼굴로 카이엔을 보았다.

"어쩌다 보니까 너하고 엮이게 되었다, 카이엔."

"당신을 유튜브에서 보았는데 모습이 조금 다르네요."

"조금 성형했어, 이름도 바꾸고."

"그렇군요."

"곧 헬기가 널 실으려고 올 거야."

"그렇겠죠."

머리를 끄덕인 카이엔이 마이클을 보았다.

"내가 가르통의 지시를 받았다는 거 알고 있지요?"

"가르통이 동남아까지 왔군."

"그자를 잡고 싶지 않아요?"

"내가 왜?"

"그자가 당신 어머니를 죽이라고 지시를 내린 장본인인데……."

뒤쪽이 조용해진 것은 최철산도 귀를 기울이고 있다는 증거였다. 카이엔의 목소리가 오두막 안을 울렸다.

"내가 가르통의 연락처, 아지트를 다 알아요, 가르통은 내가 모르는 줄 알겠지만 가르통하고 같이 있는 동안 다 파악해 놓았어요."

"……."

"핸드폰에 저장된 내용을 다 빼내었고 메모지도 다 머릿속에 넣었어요. 그건 모두……."

카이엔의 시선이 마이클의 뒤쪽을 스치고 지나갔다.

"아무도 믿지 말라는 어떤 교관의 가르침 때문이죠, 가르통은 술을 마시면 이성을 잃을 때까지 마셨죠, 그때 정보를 빼냈습니다."

"나한테 그런 이야기를 하는 이유는 뭐야?"

"내가 당신 어머니 원수를 갚을 정보를 줄 테니까 날 풀어줘요."

그때 뒤에서 최철산이 짧게 웃었다.

"야, 자리를 피해 줄까?"

한국말이다. 최철산이 한국어로 말을 이었다.

"이제 곧 미인계를 쓸 것 같은데, 내가 애들 데리고 나갈까?"

"좋아, 잠깐 나가라."

마이클이 말하자 최철산이 놀란 듯 숨을 들이켰다. 그러더니 가라앉은 목소리로 확인하듯 물었다. 물론 한국말이다.

"정말이냐?"

"뭘?"

"그년하고 거래를 한다는 것 말이다."

"들을 거야, 풀어주지는 않아."

"좋아."

최철산이 자리에서 일어서더니 카나와 루마를 불렀다. 그러고는 둘을 데리고 오두막을 나갔으므로 안에는 둘이 남았다. 이제 카이엔은 먹는 것을 그치고 손까지 헹구고 나서 마이클을 빤히 쳐다보고 있다. 마이클은 카이엔의 눈동자가 맑다는 것을 깨달았다. 화장기가 전혀 없는 피부도 맑다. 마이클이 똑바로 카이엔을 보았다.

"자카르타 주재 미국 대사 부인을 너희들이 폭사시킨 거냐?"

"아니."

카이엔이 바로 머리를 젓더니 웃었다.

"CIA가 드론으로 갈긴 거야, 당신이 뒤집어쓴 건가?"

"아니, 너희들이 한 짓으로 되었지."

마이클이 다시 시선을 준 채 입을 열지 않았으므로 이번에는 카이엔

64

이 물었다.

"왜 다 내보낸 거야?"

"둘이 있으면 분위기가 가벼울 것 같아서."

"당신도 한국인인가?"

"내가 한국인처럼 보이냐?"

"한국말 했잖아 최 대위하고."

"최 중좌야, 중령, 난 그냥 한국말 배웠다."

"그렇지, 진급했구나."

"30분, 아니 20분쯤 후에 헬기가 도착한다."

"그래?"

"가르통에 대한 정보를 내라."

"날 풀어줄 수 없어?"

"안 돼."

"날씨가 이렇게 맑은데 괜찮을 것 같아?"

"무슨 말이냐?"

"헬기 말이야."

마이클의 시선을 받은 카이엔이 빙그레 웃었다.

"가르통이 당하고 있을 것만 같아? 온 신경을 이쪽에 쏟고 있다고."

"……."

"날씨가 개었으니까 파키스탄 위성으로 이곳을 샅샅이 비추고 있을 거야."

"……."

"이미 동굴 안의 대원들이 폭사한 것을 알고 있을 테고 눈 뒤집힌 가르통이 이곳을 체크하고 있겠지."

"……"

"내기할까?"

카이엔이 눈을 가늘게 떴다.

"헬기가 온다면 내가 가르통 자료를 다 써줄게, 그런 시간은 있을 거야."

"……"

"헬기가 안 오면 날 풀어줘. 며칠 있다가 풀어줘도 돼, 마이클."

"……"

"최 대위, 최 중좌하고 상의해도 돼. 내가 도망친 것으로 만들어도 상관없을 거야."

카이엔의 두 눈이 반짝였다.

"내가 마음이 내키면 가르통 자료를 넘겨줄게, 마이클."

마이클이 숨을 들이켜고 나서 저도 모르게 손목시계를 보았다. 벌써 10분이 또 지났다. 헬기가 온다는 시간이 15분 남은 것이다. 그때 카이엔이 말했다.

"난 가르통한테 돌아가지 않아. 자료를 다 넘긴 줄 알 텐데 일부러 그놈한테 기어 돌아갈 필요는 없지."

"그놈하고 감정이 있는 거냐?"

"동굴에서 생매장당한 하샤지파 일당의 두목 하슬란한테 날 넘겼어."

"그게 무슨 말이야?"

"밤에 하슬란 잠자리 상대로 넘겼단 말이야. 그 자식, 가르통이."

"……"

카이엔의 시선이 힐끗 오두막 문 쪽을 스치고 지나갔다.

"그런 저질, 무식한 놈들하고 비교하면 최 대위, 아니 최 중좌가 지휘

자감이지.”

“최 중좌가 내 친구다.”

“당신은 좀 저질로 보이는데.”

“…….”

“폭사한 대사 부인도 데리고 다녔잖아? 당신이 가만두지 않았을 것 같다고 하던데.”

“그건 그렇고…….”

“파리에서부터 엮였던 재크린이라는 년, 그년하고도 함께 얽혔지?”

“잘 아는군.”

“가르통이 그랬어, 당신은 더럽다고.”

“개새끼.”

“자, 어떻게 할 거야?”

카이엔이 느긋한 표정으로 마이클을 보았다.

“헬기 로우터 소음이 들리지 않지? 시간을 봐.”

마이클이 손목시계를 보았다. 시간이 되었다.

헬기는 오지 않았다. 약속 시간보다 30분이 더 지났을 때 최철산이 연락을 받았다. 그동안 무전기는 먹통이 되어 있었던 것이다.

“헬기가 사정상 갈 수 없게 되었어.”

무전기에 나온 연락관은 다른 사내였다. 사내가 억양 없는 목소리로 말을 이었다.

“곧 다시 연락할 테니까 대기하고 있기 바란다.”

“이봐, 어떻게 된 거야?”

최철산이 다그치듯 물었지만 연락이 끊겼다. 무전기를 귀에서 뗀 최철산이 옆에 선 마이클을 보았다.

"헬기가 못 온단다."

"격추되었군."

마이클의 얼굴에 쓴웃음이 번졌다.

"저년의 말이 맞았어."

"지미랄."

"그게 무슨 말이냐?"

"욕이다."

"무슨 욕이야?"

"지금 그걸 설명할 때냐?"

버럭 화를 낸 최철산이 힐끗 옆쪽 오두막을 보았다. 둘은 밖에 나와 있는 것이다. 그때 마이클이 말했다.

"저년 풀어주자."

"이 개자식, 그럴 줄 알았어."

어깨를 부풀린 최철산이 마이클을 노려보았다.

"또 쫓겨 다니라는 말이냐? 이 자식아, 난 너 때문에 지금……."

"헤어져."

다가선 마이클이 똑바로 최철산을 보았다.

"넌 홍콩으로 돌아가. 원대복귀하란 말이다."

숨을 들이켠 최철산을 향해 마이클이 말을 이었다.

"이쯤 해서 너하고의 동행을 끝내자."

"……."

"나는 카이엔과 함께 도망쳐 나간 것으로 하면 돼."

"……."

"넌 명분도 서고 네 조국에서 널 질책할 이유도 없다."

"……."

"다음에 만났을 때는 대좌가 되어 있겠지."

최철산의 시선을 받은 마이클이 쓴웃음을 지었다.

"그것이 가장 좋은 해결책이야. 난 어차피 CIA나 미국으로 돌아갈 수 없는 입장이야, 너무 많이 죽였어."

"……."

"저년은 나한테 가르통의 자료를 다 주겠다면서 놓아달라고 하는데 내가 데리고 다닐 거다."

"어디로?"

마침내 최철산이 물었는데 목소리가 갈라져 있다. 마이클이 팔짱을 끼었다.

"메콩 강 상류로 올라갔다가 중국으로 들어갈 거야. 그곳은 땅이 넓은 데다 CIA가 헤집고 들어오기도 애를 먹겠지."

"……."

"거기서 너한테 연락도 되겠지. 홍콩도 중국령이니까."

"좋아."

마침내 어깨를 늘어뜨린 최철산이 눈을 가늘게 뜨고 마이클을 보았다.

"결국 이곳에서 헤어지는군."

"또 만나게 될 거야, 친구."

"내가 왜 네 친구냐? 이 망할 자식아."

"그거 욕이냐?"

"욕이다."

최철산이 눈을 치켜뜨고 마이클을 보았다.

"헤어지기 전에 분명히 할 것이 있다."

"네가 줄 것이 있어?"

"너 몇 살이야?"

"서른."

"난 마흔둘이다, 이 빌어먹을 놈아."

최철산의 목소리가 커졌다.

"지금부터 나한테 형님이라고 해."

"형님."

금방 마이클이 형님이라고 하는 바람에 최철산이 숨을 들이켰다.

"너 장난해?"

"아니?"

마이클이 손을 내밀었다.

"앞으로 형님이라고 할게."

"형이라고 해."

"형."

"우리 의형제 맺자."

"그게 무슨 말인데?"

"형제가 되기로 약속을 하잔 말이다."

"그래, 형."

"내가 널 배신하지 않을게."

"나도 약속할게."

그 순간 최철산이 잡고 있던 마이클의 손을 당기면서 부둥켜안았다. 마이클도 잠자코 최철산을 안고 잠시 움직이지 않았다. 이윽고 몸을 뗀 최철산이 심호흡을 하고 나서 말했다.

"내가 모두 데리고 밖에 나가 있을 테니까 너하고 카이엔이 남아 있다가 상류로 도망쳐. 몸조심해라, 마이클."

7장 탈출

깜빡 잠이 들었던 카이엔이 눈을 떴다. 오두막 안에는 혼자뿐이다. 잠이 들기 전에 여자 둘과 마이클, 그리고 남자 하나가 있었는데 모두 나갔다. 최 중좌는 헬기가 오지 않은 후부터 오두막에 들어오지 않았다. 오전 10시 반쯤 된 것 같다. 30분쯤 잔 터라 정신이 맑아졌다. 아침도 조금 먹었기 때문에 식곤증이 몰려왔던 것 같다. 두 손과 발목이 묶인 상태여서 움직이려면 엉덩이로 10센티쯤 문지르며 다가가거나 물러날 뿐이다. 두 다리는 길게 뻗을 수가 있어서 벽에 등을 붙인 카이엔이 방안을 둘러볼 때였다. 밖에서 나무계단을 올라오는 소리가 들렸으므로 카이엔이 발을 오므렸다. 그때 오두막 안으로 마이클이 들어섰다. 마이클이 곧장 카이엔에게 다가오더니 허리에 찬 대검을 쓱 뽑았다. 놀란 카이엔이 숨을 들이켰을 때 마이클이 손을 묶은 로프를 대검으로 잘랐다.

"여기 신발하고 옷이 있다, 신발 신어."

마이클이 등에 멘 배낭을 카이엔 앞에 던지더니 대검도 던졌다. 대검이 카이엔의 발 앞쪽 방바닥에 박혔다. 판자 바닥이다.

"다리 묶은 끈 풀어."

그때서야 사태를 알아차린 카이엔이 서둘러 대검을 뽑아 발을 묶은 끈을 자르고 배낭을 열었다. 배낭 안에는 신발과 양말까지 있다. 옷도 몇 벌 들어있고 대용 식량인 비스켓과 마른고기도 있다. 서둘러 양말을 신는 카이엔 앞에서 마이클도 배낭을 꾸렸다. 마이클의 배낭은 오두막 안에 있었던 것이다. 이윽고 몸을 돌린 마이클이 카이엔을 보았다. 카이엔은 신발을 신고 점퍼까지 입은 상태다. 시선이 마주치자 마이클이 말했다.

"나하고 같이 가는 거다, 갈 테냐?"

"가요."

카이엔이 금방 대답했다. 눈빛이 반짝였고 얼굴은 조금 상기되었다. 마이클은 이미 배낭을 등에 메고 떠날 자세다. 한 걸음 다가선 마이클이 말을 이었다.

"나하고 같이 있는 거야, 됐어?"

"그래요."

"도망치거나 딴짓을 하면 그 자리에서 죽인다, 알겠어?"

"알겠어요."

"좋아, 가자."

마이클이 몸을 돌렸을 때 카이엔이 물었다.

"근데 어디로 가죠?"

"메콩 강을 타고 상류 끝까지 갔다가 중국으로."

머리를 돌린 마이클이 카이엔을 보았다.

"서둘러."

마이클이 계단 8개를 두 번 발을 딛고 뛰어내리자 카이엔은 세 발을 딛고 땅바닥에 내렸다. 이곳은 강에서 2백 미터쯤 떨어진 숲속이다. 앞장선 마이클이 풀숲을 헤치면서 나아갔고 카이엔이 뒤를 따른다. 맑은 날이다. 나뭇가지 사이로 보이는 하늘은 맑았고 드문드문 흰 구름이 흘러가고 있다. 5백 미터쯤 빠른 걸음으로 앞장서 가던 마이클이 나무둥치 옆에서 걸음을 멈추더니 앞쪽을 보았다. 뒤에 붙어 서 있던 카이엔이 가쁜 숨을 죽였다. 그때 다시 발을 뗀 마이클이 목소리를 낮추고 말했다.

"강을 따라 10킬로쯤 북상한 후에 배를 타자."

"최 중좌한테는 말했겠죠?"

카이엔이 마침내 머릿속에만 담아놓았던 질문을 했다. 마이클이 앞쪽을 향한 채로 대답했다.

"당연하지."

"하지만 다른 사람들한테는 도망친 것으로 하겠군요."

"제법 머리를 쓰는군."

"당연하죠."

이번에는 카이엔이 마이클의 말을 흉내내듯 말했다.

"그래야 최 중좌도 무사할 테니까요."

"넌 미국의 공적(公敵) 1호다."

불쑥 마이클이 말하자 카이엔이 대답했다.

"당신은 2호인가요?"

"난 너처럼 무고한 인명은 해치지 않아, 이 망할 년아."

카이엔이 입을 다물었고 마이클이 말을 이었다.

"너 같은 년은 괴물이야, 사람도 아냐."

다시 발을 멈춘 마이클이 나뭇가지 사이로 앞쪽을 보다가 다시 발을 떼었다. 익숙한 자세였고 어느덧 카이엔은 마이클과 보조를 맞춘다. 멈추면 같이 멈추고 발을 떼면 다시 걷는다. 이윽고 4킬로쯤 전진했을 때 마이클이 강이 보이는 숲에서 배낭을 벗으면서 말했다.

"휴식."

두 시간쯤 걸은 후여서 카이엔이 쓰러지듯이 앉는다.

"저기 있군."

마이클이 가리킨 곳은 강변의 부러진 고목 아래쪽이다. 강이 휘어진 부분이어서 물살이 빨랐는데 물결을 따라 흔들리는 뱃전이 드러났다. 거리는 1백 미터 정도, 배는 폭이 좁고 긴 플라스틱 선체에 뒤쪽 엔진이 2개, 선수가 뾰족하고 높게 솟아올라서 시속 25노트(40km)는 거뜬할 것 같다. 길이기 10미터 정도, 폭은 2미터쯤으로 10명은 태울 수 있다. 오후 4시 반, 6시간의 강행군 끝에 밀림 10킬로를 주파하고 목적지에 도착한 것이다. 나무둥치 옆에 쪼그리고 앉은 마이클이 풀숲 사이로 보이는 보트를 주시했다. 햇살이 비스듬히 비치면서 강물 표면이 은가루를 뿌린 것처럼 반짝였다. 강폭은 5백여 미터쯤 되었는데 드문드문 고기잡이배가 지나고 있다.

"배에 하나, 강가 고목 아래에 하나가 있어요."

카이엔이 보트를 주시하며 말했다. 맞다, 배에는 소년이 앉아있다. 비를 피하려고 배 위를 방수포를 지붕처럼 덮었는데 그 안에 다섯은 들어갈 만했다. 방수포 지붕 안에 앉은 소년은 낚시질을 하는 것 같다. 그리고 고목 밑에 누운 사내는 다리만 보인다, 선장이다. 배낭에서 권총을 꺼낸 마이클이 탄창을 빼내 확인하고 나서 다시 배낭을 메었다.

"가자."

다시 앞장선 마이클이 강변으로 다가가면서 주위를 경계했다.

"보트에서 위쪽 1백 미터 지점이 매복하기 좋은 곳이에요, 마이클."

뒤를 따르면서 카이엔이 말했다.

"숲에 저격병을 배치시켜 놓았다면 꼼짝 못 하고 당해요."

"맞아."

마이클이 발을 떼면서 말했다.

"우리가 도망친 걸 알게 되면 당장 포위망을 만들겠지."

마이클이 들고 있던 권총을 뒤쪽 허리춤에 끼워 넣었다.

"아마 이곳은 금방 위성에 잡힐 것이고 저격병보다 드론이 머리 위를 돌고 있을 거다, 카이엔."

"그렇군요."

이제 거리가 50여 미터로 가까워졌다. 마이클이 속도를 줄이지 않고 풀숲을 헤치고 나가면서 말을 이었다.

"최 중좌는 아직 내가 너와 함께 도망쳤다는 보고를 하지 않았어, 카이엔."

"……."

"왜냐하면 오두막집에 아직 들어오지 않았단 말이야, 나한테 네 감시를 맡기고 일행을 이끌고 아래쪽 마을로 갔어."

"……."

"내일 오전에야 돌아올 거다."

그때 이쪽의 인기척을 들었는지 고목 뒤쪽에서 사내가 몸을 일으켰다. 50대쯤의 원주민이다. 마이클과 시선이 마주치자 사내가 영어로 물었다.

"누구요?"

"나, 보스 동생인데, 당신이 쿠쿠마요?"

"그렇습니다."

사내가 검은 이를 드러내며 웃더니 배 안의 소년을 가리켰다.

"내 아들 히잔입니다. 자, 타십시오."

서둘러 배에 오른 쿠쿠마가 마이클과 카이엔이 자리 잡고 앉자 배의 시동을 걸면서 말했다.

"내일 오전 10시까지 4백 킬로는 가야 합니다."

엔진음이 울리면서 쿠쿠마가 선수를 강 중심부로 돌리더니 곧 보트가 속력을 내기 시작했다. 히잔이라는 이름의 소년은 15세쯤 되어 보였는데 다람쥐처럼 재빠르게 움직였다. 아이스박스에서 생수병 2개를 꺼내더니 둘에게 나눠주었고 곧 카이엔에게 깨끗한 수건을 가져다주었다. 그것을 본 마이클의 얼굴에 웃음이 떠올랐다.

"쿠쿠마, 마약 운반을 안 할 때는 관광객을 태웠소?"

"보스가 말해 주던가요?"

선미에서 키를 쥔 쿠쿠마가 웃었다.

"저놈이 팁을 받는 재미를 붙였습니다."

마이클이 히잔을 손짓으로 부르며 쿠쿠마에게 물었다.

"보스하고 얼마로 계약했소?"

"보스 동생 부부이시니 특별히 아쿤까지 5백 불로 계약했지요."

"좋아."

마이클이 지갑에서 1백 불짜리 지폐를 꺼내 앞에 서 있는 히잔에게 내밀었다.

"이건 팁이다, 한꺼번에 주는 거야."

그러자 쿠쿠마가 히잔에게 원주민어로 말했다. 히잔이 활짝 웃더니 머리를 숙여 절을 했다. 보트는 속력을 내어 저녁노을이 물든 강을 미끄러져 가고 있다.

밤 11시 반, 보트는 굉음을 내며 메콩 강을 달려가고 있다. 뒤쪽에 키를 쥐고 앉은 쿠쿠마는 한 손에 담배를 들고도 익숙하게 키를 조종한다. 선수를 30센티쯤 물 위로 띄운 채 배는 시속 27노트(43km) 가까운 속력으로 달려가고 있다. 가끔 장애물이 많은 지역에서는 속력을 줄였지만 어둠 속을 달리는 보트 평균 시속은 40킬로다. 그믐밤이어서 강물 표면만 겨우 보이는데도 쿠쿠마는 거침없이 배를 조종한다. 강을 수없이 오르내린 터라 뱃길에 익숙했기 때문이다. 마이클은 선미 쪽의 뱃전에 등을 붙이고 앉아 대각선 위치에 있는 쿠쿠마를 보았다. 어느새 카이엔은 이쪽으로 다리를 뻗은 채 몸을 웅크리고 잠이 들었다. 쿠쿠마의 아들 히잔도 카이엔과 등을 붙이고 잠을 자는 중이다. 그때 담배를 빨아들인 쿠쿠마가 손톱만큼 남은 꽁초를 강에 던지고는 마이클에게 물었다.

"누구한테 쫓기고 있습니까?"

"최 중좌가 말해줍디까?

마이클이 되묻자 쿠쿠마가 이를 드러내며 소리 없이 웃었다.

"최 중좌가 은밀한 부탁을 할 때는 나한테 연락하지요."

"어떤 부탁이오?"

"그건 말씀 못 드립니다."

"이곳에 CIA 감시망이 쭉 깔렸을 텐데."

"CIA뿐만이 아니지요. 테러 조직은 모두 이곳에 정보원과 연락책, 수송대를 갖고 있다고 봐도 될 겁니다."

"내가 당신을 믿을 수 있는 이유는?"

"당신이 최 중좌를 믿는다면 나를 믿어도 될 겁니다."

"그럴까?"

"최 중좌하고 나하고 의형제를 맺었소."

"아아."

마이클의 입에서 마침내 탄성이 뱉어졌다. 자신도 최철산과 헤어지기 전에 의형제를 맺은 것이다. 이제는 믿을 수 있다. 그때 쿠쿠마가 말했다.

"최 중좌가 의형제를 맺은 동생이라고 당신을 소개해주었습니다."

다시 쿠쿠마가 소리 없이 웃었다.

"최 중좌는 나를 형님이라고 부르지요."

"최 중좌가 내 형님이니까 당신은 내 큰형님이 되겠소."

"큰형님이라고 부르지 않아도 됩니다."

쿠쿠마가 조끼 주머니에서 담뱃갑을 꺼내더니 마이클에게 내밀었다.

"피우시겠소?"

마이클은 담배를 피우지 않았지만 못 피우는 것이 아니다. 작전이 없을 때는 막사에서 피운다. 담뱃갑에서 담배를 꺼낸 마이클이 입에 물었다. 쿠쿠마가 라이터를 던져주면서 말을 이었다.

"내가 아쿤까지밖에 갈 수 없는 것은 너무 오래 집을 비우면 의심을 받기 때문이오."

쿠쿠마의 시선이 히잔을 스치고 지나갔다.

"히잔을 데리고 나온 것도 그 때문이오. 자식을 데리고는 위험한 짓을 하지 못할 줄 알 테니까, 하지만 히잔 저놈은 나보다 더 영리하고 재빠르지. 저놈은 크게 될 놈이오."

어느덧 마이클은 이야기에 빠져들었다. 담배 연기를 빨아들인 마이클이 길게 연기를 뱉고 나서 물었다.

"히잔은 장래 뭘 시킬 거요?"

"10살 때부터 배를 태웠더니 지금은 엔진도 잘 고치고 배 조종은 나보다 낫소. 한 시간쯤 후에 저놈이 일어나 아침까지 배를 조종할 거요."

마이클한테서 담배와 라이터를 받은 쿠쿠마가 담배에 불을 붙였다.

"학교는 3년 보냈소. 남자는 읽고 쓸 줄만 알면 돼요, 그렇지 않습니까?"

"그렇지요."

"작년부터 총 쏘는 법을 가르쳐서 AK-47로 1백 미터 거리의 표적은 10발 8중은 합니다."

"남자군."

"아직 고추가 다 여물지 않아서 내년쯤에 여자 맛을 보여주려고 합니다."

"으음."

"아쿤에서 내리시면 내가 믿을 만한 배를 소개시켜 드리겠소. 이것도 최 중좌의 부탁이오."

최철산이 쿠쿠마에게 맡기라고 했지만 마이클은 아쿤까지는 어쩔 수 없이 가겠지만 생각해볼 작정이었던 것이다. 그러나 이제는 다 맡기기로 했다.

"부탁합니다, 큰형님."

마이클이 정색하고 말했다.

"쫓기는 입장이라 시간이 없습니다, 큰형님."

"CIA와 테러단이 연달아서 몰사하는 바람에 사반나케트가 전쟁터가 되었어요."

강이 꺾어진 부분에 이르렀으므로 보트 속력을 줄이면서 쿠쿠마가 말을 이었다.

"그러고 나서 오늘 아침에 마을로 날아오던 미군 헬기 2대가 미사일에 맞아 격추되었습니다."

"……."

"미군용 드론 1대도 격추되었는데 지금쯤 테러단과 미국 위성이 사반나케트 주변을 현미경을 들이대듯이 비추고 있을 거요."

그러고는 쿠쿠마가 검은 하늘을 올려다보았다. 하늘에는 별도 떠 있지 않은 흐린 날씨다.

"방이 비었어요!"

카나의 외침에 계단 아래쪽에 서 있던 최철산이 머리를 들었다.

"방이 비었어?"

되물은 최철산이 한 걸음에 오두막 안으로 뛰어 올라왔다.

"여기."

카나가 손으로 방바닥을 가리켰다. 잘린 로프가 떨어져 있는 것이다. 그것으로 상황이 일목요연하게 드러났다. 마이클이 카이엔을 풀어주고 도망친 것이다. 루마와 모가까지 오두막 안으로 뛰어 올라왔으므로 곧 떠들썩해졌다. 그때 최철산이 머리를 들고 그들을 둘러보았다.

"나, 보고하러 가야겠다."

모두의 시선을 받은 최철산이 말을 이었다.

"곧 돌아올 거야."

"쫓지 않으십니까?"

모가가 묻자 최철산이 쓴웃음을 지었다.

"도망친 지 오래돼서 찾기는 틀렸어."

"그렇군요."

"내가 보고하고 돌아올 테니까."

주머니에서 지갑을 꺼낸 최철산이 달러 뭉치를 꺼내 모가에게 건네주었다.

"모가, 5천 불쯤 될 거다."

"보스, 왜 이렇게 많이 주십니까?"

"카나, 루마한테 5백 불씩을 주고 나머지는 네가 부하들에게 나눠줘."

"그래도 많이 남습니다."

"네가 보관하고 있어."

"감사합니다, 보스. 그런데 두 연놈이 도망쳐서 보스한테 불이익이 되지 않을까요?"

"문책이야 받겠지만 날 어쩌지는 못해."

이 사이로 말한 최철산이 길게 숨을 뱉었다. 어느덧 얼굴이 상기되었고 어금니를 악문 얼굴이 비장하게 보였으므로 모두 숨을 죽였다. 이윽고 어깨를 늘어뜨린 최철산이 모두를 둘러보았다.

"모가, 배를 준비해, 하류로 내려가겠다."

"가장 빠른 배를 준비하지요, 보스."

말을 마치자마자 모가가 계단을 뛰어 내려갔고 이제는 최철산이 루마와 카나를 보았다.

"너희들, 모가한테 5백 불씩 받아라."

"너무 많아요, 며칠밖에 안 되는데."

카나가 말했을 때 최철산이 머리를 저었다.

"너희들이 잘 해주었어."

그러고는 최철산이 주머니에서 다른 지갑을 꺼내더니 1백 불짜리를 꺼내 다시 5백 불씩을 둘에게 나눠주었다.

"이건 내가 너희들에게 주는 보너스다, 모가한테는 말하지 마라."

"고맙습니다."

둘의 얼굴이 동시에 일그러졌다. 금방이라도 눈물이 떨어질 것 같다. 잠시 후에 모가가 불렀으므로 배낭을 꾸려놓고 기다리던 최철산이 자리에서 일어섰다.

"보스, 바로 아래쪽에 미타의 배가 기다리고 있습니다, 검은 바위 말입니다."

"좋아, 모가."

모가와 악수를 나눈 최철산이 뒤쪽에 나란히 서 있는 카나와 루마에게 손을 들어 보이고는 발을 떼었다. 오전 10시 반이다. 흐린 날씨여서 곧 비바람이 일어날 것 같았지만 메콩 강에는 배가 뜨지 않는 날이 없다. 숲을 헤치고 강가로 나온 최철산은 검은 바위 밑에서 기다리는 배 한 척을 보았다. 최철산에게도 익숙한 푸른색으로 선수를 칠한 미타의 쾌속정이다. 야마하 엔진2기를 장착한 8미터짜리 마약 운반선이다.

"보스, 어서 오십시오."

비대한 체격의 미타가 두 손을 모으고 인사했다.

"기름은 잔뜩 넣었습니다, 어디로 모실까요?"

"하류로, 베트남까지."

"좋습니다, 보스. 이번에는 장거리로 뛰는군요."

최철산이 배에 오르자 엔진을 켠 미타가 선수를 강심(江心)으로 돌렸다.

"엔진을 가끔 식히고 계속 달리면 이틀이면 메콩 강 끝까지 갑니다."

"가자."

"예, 보스."

엔진에 속력을 내자 선수를 번쩍 들어 올린 쾌속정이 쏜살같이 달리기 시작했다. 폭이 2미터도 안 되어서 마치 화살이 날아가는 것 같다. 미타가 엔진음보다 크게 소리쳐 말했다.

"30노트(48km)까지 나옵니다, 보스."

"잘 나가는군."

"빈 배로 이렇게 달리는 건 처음입니다, 보스."

"메콩 강 끝까지 얼마를 받을 거냐?"

"빈 배로 돌아올 테니 1,500불만 주십시오, 보스."

"내가 2,000불을 주마, 미타."

"이번에는 후하시군요, 보스."

"내가 그럴 때도 있지."

"저도 전쟁터를 벗어나게 되어서 마음이 놓입니다, 보스."

빗방울이 떨어지기 시작했으므로 최철산이 배에 준비된 방수포를 뒤집어썼다. 미타도 우의를 입고 있다. 이 배는 지붕이 없는 것이다. 다시 키를 제대로 잡은 미타가 소리쳐 말을 이었다.

"어제 CIA 헬기가 격추되고 나서 오늘 CIA 특공대가 낙하한다는 소문이 퍼졌거든요."

쾌속정은 어선을 스치고 지나갔다.

오후 12시 반, 하룻밤에 7백 킬로를 주파했다. 강가의 나무 그늘로 보트가 다가가 멈추었을 때 쿠쿠마가 말했다.

"오후 6시에 사난타라는 놈이 이곳에 올 겁니다. 믿을 만한 놈이니까 그놈 보트를 타시오."

"고맙습니다."

"암호는 레나요, 레나는 내 아내 이름이고요."

쿠쿠마의 얼굴에 쓴웃음이 번졌다.

"그놈이 바니라고 물었을 때 레나라고 대답하시오, 바니는 그놈 처 이름이니까."

배에서 내린 마이클이 쿠쿠마와 히잔에게도 악수를 했다. 카이엔은 그들에게 손만 들어 보였다.

"이 근처에서 쉬고 계시오."

쿠쿠마가 주위를 둘러보면서 뱃머리를 돌렸다.

"몸조심하시고."

"고맙습니다, 쿠쿠마."

배에 속력을 낸 쿠쿠마가 시야에서 사라졌을 때 마이클이 강에서 10미터쯤 안쪽의 나무둥치로 다가가 기대앉았다. 카이엔은 강가에서 이쪽에 등을 보인 채 씻고 있다. 바지를 걷고 재킷을 벗어서 팔다리가 드러났다. 마이클이 배낭에서 분해해 놓은 AK-47을 꺼내 조립했다. 3분도 안 되어서 조립하고 30발들이 탄창을 꺼내 장전했을 때 카이엔이 몸을 돌려 이쪽으로 다가왔다.

"하루를 꼬박 더 가야지요?"

"그래야지, 내일 이 시간에는 강에서 떠나 밀림으로 들어가야 돼."

이미 지도를 외워 놓은 터라 마이클이 말을 이었다.

"거기서 태국 국경을 넘어 중국으로 들어가는 데 4일에서 5일은 걸릴 거다."

"그쯤은 문제없어요."

옆쪽에 앉은 카이엔이 배낭을 열더니 캔을 꺼냈다. 점심 준비를 하려는 것이다. 그때 카이엔이 불쑥 물었다.

"쿠쿠마가 돌아갈 때 발각되지 않을까요?"

"돌아갈 때 발각되지는 않을 거다."

"넷이 떠났다가 둘이 돌아왔으니까 위성에 기록되어 있을 겁니다."

"CCTV처럼 되돌려 보지는 않아."

"파키스탄 위성은 되돌려 봅니다."

미군용 야전식 통조림 뚜껑을 딴 카이엔이 마이클에게 내밀면서 말을 이었다.

"이번에 하슬란 일파가 몰사한 터라 근처를 샅샅이 뒤지고 있을 겁니다."

"우리가 너희들한테 쫓기게 된다고?"

대검을 꺼내 통조림을 찍으면서 마이클이 쓴웃음을 지었다.

"그렇군, 또 양쪽에서 쫓기는 신세가 되었군, 우리가."

"그, 우리라는 단어가 짜릿하게 느껴지네요."

머리를 든 마이클이 카이엔의 얼굴에 떠오른 웃음을 보았다.

"미친년."

마이클이 대검에 찍은 쇠고기 통조림을 입에 넣으면서 말했다.

"남자 앞에서 자동으로 암내를 피우는 년이로군."

혼잣소리처럼 말했지만 들으라고 한 말이다. 카이엔이 고기를 씹으면서 다시 웃음을 띠었다.

"동굴에서 생매장당한 하슬란이 나한테 그젯밤에 잠자리 상대가 돼달라고 했어요."

"그 이야기 백 번도 더 들었어. 그랬다고 네가 정조를 지킨 깨끗한 여자라고 생각하지는 않는다."

"난 적어도 내 몸만은 내가 내키는 대로 한다는 말이에요, 마이클."

"내 이름 부르지 마, 망할 년아."

캔을 순식간에 비운 마이클이 대검 자루로 찌그러뜨리더니 작은 뭉치를 만들어 옆쪽 강을 향해 던졌다. 풀숲 사이로 날아간 캔 덩어리가 강물 속으로 떨어졌다. 카이엔이 힐끗 나무둥치에 기대 세워놓은 AK-47을 보더니 마이클에게 물었다.

"마이클, 나한테 무기를 주는 것이 낫지 않을까요?"

마이클의 시선을 받은 카이엔이 정색했다.

"같은 도망자 입장인 것은 알지요? 내가 당신을 배신하고 가르통에게 갈 수 있겠어요?"

"다른 변수가 있을 수도 있지."

"우리 앞에 닥칠 위험이 커요, 마이클. 당신 혼자보다 내가 옆에서 돕게 해줘요."

"너한테 총을 쥐어주는 게 더 위험해, 아직 널 믿을 수 없거든."

마이클이 머리를 저었다.

"입 닥치고 있어, 나 한숨 잘 테니까 내 시야에서 떨어지지 말고 너도 자."

그러고는 마이클이 눈을 감았다. 강물 소리가 들려왔고 숲속은 조용했다. 맑은 날씨다. 오늘은 바람도 불지 않는다.

마이클이 눈을 떴다, 밝다. 주위의 사물이 드러났고 옆에 세워놓은

AK-47도 그대로 있다. 시선을 돌린 마이클이 옆쪽 나무 밑을 보았다, 없다. 5미터쯤 떨어진 나무 밑에 카이엔이 누워 있어야만 한다. 다음 순간 몸을 굴린 마이클이 AK-47을 쥐었고 옆으로 쓰러진 나무에 상반신을 붙였다. AK-47은 어느새 엎드려 쏴 자세가 되었다. 그러고는 주위를 둘러보았으나 카이엔은 보이지 않았다. 도망친 것인가? 숨을 들이켠 마이클이 벌떡 상반신을 세웠을 때 강가에서 인기척이 났다. 머리를 든 마이클이 몸을 굳혔다. 카이엔이 알몸으로 서 있다. 방금 물에서 나온 카이엔이 수건을 잡으려고 허리를 굽히는 바람에 엉덩이가 쫙 벌어졌다. 뒤쪽에서 보는 터라 검은 숲의 일부도 보인다. 풍만하고 건강한 몸이다. 머리도 감았는지 어깨까지 닿은 머리에서 물이 흘러내리고 있다. 거리가 10미터도 안 되는 데다 앞쪽 장애물은 드문드문 세워진 잡목과 풀숲이어서 발가락까지 다 드러났다. 그때 몸을 돌린 카이엔이 마이클을 보았다. 마이클은 시선을 떼지 못한 상태로 굳어져 있었지만 카이엔은 차분했다. 시선이 마주치자 카이엔이 맑은 목소리로 말했다.

"더워서 목욕했어요."

그때서야 시선을 뗀 마이클에게 카이엔이 말을 이었다.

"내가 경계를 설 테니까 씻으세요, 시원하고 개운해요."

머리를 돌렸지만 마이클의 눈앞에는 카이엔의 알몸이 선명하게 떠올랐다. 올리브색 피부는 윤기가 났고 젖가슴은 적당하게 솟았다. 볼록했지만 단단한 아랫배, 그리고 뒤에서 본 그 육감적인 엉덩이와 허벅지는 탄력 있어 보였고 종아리는 사슴 다리처럼 날씬했다.

"마이클."

다시 카이엔이 불렀으므로 마이클이 머리를 돌렸다. 그 순간 마이클이 눈을 치켜떴다. 카이엔은 아직도 알몸이었기 때문이다. 그리고 이제는 이쪽을 향해 정면으로 서 있다. 더구나 몇 발짝 더 가깝게 다가왔기 때문에 햇살을 받은 몸이 선명하게 드러났다. 검은 음모와 선홍빛 골짜기도 보인다. 두 다리를 조금 벌리고 서 있었기 때문이다. 그때 카이엔이 말했다.

"난 한 번도 이렇게 내 몸을 남자한테 보여준 적이 없어요, 마이클."

"미친년."

마이클이 말했지만 목소리가 잠겨 있다. 그때 카이엔이 다시 발을 떼어 마이클의 두 발짝쯤 앞에 와 있다. 젖가슴이 출렁거렸고 콩알만한 젖꼭지는 떨어질 듯이 솟아올랐다. 음부의 검은 숲에 아직 물방울이 맺혀 있다. 카이엔이 말을 이었다.

"마이클, 날 가져요."

카이엔의 목소리가 떨렸다. 머리를 든 마이클이 카이엔의 얼굴을 똑바로 보았다. 얼굴은 조금 상기되었고 눈동자가 번들거리고 있다. 그때 마이클이 물었다.

"유혹하는 거냐?"

"그래요, 마이클."

"왜?"

"좋아서."

"개처럼 발정이 난 거야?"

"맞아요, 마이클."

카이엔이 한 걸음 더 다가섰으므로 마이클은 숨을 들이켰다. 그러자 카이엔의 몸 냄새가 맡아졌다. 이제 50센티도 안 되는 거리에 카이엔의 알몸이 서 있다. 손을 뻗치면 닿는 거리다. 마이클은 상반신을 일으키고 앉은 자세였으므로 카이엔의 음부가 바로 눈앞이다. 카이엔이 말했다.

"당신이 날 갖지 않아도 이미 난 다 준 것이 되었어요, 마이클."

카이엔이 그 자리에서 다리를 더 벌리고 섰으므로 골짜기가 다 드러났다. 마이클은 저절로 입안에 고인 침을 삼켰다. 카이엔의 말이 이어졌다.

"날 다 가진 것이라고, 마이클."

"……."

"왜? 온몸이 얼어붙은 거야?"

"……."

"마음은 굴뚝같은데 몸이 움직이지 않는 거지?"

"……."

"그 체면?"

"……."

"체면이 밥 먹여줘?"

그때 마이클이 어깨를 늘어뜨리면서 외면했다.

"미친년, 내가 졌다."

그러고는 몸을 일으켜 자리를 피했다.

오후 2시 반, 억수로 쏟아지던 비가 그쳤지만 바람이 세고 하늘은 아직도 흐리다. 강폭이 넓어지면서 파도가 높았으므로 보트는 속력을 줄여야만 했다. 그러나 시속 20노트(32km)는 유지하고 있다. 보트는 4시간 동안 쉬지 않고 달린 것이다.

"미타, 좀 쉬는 게 어때?"

뱃전을 움켜쥔 최철산이 묻자 미타가 강을 둘러보았다.

"140킬로 정도 내려온 셈입니다, 보스. 5킬로 정도만 더 가면 수상식당이 있습니다, 거기서 쉬지요."

최철산이 머리를 끄덕이며 힐끗 하늘을 보았다. 짙은 구름이 덮인 하늘에서 가끔 한두 방울씩 빗방울이 떨어지고 있다. 옆을 스치고 보트 1척이 상류로 달려갔다. 관광객 10여 명이 탄 10미터 길이의 보트다. 강에는 오가는 보트가 많았으므로 적적하지는 않다. 최철산이 배낭을 열고 물병을 꺼내면서 물었다.

"미타, 물 줄까?"

"됐습니다, 보스."

물병 마개를 딴 최철산이 서너 모금을 마시고는 다시 배낭에 넣었다. 그러고는 안에 들어있는 권총을 빼내 엉덩이 쪽 허리춤에 찔러 넣었다. 동작이 자연스러웠으므로 미타는 앞쪽을 보느라고 눈치채지 못했다.

"미타, 수상식당에 자주 들르나?"

"예, 하류로 내려갈 때면 꼭 들르지요, 그곳 쌀국수가 맛있습니다."

"관광객도 많이 들르겠군."

"그렇습니다."

대답을 한 미타가 문득 생각났다는 얼굴로 최철산을 보았다.

"보스, 들르지 말고 곧장 내려갈까요? 제 보트가 그냥 지나가면 더 이상할 것 같아서 그렇습니다."

"당연히 들러야지. 나도 들르지는 않았지만 몇 번 보았어."

"맨 끝 쪽에 배를 붙이고 제가 먼저 식당을 정탐하겠습니다, 보스."

"식당까지 CIA 놈들이 나와 있을 리는 없지만 조심해야지."

"주인 부부가 우리 정보원입니다, 눈치를 할 것입니다."

이야기하는 사이에 오른쪽 강가에 지붕이 붉은색인 수상식당이 보였다. 식당 밑에 5, 6척의 관광선이 정박해 있고 계단에는 울긋불긋한 차림의 관광객 10여 명이 서 있다. 식당은 사방이 트인 구조로 테이블이 10여 개에 50명쯤 앉을 수 있는 면적이다. 안에는 20여 명의 손님이 모여 있었는데 파도가 거칠었으므로 쉽게 떠나지는 않을 것이다. 배를 접근시킨 미타가 선수를 맨 끝 쪽으로 돌렸다. 식당에서 가장 먼 곳으로 비어 있는 자리가 많았다.

"보스, 배 엔진 점검하는 시늉을 하면서 기다리시지요, 제가 살펴보고 오겠습니다."

여러 번 마약을 운반해본 경험이 있는 터라 미타가 말하고는 계단을 올랐다. 수상식당은 나무로 만든 축대 위에 세워져 있었는데 축대 기둥 위에 판자를 덮은 구조였다. 미타의 보트는 맨 끝 쪽 축대 기둥에 매여 있다. 엔진 뚜껑을 열고 점검하는 시늉을 하면서 최철산이 힐끗 식당 쪽을 보았다. 식당과의 거리는 30미터 정도, 떠들썩한 소음이 다 들렸는데 한국어도 섞여 있다. 서너 명이 이쪽을 힐끗거렸지만 수상하게 보지는 않는다. 최철산은 낡은 우의를 머리부터 덮어쓰고 있는 터라 영락없는 선원이다. 그때 이쪽으로 한 쌍의 남녀가 다가왔다. 화려한 색깔의 등산 점퍼에 고급 등산화를 신었다. 30대쯤으로 부부 같지는 않고 애인 사이로 보였다. 둘 다 자연스럽지 않았기 때문이다. 다가온 남녀 중 사내가 최철산에게 영어로 물었다.

"여기 손님이 없는 것 같은데 우리가 빌릴 수 있어요?"

최철산이 물끄러미 시선을 주면서 알아듣지 못한다는 시늉으로 머리만 기울이자 여자가 남자에게 말했다. 한국어다.

"이 사람 영어 못하는가 봐. 아까 다른 사람이 이 배에서 나와 식당으로 가던데 그 사람한테 물어봐."

"그래야겠군."

허리를 편 사내가 식당 쪽을 보더니 여자에게 말했다.

"보스란까지 얼마 주면 되지?"

"우리가 관광선으로 20불씩 주고 왔으니까 1인당 50불씩 주면 충분하지 않을까?"

보스란은 아래쪽 20킬로 지점의 도시다. 둘은 사정이 있어서 먼저 돌아가려는 것 같다. 그때 미타가 서둘러 다가왔다.

"누구요?"

먼저 미타가 물었다. 영어다. 그때 남자가 대답했다.

"우린 한국 관광객인데 보스란으로 돌아가려는 거요, 태워줄 수 있소?"

미타의 시선이 최철산에게 옮겨졌다.

"태워줘, 미타."

최철산이 라오어로 말했다.

"내가 한국 사람이란 건 말하지 말고."

"관광선 시늉을 하는 게 낫지요."

라오어로 대답한 미타가 사내에게로 머리를 돌렸다.

"보스란까지 얼마 주시겠소?"

"40불."

사내가 대답했을 때 최철산이 말했다.

"조금 전 저희들끼리 말할 때 50불까지는 낼 수 있다고 했어, 하지만 급한 모양이니까 1백 불씩 내라고 해."

"하긴 보스란까지 돌아가는 배는 없지요. 배를 전세 내려면 5백 불을 내야 할 테니까요.”

정색한 미타가 말하고는 사내에게 다시 머리를 돌렸다. 이제 미타는 엔진 뒤에 앉아 시동을 걸려는 자세였고 한국인 남녀는 배 위쪽 계단에 서 있다.

“우리는 곧장 아래쪽으로 내려가는 중인데 보스란까지 가려면 1인당 1백 불은 받아야겠소.”

“기가 막히는군, 도둑놈들.”

먼저 한국말로 욕지거리를 뱉은 사내가 영어로 말했다.

“너무 비싼데, 50불로 합시다.”

“안 되겠소.”

머리를 저은 미타가 엔진을 켰을 때 요란한 엔진음과 함께 배가 흔들렸다. 날씨는 더 흐려진 데다 빗방울이 더 자주 떨어졌다. 손바닥으로 빗방울을 가리던 여자가 사내에게 말했다.

“비가 내릴 것 같아. 그냥 달라는 대로 주고 돌아가자, 병수 씨.”

“에이, 시발 놈들.”

다시 욕을 한 사내가 미타에게 말했다.

“좋아 1백 불씩 주지. 그럼 보스란까지 몇 시간이면 도착하겠어?”

“세 시간.”

미타가 손가락 세 개를 더블유 자로 만들어 보였다.

“당신들이 타고 온 저 낡은 보트로는 여섯 시간이 걸려야 도착할 수 있을 거요.”

“그럼 세 시간에 도착하는 조건으로 1백 불씩 주겠어.”

“선금으로 주시오.”

미타가 손을 내밀자 사내가 지갑을 열더니 1백 불짜리 한 장을 꺼내 내밀어주었다.

"나머지는 세 시간 후에 도착하면 주지."

"좋소."

머리를 끄덕인 미타가 선수를 돌렸을 때 사내가 식당 쪽을 향해 소리쳤다.

"나 먼저 보스란으로 돌아갑니다!"

"어, 그래."

몇 명이 한국어로 대답했고 미타의 보트는 강심을 향해 가기 시작했다. 빗방울이 점점 커졌으므로 최철산이 우의를 남녀에게 건네주었다. 남자는 잠자코 우의를 받았지만 여자가 영어로 인사했다.

"고마워요."

보트는 속력을 내기 시작했는데 미타는 시속 20노트(32km)이상을 내었다. 파도가 높았지만 보트는 비바람을 뚫고 어뢰처럼 달려가고 있다. 최철산은 미타와 뒤쪽 엔진 앞에 나란히 앉았고 남녀 둘은 배의 중심 부근에 붙어 앉아있다. 최철산이 미타에게 몸을 바짝 붙이고 라오어로 말했다.

"식당에 정보원이 있었다면 저 둘을 싣고 가는 것을 주시했을 거야."

"우리가 감시 대상이라면 관광객을 싣지 않았을 것입니다."

미타가 고르지 못한 이를 드러내고 웃었다.

"대장이 그런 생각을 하셨군요."

미타는 주의 깊은 성격이다. 보스라는 말 대신 라오어로 대장이란 단어를 썼다.

"상류 쪽 마가트롱으로 가는 관광객입니다."

미타가 둘을 눈으로 가리키며 말을 이었다.

"이렇게 비바람이 불기 시작하면 마가트롱까지는 다섯 시간쯤 걸리겠지요."

머리를 끄덕인 최철산의 시선이 여자에게로 옮겨졌다. 노란색 우의를 뒤집어쓴 여자의 옆얼굴이 보였다. 미인이다. 둘은 최철산의 2미터쯤 앞쪽에 붙어 앉아 있었는데 남자가 여자의 허리를 감아 안고 있다. 그때 여자가 머리를 돌려 최철산을 보았다. 시선이 마주친 순간 여자의 눈동자가 커진 느낌이 들더니 시선을 돌리고는 남자에게 말했다.

"내 뒤에 있는 남자 말이야, 선장 말고."

"응, 왜?"

머리를 돌린 사내가 힐끗 최철산을 보았다. 그때 여자가 말을 이었다.

"어쩐지 눈빛이 으스스해."

"그래, 좀 기분 나쁜 낯짝이긴 해."

남자가 여자의 허리를 당겨 안았다.

"바니!"

배를 강가에 붙인 사내가 이쪽에 대고 부른다. 오후 6시 10분, 석양이 강을 붉게 물들였고 사내의 몸도 붉은 기운으로 둘러싸인 것 같다. 마이클이 옆에 엎드린 카이엔을 보았다. 둘은 풀숲에 몸을 숨기고 있었는데 사내와의 거리는 25미터쯤 되었다. 사내는 이쪽을 발견하지 못하고 있다. 그때 사내가 다시 불렀다.

"바니!"

40대 중반쯤으로 보이는 사내는 건장한 체격이다. 라오스인치고는 신장이 크다. 175쯤 되었을까? 어깨도 넓고 반팔 셔츠에 검정색 바지

차림, 발에는 샌들을 신었다. 배는 10미터 길이의 보트, 선체는 새것이다. 엔진은 하나, 야마하 신형으로 시속 25노트(40km)는 나올 것이다. 그때 마이클이 상반신을 일으키며 대답했다.

"레나."

시선이 마주치자 사내가 눈웃음을 쳤다.

"사난타입니다."

"반갑소, 사난타."

마이클이 발을 떼었을 때다. 아직도 풀숲에 엎드려있던 카이엔이 낮게 말했다.

"뒤쪽으로 우측 50미터 지점에 둘."

숨을 들이켠 마이클이 발을 멈추면서 나무 기둥에 비스듬히 섰다. 사난타와 시야가 가려졌을 때 마이클이 낮게 물었다.

"난 보이지 않는데, 확실해?"

"나무옷을 입었어요, 탈레반 매복조."

"빌어먹을."

"저놈을 이쪽으로 오라고 해요, 다가가지 말고."

그때 마이클이 소리쳤다.

"사난타, 도와줘야겠어. 여기 환자가 있어."

"환자가 있다니요?"

놀란 듯 사난타가 되묻더니 배를 강가에 바짝 붙였다.

"뒤쪽 둘 중 하나는 저격총."

엎드린 카이엔이 다급하게 말했다.

"저격병이에요, 몸을 숨겨요."

그때서야 마이클은 뒤쪽 우측의 고목 밑에 엎드린 물체를 보았다.

나무껍질로 뒤덮여서 나뭇등걸 같다. 그때 사난타가 다가오며 물었다.

"어디 다치셨습니까?"

"저쪽에 있어."

마이클이 오른쪽을 손으로 가리키며 나무둥치 옆쪽으로 몸을 숨겼다. 그 순간이다. 몸을 숨긴 나무둥치에 뭔가 부딪치는 충격음이 울렸다.

"퍽!"

다음 순간 마이클이 엎드렸고 10미터쯤 거리로 다가오던 사난타가 점프하듯이 옆쪽의 숲으로 뛰었다.

"퍽!"

다시 오른쪽으로 몸을 굴린 마이클이 허리춤의 권총을 뽑아 쥐었다.

"퍽! 퍽!"

이번에는 두 발이 날아와 한 발은 나무둥치를 뜯어내었고 또 한 발은 마이클의 귀 옆의 잡초를 동강내며 스쳐 갔다.

"이런, 젠장."

다시 몸을 굴린 마이클이 권총을 겨눠 우선 사난타가 점프한 쪽을 겨누고 쏘았다.

"탕! 탕! 탕! 탕!"

연거푸 4발을 쏜 마이클이 다시 몸을 굴려 바위 뒤로 돌아가 상반신을 세웠다.

"핑! 핑!"

다시 두 발의 저격총탄이 오른쪽을 스치고 지났는데 3미터쯤 간격이 있다. 저격자가 이곳을 찾지 못했다는 증거다. 마이클이 심호흡을 했다. AK-47을 나무에 기대 세운 채 떨어져 나온 것이다. 이 상황에서는 AK-47이 유용하다. 쥐고 있는 베레타 92-F는 유효거리가 30미터 미만이라 저격병과는 상대가 되지 않는다. 그리고 마이클이 어금니를 물었다. 카이엔은 어떻게 되었는가? 카이엔은 비무장이다. 마이클이 소리쳤다.

"사난타!"

대답이 없었으므로 다시 불렀다.

"사난타! 무슨 일이야!"

우선 모른 척하는 것이 낫다. 이번에도 대답이 없었으므로 마이클이 몸을 웅크리며 오른쪽 풀숲으로 도약하려는 순간이다.

"타타타타타탕!"

AK-47의 발사음이 귀를 울렸다. 가까운 곳에서 울렸기 때문에 깜짝 놀란 마이클이 몸을 비틀어 반대쪽으로 뛰었다. 바위 뒤에서 벗어난 것이다. 급하게 뛰는 바람에 솟아 나온 나무뿌리에 머리를 박으면서 엎드렸을 때 카이엔의 외침 소리가 들렸다.

"하나 제거!"

"무, 무슨 소리야!"

베레타를 움켜쥔 마이클이 풀숲에 엎드린 채 소리쳤다. 그때 카이엔의 목소리가 울렸다.

"사난타, 이 새끼를 쏴 죽였다는 말씀!"

마이클이 숨을 들이켰을 때다.

"타타타타타타타!"

다시 요란한 발사음이 울렸다. 물을 것도 없다. 카이엔이 앞쪽 저격병 둘을 향해 쏜다. 마이클이 풀숲을 뛰어 나뭇등걸 밑에 엎드렸을 때 카이엔이 소리쳤다.

"저격병 사살!"

머리를 든 마이클이 옆쪽에서 피비린내를 맡았다. 3미터쯤 오른쪽에 사난타가 쓰러져 있다. 하늘을 바라보고 반듯이 누워 있었는데 목과 가슴에서 피가 뿜어져 나오고 있다. 그때 앞쪽 풀숲에서 카이엔이 일어섰다.

"저격병 둘 다 잡았어요."

카이엔의 손에는 AK-47이 쥐어져 있다. 마이클이 나무둥치에 기대 놓았던 총이다. 머리를 끄덕인 마이클이 강가 위쪽의 저격병이 숨었던 곳으로 먼저 다가갔다. 손에 베레타를 쥔 채 조심스럽게 다가간 마이클이 쓰러진 두 사내를 보았다. 둘 다 머리와 상반신에 총을 맞았는데 이미 시체다. 50미터 거리에서 카이엔이 명중시킨 것이다. 마이클이 사내들의 AK-47을 집어 들었을 때 카이엔이 다가왔다.

"서툰 놈들이에요, 장소도 잘못 선택했고."

마이클의 시선을 받은 카이엔이 쓴웃음을 지었다.

"사격도 정확하지 못했어요."

"쿠쿠마가 배신한 건 아니야, 저놈 사난타가 배신했어."

AK-47의 탄창을 확인하면서 마이클이 이 사이로 말했다.

"지금 우리가 표적이 되어 있을 거다."

"CIA이겠지요?"

"북한 마약 조직만 빼고 너희들 아랍계 미친놈들일 수도 있지."

"그럼 이제 어떻게 하지요?"

"몇 분 시간은 있어."

시체 옆에 쪼그리고 앉은 마이클이 주머니를 뒤져 내용물들을 꺼냈다. 그러나 탄창과 비상식량만 나올 뿐이다. 사내들은 30대쯤의 현지인으로 건장한 체격이다. 마이클이 뒤쪽 강가에 매여 있는 사난타의 보트를 보았다.

"저걸 타고 갈 수는 없어."

"강을 따라 올라가는 수밖에요."

카이엔이 사내들의 몸에서 나온 탄창을 주머니에 넣으면서 말했다.

"곧 밤이 돼요, 얼른 이 자리를 피하고 봐요."

이제는 카이엔이 서둘렀으므로 마이클이 쓴웃음을 지었다. 6시 반이 되어가고 있다. 숲속은 어둑해졌지만 강 쪽은 아직 밝다. 마이클이 앞장서서 발을 떼었고 카이엔이 뒤를 따른다. 마이클은 사내들한테서 빼앗은 AK-47을 쥐었고 권총은 배낭에 넣었다. 뒤를 따르는 카이엔도 AK-47로 무장하고 있다. 자연스럽게 총을 쥔 것이다.

"이 속도로는 한 시간에 2킬로 정도밖에 갈 수 없어요, 마이클."

뒤에서 카이엔이 말했다.

"강은 너무 드러나서 위험하고 내륙으로 들어가 사람들 사이에 끼어서 북상할 수밖에 없어요."

"……."

"버스를 타면 빨라요, 마이클."

"……."

"캄보디아를 거쳐 태국으로 들어가면 길이 잘 뚫렸어요, 거기서 중국 국경으로 북상하는 것이……."

그때 마이클이 걸음을 멈췄으므로 카이엔은 등에 부딪칠 뻔했다. 몸을 돌린 마이클이 카이엔을 보았다.

"내 본래 탈출 코스가 메콩 강 상류까지 간 후에 중국 국경을 넘어 들어가는 것이었어."

카이엔의 두 눈이 어둠 속에서 반짝이고 있다. 마이클이 머리를 저었다.

"그 계획은 사난타를 통해서 저놈들도 알고 있을 거다."

"그렇겠지요, 마이클."

"코스를 바꾸자."

"어디로요?"

"오른쪽으로."

마이클이 턱으로 어둠에 덮인 밀림을 가리켰다. 강의 반대쪽이다.

"베트남으로 들어간다."

"……."

"거기 작은 도시에 엎드려 있다가 중국으로 가든지. 그렇지, 한국으로 갈 수도 있겠군."

마이클이 머리를 돌려 카이엔을 보았다.

"당분간은 널 데리고 가야 할 것 같다."

카이엔은 시선만 주었고 마이클이 말을 이었다.

"널 놓아주면 잡힐 수 있고 그럼 내가 위험해져."

"……."

"도중에 네가 독사에 물리든지 총에 맞아 죽는다면 내가 홀가분해질 거야, 솔직히 널 차마 죽이지는 못하겠다."

그때 카이엔이 머리를 끄덕였다.

"가요, 마이클."

카이엔이 먼저 발을 떼면서 말했다.

"당신은 아시아 밀림에 익숙하지 못한 것 같군요, 내가 앞장설게요."

어둠 속에서 카이엔의 말이 이어졌다.

"난 인도네시아 밀림에서도 1년을 지냈어요."

"다 왔어."

7시 45분, 어둠 속을 달리던 보트 앞쪽으로 불빛이 보였다. 보스란이다. 세 시간 걸린다고 했지만 비바람이 몰아치는 데다 풍랑이 심해서 보트는 도중에 한 시간 정도쯤 강가에서 대피해야만 했다. 지금도 파도가 높았으므로 보트는 시속 10노트(16km) 정도밖에 속력을 내지 못한다. 앞쪽에 앉아있던 한국인 사내가 다시 한국어로 말했다.

"세 시간 걸린다는 놈이 다섯 시간이 걸렸어. 도중에 한 시간 쉬었다고 해도 네 시간이야, 돈 다 못 줘."

"풍랑이 심했잖아?"

여자가 말하자 남자는 고집을 부렸다.

"두당 백 불이라니, 도둑놈들. 백 불이면 12만 원이야, 저놈들 한 달 생활비라고."

그때 미타가 최철산에게 라오어로 물었다.

"대장, 저놈이 뭐라고 합니까?"

"다섯 시간 걸렸다고 돈 다 못 준단다."

"저놈 지갑에 돈이 많은 것 같은데 죽여서 물속에 넣고 돈 빼앗을까요?"

"아까 우리 배에 타는 걸 다 보았어."

"풍랑이 심해서 우리도 보스란에서 쉬어야 될 것 같습니다, 대장."

"그렇군."

"배에서 내리고 나서 저놈을 죽이지요."

"미타, 너 끈질기구나."

"저는 돈을 빼앗을 테니 대장은 여자를 가지시죠."

"이놈이 강도로군."

"무시당하면 못 견딥니다, 대장."

어느덧 배가 빗발이 뿌리는 선착장으로 다가갔으므로 한국인 둘은 내릴 준비를 했다. 그때 미타가 배를 선착장에서 2미터쯤 거리를 두고 세우고는 사내에게 영어로 말했다.

"선생님, 잔금을 주셔야죠."

"세 시간 약속을 지키지 못했으니까 우리가 50불씩, 1백 불만 주면 되지."

준비하고 있었는지 사내가 바로 말했다. 어둠 속에서 사내의 두 눈이 번들거리고 있다.

"풍랑이 심해서 다섯 시간 걸린 것은 이해해. 하지만 너무 비싸게 부른 것 아냐? 1인당 50불이면 충분하다고 식당 주인도 말했단 말이야."

"그럼 그때 약속을 하지 말았어야지요, 선생님."

"당신도 약속 어긴 것 아냐? 그러니까 1백 불로 조정하자고."

"안 됩니다."

뱉듯이 말한 미타가 선수를 돌리더니 강심(江心)으로 나갔다. 강변에서 금방 보트가 멀어지면서 파도에 흔들리기 시작했다.

"어머나, 어떻게 해!"

여자가 비명을 질렀다.

"병수 씨! 빨리 돈 주고 내려!"

"안 돼. 이 시발 놈들이 우릴 어쩌지는 못해, 식당에서 모두 이 배를 보았거든."

사내가 이 사이로 말했다. 오기가 있는 한국인이다. 사내가 말을 이었다.

"안내원이 조치할 거야, 걱정 마."

그 말을 들은 최철산이 미타에게 말했다.

"안내원이 이것들이 우리 배에 탄 것을 보았다는 거다. 미타, 내려주고 우리도 내리기로 하자, 여기서 쉬자."

"그럼 이놈들이 숙소에 들어간 후에 털지요, 이곳 모텔들은 엉성합니다."

"그렇게 하든지."

그러자 미타가 한국인 사내에게 말했다.

"그럼 150불을 내시오, 선생."

"안 돼."

영어로 말한 사내가 한국말로 덧붙였다.

"도둑놈의 새끼야."

"그럼 못 내립니다."

보트는 점점 강변에서 멀어지면서 더 출렁거리고 있다. 여자가 바락 소리쳤다.

"50불 더 줘!"

"이런 씨."

여자의 기세에 눌린 사내가 지갑을 꺼냈을 때 최철산이 미타에게 말했다.

"미타, 그냥 계속해서 가자. 보스란을 지나면 어디가 나오나?"

"예첸입니다. 이곳에서 50킬로쯤 떨어졌는데 두 시간쯤 걸릴 텐데요."

미타는 어둠 속에서 번들거리는 눈으로 최철산을 보았다. 최철산이 머리를 끄덕였다.

"예첸까지 가자."

"예, 대장."

미타가 배에 속력을 높이자 이번에는 사내가 당황했다.

"돈 낸다는데 왜 그러는 거야, 150불!"

미타가 대답하지 않았으므로 여자가 바락 소리쳤다.

"사람 살려! 헬프!"

미타는 배를 더 강심으로 몰았으므로 이제 보스란의 불빛이 멀어졌다. 비바람이 몰아치면서 배는 좌우로 요동쳤다. 그때 사내가 소리쳤다.

"2백 불 다 주겠어! 제발 서!"

"투타타타타타."

미타가 보트의 속력을 높인 순간 요란한 엔진음이 울리면서 선수가 벌떡 세워졌다. 놀라 비명을 지른 여자가 뱃전을 움켜쥐었고 사내도 곤두박질을 치며 뒤로 넘어졌다. 사내의 머리가 최철산의 발치에 놓였다가 굴러갔다.

"아아앗!"

겁에 질린 여자는 이제 말도 뱉지 못한다. 보트는 강심(江心)에서 맹렬한 속도로 달려가기 시작했다.

"이, 이것 봐, 멈춰! 멈춰!"

몸을 세운 사내가 악을 썼지만 풍랑으로 배가 요동치는 바람에 입을 다물었다.

"어떻게 해?"

여자가 울음 섞인 목소리로 사내에게 소리쳤다.

"어떻게 좀 해봐!"

보트는 이제 어둠 속을 달려갈 뿐이다. 뒤쪽에서 가물거리던 보스란의 불빛도 보이지 않는다.

"이봐, 2백 불 다 내겠어!"

사내가 소리쳤다. 비바람이 다시 몰아쳤으므로 소리가 뒤쪽으로 날아간다.

"아니, 3백 불을 낼게! 3백 불!"

미타는 물론 최철산도 대답하지 않는다.

"이 사람들 강도 같아!"

여자가 소리치며 울었다.

"어떻게 해!"

"좋아! 4백 불을 낼게! 전 재산이야!"

사내가 비명처럼 소리쳤다.

"내가 잘못했으니까 4백 불을 받아줘!"

그때 최철산이 라오어로 미타에게 말했다.

"가만두면 더 올라갈 것이다, 그냥 달려!"

"예, 대장. 그런데 후환이 없을까요?"

"미타, 넌 예첸에서 돌아가라."

"예?"

놀란 미타가 어둠 속에서 눈을 크게 떴다.

"대장은 어떻게 하실 건데요?"

"난 예첸에서 육지로 들어갈 거다."

최철산이 이제는 입을 다물고 있는 둘에게 시선을 주면서 말을 이었다.

"예첸에서 저것들을 없애고 강 속에 묻으면 되겠지."

"예, 돌을 매달아 놓으면 수장됩니다."

"저놈 지갑에 몇천 불이 들어 있을 테니까 네 수고비로 해라."

"감사합니다, 여자는 어떻게 할까요?"

"같이 죽여 묻자."

"예, 대장."

"네 보트는 바로 페인트를 다시 칠하는 것이 낫다, 수상식당에서 눈에 띄었어."

"알고 있습니다, 대장."

그때 사내가 머리를 돌려 둘을 보았다. 어둠 속에서 치켜뜬 눈의 흰자위가 크게 드러났다.

"내가 1천 불을 내겠어, 그러니까……"

그때 최철산이 우비를 추켜올리고 엉덩이 혁대에 찔러 넣은 권총을 꺼내 사내를 겨누었다.

"네 이름이 병수지?"

그 순간 사내가 소스라쳤고 놀란 여자는 외마디 비명을 질렀다. 두 쌍의 눈이 이제는 귀신을 본 것처럼 최철산을 응시한 채 입을 다물고 있다. 최철산이 겨눈 권총 때문이 아니다. 입에서 한국말이 뱉어진 것이다. 최철산이 말을 이었다.

"넌 뭐하는 놈이냐?"

"난, 저는……"

사내가 총구를 응시한 채 말을 더듬었다.

"나는 저기, 장사를, 아니 사업을……"

108

그 순간 최철산이 방아쇠를 당겼다.

"타앙!"

비바람이 몰아치는 강 복판, 보트의 엔진음이 큰 터라 총성은 금방 흡수되었다. 보트는 겨우 흐린 하늘과 물만 분간이 되는 강을 달리고 있었는데 사내는 뱃전에 몸을 부딪치며 쓰러지더니 움직이지 않았다. 총탄이 심장에 박힌 것이다.

"으악!"

비명은 여자가 뱉었다. 그러나 온몸을 웅크린 채 손가락 하나 까닥하지 않는다. 그때 최철산이 미타에게 말했다.

"미타, 처리해라."

"예, 보스."

미타가 활기차게 대답하더니 키를 최철산에게 넘기고는 쓰러진 사내에게 다가갔다. 먼저 사내의 지갑을 꺼낸 미타가 탄성을 뱉었다. 1백 불짜리 지폐가 가득 들어있었기 때문이다.

"보스, 6, 7천 불 정도가 있습니다!"

그러더니 미타가 사내의 허리에 찬 허리 가방을 풀더니 안을 뒤졌다. 이번에는 미타가 탄성도 뱉지 않고 최철산을 보았다.

"보스! 1만 불 뭉치가 6개나 있습니다!"

"이것들이 죄를 짓고 도망쳐 나온 것이군."

최철산이 이 사이로 말하고는 여자를 노려보았다.

"넌 누구냐? 죽이기 전에 말해!"

한국어로 소리치자 여자가 울었다.

"돈은 얼마든지 있어요! 살려만 주세요!"

"여기서 쉬자."

밤 11시 반, 마이클이 주위를 둘러보고 나서 말했을 때 카이엔은 그 자리에 털썩 주저앉았다. 이곳은 산악지역이다. 바위산이 가팔랐고 길도 없었기 때문에 마이클은 하늘의 별을 보면서 방향을 잡았다. 날씨가 맑아졌다. 세상의 먼지와 더러운 것을 비바람이 싹 쓸고 간 것처럼 밤하늘이 맑다. 별들이 흔들리고 있는 것을 보면 금방이라도 떨어질 것 같다. 5시간을 동쪽으로 나온 것이다. 바위 밑에 앉은 마이클이 배낭을 벗어 놓으면서 말했다.

"10킬로 정도 들어왔어. 내일이면 민가나 도로를 찾을 수 있겠지."

"이곳은 짐승이 좀 있어서 다행이에요."

옆으로 다가와 앉은 카이엔이 가쁜 숨을 고르면서 주위를 둘러보았다.

"저기 바위 밑으로 들어가요, 마이클."

안쪽에 깊게 파인 바위틈이 있는 것이다. 둘이 들어가 누울 만한 공간이다.

"저 안이 아늑해서 둘이 들어가면 딱 맞겠네요, 새벽에는 불을 피워야겠군."

"불은 안 돼."

이미 그곳에서 밤을 지내려고 멈춘 터라 마이클이 단호하게 말했다. 별빛을 받은 마이클의 얼굴이 파랗게 드러났다. 마이클이 말을 이었다.

"불을 피우면 위성에서 바로 체크가 된다. 난 네년 때문에 당하기는 싫어."

"지금 이 시간에는 이 지역을 비추는 위성이 없어요, 마이클."

카이엔이 똑바로 마이클을 보았다. 바위틈에 붙어 앉아 있었기 때문에 어깨와 엉덩이가 닿았다. 그래서 체온이 전달되어 온다. 라오스 고원지대의 밤은 춥다. 시간이 지날수록 더 추워질 것이다. 마이클은 지금 온도가 영상 2, 3도 정도일 것이라고 추측했다. 땀에 젖은 몸이 식으면서 급격히 추워지고 있다. 카이엔이 말을 이었다.

"아래쪽으로 위성이 지나가요, 아마 20킬로쯤 더 가면 남북으로 비스듬히 지나는 미국의 G-7위성의 감시 지역이 되겠죠."

마이클이 시선만 주었다. 이쪽 지역의 '위성길'은 마이클도 몰랐기 때문이다. 그때 카이엔이 말했다.

"우린 교육을 받아요, 그래서 전 세계로 지나는 미국의 감시위성 27개의 루트를 다 외우고 있어요."

"······."

"탈레반이나 알 카에다, 또는 IS가 훔쳐보는 파키스탄, 인도, 러시아 위성의 루트까지 다 외우고 있죠."

"······."

"하지만 사각(死角)이 있기 마련이죠, 이곳도 그중 하나예요. 지도가 없어서 정확한 위치는 모르지만 50~60킬로 정도의 이 공간이 바로 그곳이죠."

"내가 안내견을 데리고 다니는군."

"마이클, 뒤쪽 바위로 들어가요."

어깨를 움츠리며 카이엔이 말했다.

"추워요, 마이클."

그때 마이클이 배낭에서 우의를 꺼내 내밀었다.

"이것을 입어, 그럼 괜찮을 거다."

"그 우의를 둘이 덮고 껴안고 자면 되는데."

"미친년."

우의를 던진 마이클이 턱으로 안쪽을 가리켰다.

"안으로 들어가, 난 여기서 잘 테니까."

그렇게 되면 마이클이 바위 앞을 막고 자는 셈이어서 껴안고 자지 않아도 아늑하게 되었다. 마이클이 눈을 치켜뜨더니 카이엔의 어깨를 안쪽으로 밀었다.

"들어가."

카이엔이 안쪽으로 밀려가면서 말했다.

"미안해요, 마이클."

"닥쳐."

배낭을 바위에 기대 세운 마이클이 AK-47 2정을 옆에 나란히 놓고는 도로 누웠다. 카이엔에게 등을 보인 자세다. 길게 숨을 뱉은 마이클은 온몸에 덮여오는 한기를 느꼈다. 그러나 견딜 만하다. 아프가니스탄의 산악지대는 이보다 더 심했다. 나른한 피로감이 몰려오면서 폐에 고원의 맑은 대기가 흡입되었다. 폐가 시릴 정도로 신선한 대기다. 그때 뒤에서 카이엔이 말했다.

"베트남 어디로 가요?"

마이클은 대답하지 않았고 카이엔이 말을 이었다.

"우린 눈에 띄는 외모니까 작은 마을보다 대도시가 유리해요, 마이클."

"……."

"대도시에 진입하면 우선 말끔하게 옷을 갖춰 입어야 돼요, 관광객으로 위장하는 것이 가장 쉽죠."

"……."

"난 먼저 목욕탕에 가서 뜨거운 물속에 들어가고 싶어요, 뜨거운 물……."

카이엔의 목소리가 낮아지더니 곧 끊겼다.

마이클이 잠에서 깨어난 것은 등이 따뜻해졌기 때문이다. 추위에 몸을 웅크린 채 굳어진 몸으로 잠이 들었던 마이클이다. 등 쪽에서부터 온기가 퍼지더니 온몸이 따뜻해졌고 잠에서 깬 것이다. 의식이 돌아온 마이클은 곧 등에 붙어있는 카이엔 때문이라는 것을 알았다. 카이엔이 뒤에서 자신을 껴안고 있는 것이다. 허리를 감은 두 팔이 배에 얹혀 있다. 마이클은 카이엔의 두 손을 떼어 놓았다. 그러나 카이엔은 잠이 들었는지 꿈틀거리며 더 몸을 붙였다. 두 손이 다시 마이클의 허리를 감는다. 주위는 아직 어둠에 덮여 있다. 밤하늘에 가득 걸려있던 별들이 어느덧 모두 사라졌고 검은 장막이 덮인 것 같다. 손목시계를 보았더니 오전 4시 반이다. 추위가 몰려왔으므로 마이클이 어깨를 움츠렸다. 뒤쪽은 따뜻했지만 바위틈 밖으로 향해진 전면이 추위에 사정없이 노출되어 있다. 그때 뒤쪽에서 카이엔이 말했다.

"몸을 돌려서 나를 안아요, 마이클."

숨을 들이켠 마이클에게 카이엔이 말을 이었다.

"앞쪽을 녹이란 말이에요."

"입 닥쳐."

"겁나요?"

카이엔의 목소리는 차분하다.

"본능을 왜 막아요?"

"……."

"당신은 날 강간할 수도 있는데 왜 참는 거죠?"

113

"……."

"난 그냥 주겠다고도 했는데요, 마이클."

"더러운 년, 내가 아무것이나 먹는 거지인 줄 아냐?"

그 순간 마이클을 감고 있던 카이엔의 손이 떨어졌다. 등에 붙어 있던 몸이 떨어지면서 갑자기 서늘해졌다. 그러나 마이클이 다시 말을 이었다.

"널 데리고 나온 건 네 더러운 몸이 탐나서가 아냐, 이년아. CIA에 대한 배신감 때문이다. 그놈들이 노리는 널 내주기가 싫었던 거야."

"……."

"그렇다고 네년이 대사관을 폭파해서 무고한 사람을 수백 명 죽인 것을 잘했다는 것이 아니다."

"……."

"너 같은 테러범은 잡아서 화형을 시켜야 돼, 그게 내 생각이야."

"……."

"내 어머니를 죽인 것도 결국은 테러단이야, 너 같은 년들이었어."

그때 카이엔이 말했다.

"그럼 날 놔줘요."

이번에는 마이클이 입을 다물었고 카이엔이 말을 이었다.

"당신이 걱정하는 거 알아요. 잡혀서 당신에 대해서 불지 않을 테니까 놔줘요."

"……."

"날 죽이기 싫다면 벌레 한 마리 다루는 셈 치고 나 혼자 떠나게 해줘요."

"좋아."

마침내 마이클이 말했다.

"날이 밝으면 떠나라, 네 총을 갖고 가면 된다. 그리고……."

마이클이 꿈틀거리며 몸을 일으켰다. 추위에 굳은 몸이어서 겨우 몸을 세워 앉은 마이클이 목과 어깨를 흔들었다. 뒤쪽에서도 부스럭대는 소리가 들렸다. 카이엔도 일어나는 것이다. 마이클이 손을 뻗어 배낭을 집더니 안에서 손가방을 꺼내었다. 그러고는 지폐 뭉치를 집어 뒤쪽의 카이엔에게 내밀었다. 5,6천 불쯤은 되는 돈이다.

"자, 이 돈을 받아."

"나 돈 있어요."

카이엔이 외면한 채 말하자 마이클이 입맛을 다셨다.

"내가 네 배낭 다 수색했잖아. 넌 155불밖에 없어, 이년아."

"……."

"허세 부리지 마라, 그리고 창피할 것도 없다."

쓴웃음을 지은 마이클이 머리를 돌려 카이엔을 보았다.

"그리고 지금 와서 말하지만 넌 오해하고 있어. 난 세상 어떤 여자하고도 섹스를 할 수 있지만 테러단 계집하고는 안 해, 그것들은 인간이 아냐."

마이클이 카이엔의 재킷 주머니에 달러 뭉치를 쑤셔 넣었다. 몸을 일으킨 마이클이 AK-47 1정을 집어 들고 서서 카이엔을 보았다. 바위에 AK-47 1정이 세워져 있다.

"저 총을 갖고 가, 탄창은 2개."

마이클이 힐끗 하늘을 올려다보았다. 검은 하늘이 뿌옇게 바래지고 있다. 껍질이 벗겨지는 것 같다.

"잘 가라, 다음에 만났을 때 먼저 보는 쪽이 사는 거다."

여자의 이름은 이지윤, 35세. 여권에 적힌 신분이다. 여자가 메고 있던 가방에는 1만 불 뭉치가 9개나 들어 있었는데 죽은 사내의 것까지 합쳐서 16만 불 가까운 거금이다.

"보스, 우린 부자가 되었습니다."

미타의 두 눈이 번들거리고 있다. 달러 뭉치를 다시 여자의 배낭에 넣었던 미타가 사내의 허리 가방에 든 달러 뭉치까지 여자의 배낭 속에 함께 담았다.

"저쪽에서 시체를 처리하자."

최철산이 옆쪽 강변을 눈으로 가리키며 말했다.

"미타, 시체를 묶고 돌을 매달아라."

"예, 보스."

아직 최철산이 키를 쥐고 있었으므로 배는 강변으로 다가갔다. 배가 강변에 멈춰 서자 잠깐 그쳤던 빗발이 다시 뿌리기 시작했다. 여자는 뱃전에 웅크리고 앉아서 이제는 말도 뱉지 않는데 정신이 나간 것 같다. 최철산과 미타를 번갈아 보았지만 눈동자의 초점도 멀다. 미타가 익숙한 솜씨로 사내 시체를 나일론 로프로 잘라 묶고 돌덩이를 찾아 단단히 매달았다. 배가 출렁거리면서 빗발이 더 세졌다.

"보스, 저 돈을 어떻게 할까요?"

시체에 돌을 묶으면서 미타가 생각난 것처럼 물었다.

"저한테 1만 불만 주십시오, 보스."

머리를 든 미타의 눈이 번들거리고 있다. 빗발이 세졌으므로 미타의 얼굴에도 물이 흘러내리고 있다. 오전 5시가 되어가고 있다. 최철산의 시선을 받은 미타가 말을 이었다.

"아닙니다, 보스. 안 주셔도 됩니다, 제가 욕심을 부렸습니다."

116

"아니, 너한테 5만 불을 주마."

시체를 다 묶었으므로 보트의 엔진을 켠 최철산이 선수를 강심으로 돌리면서 말했다.

"넌 당연히 그만큼을 받아야 돼."

"보스, 감사합니다."

미타가 머리를 숙여 절을 했다.

"절대로 비밀을 지키지요."

"……."

"돌아가면 보트를 팔아버리고 비엔티안에 가서 식당을 할 겁니다."

"……."

"5만 불이면 식당을 두 개 차릴 수도 있습니다, 보스."

"탕!"

그 순간 발사음이 강 위를 울렸지만 빗소리에 금방 흡수되었다.

"악!"

비명은 여자한테서 울렸다. 그러나 배 바닥으로 쓰러진 것은 미타다. 미타는 머리가 부서진 채 뱃전에 상반신을 걸치고 있다. 그때 최철산이 권총을 허리춤에 꽂더니 미타에게 다가갔다. 그러고는 나일론 끈으로 한국인 시체와 함께 묶기 시작했다.

"미타, 미안하다."

최철산이 라오어로 말했다.

"어쩔 수가 없었다. 돈을 본 너는 이미 이성을 잃었고 돈을 갖고 돌아가면 조만간 잡히게 되어있어."

혼잣소리처럼 말한 최철산이 2구의 시체를 강 속에 밀어 넣었다. 시체는 물속에 잠기더니 떠오르지 않았다. 다시 보트의 엔진을 켠 최철산

117

이 강을 내려가기 시작했다. 여자는 뱃전에 웅크리고 앉아 다시 초점을 잃은 시선으로 옆쪽을 본다. 이곳은 예첸에서 5킬로쯤 떨어진 곳이다. 그때 최철산이 배를 강변으로 향하기 시작했다. 빗발은 조금씩 가늘어지고 있다. 배를 강변에 붙인 최철산이 주위를 둘러보았다. 옆은 짙은 숲이다. 그러나 앞쪽에 작은 길이 뻗쳐 있었는데 민가로 이어졌을 것이다. 최철산의 시선이 여자에게로 옮겨졌다.

"넌 범죄자지?"

최철산이 불쑥 묻자 여자는 숨을 들이켰다. 최철산이 허리춤에 끼어 놓았던 권총을 꺼내 무릎 위에 놓았다.

"정신 차리고 대답해라. 저 돈뭉치가 어떤 돈인가를 말해. 네가 지금 어떤 입장인지를 생각해보고 대답하란 말이다."

"……."

"네가 범죄자라면 살아날 가능성이 조금 있기도 해, 경찰에 신고를 못할 테니까 말이야. 그런다고 일부러 그럴 필요는 없고. 그저 나는 귀찮으면 쏴 죽이고 가면 되니까."

"죽이지만 마세요."

여자가 갈라진 목소리로 말했다.

"살려주세요."

"넌 뭐하는 년인데?"

"한국에서 금융사기를 일으키고 도망 왔습니다."

"금융사기가 뭐야?"

"피라미드 사기입니다."

"스핑크스 사기도 있냐?"

"저, 돈이 더 있습니다. 살려주시기만 하면 그것도 찾아 드릴게요."

작은 개울을 건넌 마이클이 신을 신고 있을 때 총성이 울렸다. 이곳은 숲이 우거졌지만 인간의 흔적으로 뒤덮인 마을가, 곳곳에 밭이 경작되고 있고 개울가에도 사람들이 버린 쓰레기가 흩어져 있다. 마이클이 총을 쥐고 뛰어 일어났다. 그러고는 총소리가 난 쪽으로 달렸다. 숲을 헤치고 몇 발짝을 달렸을 때 다시 총소리가 울렸다. 이번에는 여러 정이다. AK-47의 발사음이다. 오전 10시 10분, 카이엔과 헤어진 지 5시간쯤 되었다. 카이엔이 먼저 떠났지만 동쪽으로 같은 방향이다. 마이클이 다시 발을 떼었을 때 이번에는 총성이 더 격렬해졌다. 5명, 아니 6명이다. 6명이 쏘고 있다. 마이클은 총성이 울린 쪽으로 뛰었다. 무의식적인 행동이다. 카이엔이 저 총성 속에 끼어 있을 가능성이 있는 것이다. 어쨌든 저 총성을 멈추려는 무의식이 작동했다. 카이엔까지 포함시켜 모두 그치도록 해야 된다. 총성이 계속되었고 점점 가깝게 들렸다. 마이클이 접근했기 때문이다. 이윽고 마이클이 엎드린 곳은 낮은 산중턱이다. 앞쪽에 엎드린 두 사내가 보였는데 옆쪽을 향해 총을 난사하고 있다. 라오스인, 그 옆쪽 20미터쯤 떨어진 곳에서도 총성이 일어난다. 모두 좌측을 향해 쏘는 것이다. 다른 쪽에서도 총성이 울렸지만 보이지 않는다. 포위 상태다. 가쁜 숨을 가라앉힌 마이클이 먼저 앞쪽 두 사내를 겨누었다. 거리는 50미터 정도, 두 사내의 몸이 보인다.

"타타타타타탕!"

마이클의 AK-47에서 발사음이 울렸고 두 사내는 펄쩍 뛰어오르는 것 같더니 쓰러져 움직이지 않았다. 마이클은 발사가 끝나자마자 옆쪽으로 달렸다. 10미터쯤 달린 후에 다시 엎드려 위쪽 사내를 겨누었다. 사내의 다리 부분만 보인다.

"타타타탕!"

거리는 40미터 정도, 총탄이 박히는 것까지 보인다. 사내가 상반신을 일으켰다가 엎어지면서 움직이지 않았다. 그러나 앞쪽 총성은 여전히 계속되고 있다. 마이클이 다시 몸을 일으켜 뛰었다. 그러고는 혼자 쓰러진 사내 옆으로 다가가 엎드렸을 때 위쪽에서 번쩍이는 섬광이 보였다. 1명, 30미터 옆쪽으로 좌측을 향해 발사하고 있다.

"타타탕!"

마이클의 AK-47에서 세 발의 총탄이 발사되었고 머리와 가슴을 맞은 사내가 총을 내던지며 하늘을 향해 누웠다. 그때 총성이 딱 그쳤다.

"카이엔!"

마이클이 버럭 소리쳤다.

"카이엔! 거기 있나? 나 마이클이다!"

다시 마이클이 소리쳤을 때 앞쪽 40미터쯤 거리의 숲에서 카이엔이 대답했다.

"위쪽 50미터 지점에 또 한 놈이 있어요!"

"타타타타타!"

그 순간 총탄이 날아와 마이클의 어깨를 스치고 지나갔다. 어깨가 뜨끔했지만 마이클이 총탄이 날아온 쪽을 향해서 쏘았다.

"타타탕!"

그때 카이엔 쪽에서도 총성이 울렸다가 뚝 그쳤다.

"다 잡았어요!"

카이엔의 목소리가 숲을 울렸다. 모두 5명인 것 같다. 그중 넷을 마이클이 해치웠다. 몸을 일으킨 마이클이 카이엔의 목소리가 울린 쪽으로 발을 떼었다. 맑고 뜨거운 날씨여서 곧 마이클의 몸에서 땀이 흘러내렸다. 그때 앞쪽 숲에서 카이엔이 일어섰다. 마이클을 본 카이엔이 쓴웃음을 짓고 말했다.

"민병대인 것 같습니다."

마이클도 같은 생각이다. 산악 부족의 민병대다. 마약 밀수, 요인 납치를 전문으로 하는 게릴라들인데 라오스 정부군은 소탕할 엄두도 내지 못하고 있다. 민병대가 때로는 테러단과 합세하여 정부군을 공격하기 때문이다.

"기습당했어요."

카이엔이 변명하듯 말했을 때 마이클이 발을 떼며 말했다.

"서둘러라, 놈들에게 곧 발각된다."

"저 산만 넘으면 트리크나가 나옵니다, 거기서 차로 이동하면 돼요."

카이엔이 앞쪽 산을 가리키며 말했다.

"지름길로 왔다가 매복하고 있던 놈들에게 걸렸어요."

"……."

"내가 조금 빨랐기 때문에 살았어요."

뒤를 따르면서 말하던 카이엔이 문득 생각난 것처럼 물었다.

"마이클, 따라가도 돼요?"

"따라와, 이년아."

마이클이 앞쪽을 향한 채 뱉듯이 말했다.

"마음에도 없는 소리 말고."

"마이클, 어깨에서 피가 나요."

깜짝 놀란 카이엔이 소리쳤으므로 마이클이 이맛살을 찌푸렸다.

"닥쳐, 스치고 지났을 뿐이야."

산 정상에서 잠깐 쉬던 카이엔이 마이클의 어깨를 본 것이다. 오후 1시 반, 이제 산 밑으로 도시가 보였다, 트리크나다. 산만 내려가면 되는

121

것이다. 마이클이 점퍼를 벗자 곧 피가 흠뻑 배인 어깨가 드러났다. 주변의 피는 말라붙었다. 마이클이 허리에 찬 나이프를 빼내 셔츠를 찢었다. 그때 카이엔이 다가와 상처를 보았다. 손에 작은 가방을 쥐었다.

"내게 응급처치 가방이 있어요."

마이클이 손을 늘어뜨렸고 곧 카이엔이 익숙한 솜씨로 상처를 치료하기 시작했다. 총탄이 스치고 지났지만 피부가 10센티쯤 파인 데다 깊이는 1센티가량이나 된다. 마치 진흙을 지나간 수레바퀴 자국 같이 살이 문드러져 있다. 카이엔이 먼저 상처를 소독수로 닦았다. 머리끝이 설 정도로 고통스러웠지만 마이클은 어금니만 물었다.

"아프면 소리를 질러요, 그래야 통증이 적어진다고 해요."

소독수로 상처를 닦은 카이엔이 곧 치료 분말을 뿌렸다. 그것은 고통이 더 심했으므로 마이클이 숨을 참았다.

"이번에는 더 아플 겁니다, 마이클."

카이엔이 그 분말 위에 연고를 눌러 바르면서 말했다.

"자, 신음해요, 마이클."

마이클은 어깨가 찢어지는 느낌을 받았다. 고통이 머리끝까지 올라와 머리칼이 곤두서는 것 같다. 그때 마이클이 쓴웃음을 짓고 말했다.

"IS가 쓰는 치료 연고로군."

"네, 맞아요. 그들이 개발했다는데 고통은 심하지만 하루면 낫습니다."

카이엔이 상처에 거즈를 붙이면서 말했다.

"물에 젖어도 상관없이 상처가 낫습니다. 그들이 아프가니스탄의 민간 치료제에서 개발했다고 해요."

거즈 위에 붕대를 감으면서 카이엔이 말을 이었다.

"저도 2년쯤 전에 허벅지 총상을 입었지만 이 연고로 나았습니다."

"……."

"이라크 정부군과 싸울 때였죠. 우린 1개 소대 병력으로 정부군 1개 대대를 막았습니다."

"……."

"난 로켓포 사수였죠, 탱크 4대를 격파했어요."

"네 부모는 누구야?"

불쑥 마이클이 묻자 붕대를 감고 매듭을 짓던 카이엔이 주춤했다. 마이클이 카이엔을 보았다.

"부모는 있을 것 아니냐?"

"아버지는 영국인, 어머니는 시리아인."

카이엔이 붕대의 매듭을 묶으면서 말을 이었다.

"아버지는 내가 다섯 살 때 어머니를 버렸고, 난 다마스커스에서 17살 때까지 살았죠."

"테러단에는 언제 들어간 거야?"

"어머니가 시장에서 일하다가 폭사한 후에."

"……."

"다마스커스 근처의 작은 마을이었는데 미군이 폭격했어요."

"……."

"난 곧장 반군 캠프로 가서 전사(戰士)로 지원했고 내 재질을 아까워 한 부대장이 알 카에다에 추천했죠."

"……."

"그래서 최 중좌를 만난 건가?"

"그땐 최 대위였죠."

"테러단 전사가 된 지 몇 년이야?"

"10년쯤 되었네요."

"몇 살이냐?"

"정확한 나이는 스물여덟."

그때 치료를 끝낸 카이엔이 마이클의 점퍼를 다시 입혀주면서 물었다.

"우리 다시 같이 다니는 거죠?"

"당분간은."

"감사 인사가 늦었어요, 그놈들한테 포위당해서 죽을 뻔했습니다."

그때 마이클이 배낭을 다시 어깨에 메면서 일어섰다.

"가자."

따라 일어선 카이엔이 말을 이었다.

"트리크나에 도착하면 먼저 내가 옷가지나 준비물을 사오지요, 이 차림으로 시내에 들어갈 수는 없을 테니까요."

카이엔이 제 옷차림을 보면서 웃었다.

"물론 나도 거지 행색이지만 당신보다는 나아요, 마이클."

마이클의 뒤를 따르면서 카이엔이 말했다.

"빨리 호텔 방에 가서 씻고 싶어요."

마이클과 직선거리로 7백 킬로 정도 떨어진 메콩 강 하류, 라오스의 빈담시, 약 3백 호 정도의 소도시였지만 국도가 지나는 데다 옛날 왕국 시대의 유적이 있어서 관광객이 많이 모이는 곳이다. 시내 끝 쪽의 식당 안에 마주앉은 최철산과 이지윤은 말쑥한 차림이다. 그것은 최철산의 가방에 넣어진 달러를 아낌없이 뿌려서 고급 등산복과 신발을 사 신

었기 때문이다. 배낭도 새것으로 바꿔서 돈 자랑하려고 온 한국 관광객
이 되어있다. 오후 2시 반, 둘은 방금 점심을 마쳤다.

"그런데 넌 어디로 가려던 참이야?"

물 잔을 내려놓은 최철산이 불쑥 묻자 이지윤이 시선을 주었다. 검
은 눈동자, 둥근 얼굴, 이목구비가 뚜렷한 미인이다.

"옆쪽 배에 탄 사람이 어딘가 낯이 익어서 보스란으로 돌아가려고
했죠."

이지윤이 고분고분 말했다.

"그쪽 배하고 같이 다니게 되었거든요."

"스핑크스 사기, 아니 피라미드 사기라고 했던가? 그게 무슨 말이
냐?"

"가입자 돈으로 이자를 주고 계속해서 회원 수를 늘리는 것을 말합
니다."

"회원 수를 늘리는 것이 사기야?"

"예, 결국 그 회원들한테 이자와 원금을 다 줄 수가 없거든요."

"왜?"

"그 원금을 우리가 떼어먹기 때문이죠."

"이건 날강도로군, 그래도 속는 놈들이 있단 말이야?"

"예."

"몇 명이나 속였어? 아니 얼마나 사기를 쳤어?"

"한 5백억 되는데 다 나가고 50억쯤 남았습니다."

"달러로 얼마야?"

"50만 불쯤 됩니다."

"이 돈, 15만 불까지 합해서냐?"

"예."

"나머지 35만 불은?"

"은행 비밀 구좌로 예금시켰습니다."

이지윤이 최철산을 바라보았다. 아직도 두려워하는 표정이다. 제 눈 앞에서 사내 둘을 무자비하게 총살하는 것을 보았던 것이다. 이지윤은 처음 겪는 일이다.

"저, 살려주시는 거죠?"

"생각 중이야."

"저도 도망 다니는 입장이라 절대로 선생님에 대해서 누구한테 말할 상황이 아닙니다."

"경찰에 잡히면 다 말하겠지."

"그럼 안 잡히게 해주세요."

"무슨 말이냐?"

"선생님하고 같이 다녀도 좋아요."

"나하고?"

"예."

"그, 죽은 놈하고 넌 무슨 관계인데?"

"피라미드 조직의 제 동료였을 뿐입니다."

"아닌 것 같던데."

"그 사람하고 같이 도피했을 뿐입니다."

"애인 노릇도 했고."

"할 수 없었습니다."

"나도 그 노릇을 하란 말이냐?"

"저를 하녀 취급을 하셔도 좋습니다."

126

"죽이지만 말란 말이지?"

"돈도 다 찾아 드리겠어요."

"그럼 넌 뭘 먹고 살려고?"

"처분에 맡기지요."

"말을 잘하는군."

최철산이 물 잔을 쥐었을 때 이지윤이 물었다.

"선생님 고향이 어디세요?"

"그건 왜 물어?"

"전 대전이 고향입니다, 혹시 그쪽이 아닌가 해서요."

"충청도?"

"예, 말씀하시는 것이, 혹시 그쪽 아니세요?"

"내 말투가 그렇게 들리나?"

"예, 서울에 오래 사신 충청도 분들의 억양과 비슷해서요."

"그렇군."

"맞죠?"

이지윤의 얼굴이 조금 밝아졌다.

"충청도 어디세요?"

"남포다."

"네? 남포가 어디에 있죠?"

"평양 옆에."

"……."

"남포는 북조선이야."

숨을 들이켠 이지윤을 향해 최철산이 정색했다.

"난 호위총국 소속 중좌라고, 알간?"

"……."

"나 따라서 북조선에 갈 거냐?"

"아, 아닙니다. 그것은……."

"그럼 잔소리 말고 일어서."

자리에서 일어선 최철산이 말을 이었다.

"오늘은 이곳에서 자고 내일 베트남 쪽으로 빠져나간다."

오후 7시 반, 이곳은 빈담시 외곽의 민박집 안이다. 최철산과 이지윤은 민박집 안에서 스위트룸에 속하는 독채를 빌렸는데 말 그대로 따로 떨어진 집이다. 주인은 50대의 한국인 부부로 최철산은 숙박부에 대전에서 온 이영철이라고 적었다. 민박집은 여권 보자는 소리도 안 했기 때문이다. 민박집 식당에서 김치찌개로 저녁을 먹은 둘은 일찍 방으로 들어왔다. 저녁 먹으려고 한국인 관광객들이 모여들었으므로 둘은 얼굴을 보일 입장이 아니었다.

"저, 제 얼굴이 TV에 여러 번 나왔어요."

방구석에 등을 붙이고 두 다리를 모아 팔로 껴안은 자세로 이지윤이 말했다.

"그래서 한국 사람들한테 얼굴 보이기가 좀 그래요."

최철산은 시선만 주었고 이지윤이 말을 이었다.

"이번에도 다른 배 관광객이 제 얼굴을 자꾸 힐끗거려서 돌아가다가 이렇게 된 거죠."

최철산은 식당에서 사온 한국산 소주병 마개를 뜯고 종이컵에 따랐다. 그러고는 문득 이지윤을 보았다.

"술 마실 테냐?"

"주세요."

최철산이 종이컵에 가득 따른 술을 건네주었고 자신은 병째로 세 모금을 삼켰다.

"술이 달구만."

입맛을 다신 최철산이 병을 기울여 남은 술을 삼키더니 다시 한 병의 마개를 뜯었다. 소주를 5병이나 사 왔던 것이다. 그때 한 모금 소주를 삼킨 이지윤이 최철산을 보았다.

"아저씨는 뭐 하시는 분이세요?"

이제 호칭이 아저씨다. 그리고 눈빛에 두려움이 조금 가셔져 있다. 동류의식이 작용한 것 같다. 최철산이 새 술병을 기울여 다시 세 모금을 삼키더니 손등으로 입가에 흘러내린 소주를 닦았다.

"뭐? 아저씨? 내가 네 아저씨야?"

"그럼 뭐라고 부르죠?"

"넌 네 아저씨하고 같이 자냐?"

그때 이지윤도 남은 술을 벌컥거리며 삼키더니 빈 잔을 내밀었다.

"한 잔 더 주세요."

"이년이 술을 잘 먹는군."

"술이 달아요, 저도."

"넌 앞으로 어떻게 할 작정이냐?"

불쑥 물었던 최철산이 정정했다.

"내가 널 살려주면 말이다."

최철산이 이지윤이 내민 잔에 술을 따르고는 술병에 남은 술을 다 삼켰다. 그때 한 모금 술을 삼킨 이지윤이 말했다.

"계획이 없어요."

이지윤의 시선이 최철산을 향해 있었지만 초점은 멀다.

"도망치기도 지겨워요. 중국으로 가려고 했는데 이젠……."

"그놈이 데려다준다고 했어?"

그놈이란 이지윤의 동행이며 동업자였던 사내일 것인데 지금은 메콩 강 바닥에 미타와 함께 가라앉아 있다. 그때 이지윤이 최철산에게 물었다.

"아저씨, 아니 저기, 중좌님."

"여보라고 불러, 지금 부부 사이 아니냐?"

"네, 여보."

이지윤의 눈 밑이 붉어졌다.

"저기, 여보는 북한으로 가실 건가요?"

"그건 왜 물어?"

"저한테 북한으로 같이 갈 거냐고 물으셨잖아요?"

"그렇지."

"저기, 여보께선 혹시……."

"빨리 말해."

이지윤이 남은 술을 다 삼키더니 번들거리는 눈으로 최철산을 보았다.

"결혼하셨어요?"

"했다."

"그럼……."

이지윤이 몸을 일으키더니 최철산 앞에 놓인 소주병 하나를 집었다. 그러고는 다시 벽에 붙어 앉더니 마개를 뜯었다. 독채여서 둘은 응접실에 앉아있다. 옆쪽이 침실이다. 위쪽은 화장실과 욕실이 만들어졌고 베란다도 있다. 이미 밖은 어두워져서 베란다 쪽 유리창 밖은 반짝이는 불빛으로 덮여 있다. 이쪽이 고지대여서 시내 야경이 보이는 것이다. 이지윤이 다시 입을 열었다.

"부인께서 기다리고 계시겠군요."

"죽었어."

"네?"

"폐결핵으로 죽었다."

술병을 든 최철산이 단숨에 병을 비우고는 입맛을 다셨다. 안주는 먹지 않는다.

"술이 너무 달아, 남조선 애들은 설탕물만 먹고 취하는 모양이군."

밤 11시 반, 술기운이 뻗쳐 잠이 들었던 최철산이 눈을 떴다. 인기척이다. 소주를 세 병쯤 마셨지만 10여 년간 전장(戰場)과 같은 분위기에서 살아온 최철산이다. 순식간에 술기운이 달아났고 신경이 곤두섰다. 바로 옆에 이지윤이 다가와 있다. 그때 이지윤이 몸을 붙였으므로 최철산은 숨을 죽였다. 침상 위다. 독채의 침실은 침상이 2개 놓였는데 최철산은 문 옆의 침상을 차지했다. 문을 지키는 위치다. 이지윤의 침상은 안쪽 벽에 붙여졌으므로 밖에 나가려면 최철산 옆을 통과해야 한다. 머리를 붙인 이지윤의 숨결이 최철산의 가슴에 닿더니 곧 손이 뻗어 나와 배 위에 얹혔다.

"이게 무슨 짓이야?"

최철산이 낮지만 분명한 목소리로 물었다.

"손 치워."

그러나 이지윤은 손을 떼지 않고 오히려 몸을 더 붙였다.

"저 가지세요."

이지윤의 목소리가 조금 떨렸다.

"죽일 때 죽이더라도 해줘요, 불안해서 못 살겠어요."

"미친년이."

"미친년이라고 해도 좋아요, 어서요."

이지윤의 손이 최철산의 팬티 밑으로 들어갔다. 그때 최철산이 어금니를 물었다. 마음과는 달리 남성이 어느덧 단단해져 있었기 때문이다. 이지윤이 최철산의 남성을 움켜쥐었다.

"넣어줘요."

"비켜."

최철산이 이지윤의 팔목을 잡았지만 곧 힘을 풀었다. 이지윤이 더 세게 남성을 움켜쥐었기 때문이다. 기가 막힌 최철산이 누운 채 말했다.

"너, 죽을 테냐?"

"날 한 번 가지고 나서 죽여요, 그럼."

"이년이."

그때 이지윤이 최철산의 팬티를 끌어 내리더니 몸 위에 올랐다. 최철산이 손을 뻗어 이지윤의 어깨를 쥔 순간 숨을 들이켰다. 이지윤은 알몸이다. 그 순간 이지윤이 최철산의 남성을 쥐더니 곧 제 동굴에 붙이고는 허리를 폈다.

"으음."

최철산의 입에서 신음이 터졌다. 남성이 뜨거운 동굴 안으로 거침없이 진입했기 때문이다. 동굴은 뜨겁고 좁았지만 젖어 있었다. 발끝까지 전류가 흐르는 것 같은 자극이 왔으므로 최철산이 이지윤의 어깨를 움켜쥐었다.

"이 색마 같은 년."

"좋아."

이지윤이 허리를 흔들면서 말했다. 거친 숨결이 뱉어졌고 신음이 섞였다. 그때 최철산이 이 사이로 말했다.

"그래, 해주지."

상반신을 일으킨 최철산이 몸을 붙인 채로 이지윤을 밀어 눕혔다. 이지윤이 순순히 누우면서 최철산의 어깨를 잡아 균형을 맞췄다. 이제 최철산이 상위 자세가 되어 이지윤을 공격하기 시작했다.

"아, 아, 아."

이지윤의 신음이 높아졌다.

"여보, 여보, 천천히."

이지윤이 비명처럼 소리쳤지만 최철산은 오히려 더 강하고 빠르게 이지윤을 공격했다. 마치 눌러 부수려는 것 같다.

"아이구, 아이구."

이제 이지윤의 탄성이 비명으로 변하더니 최철산의 어깨를 움켜쥐었다.

"여보, 나 죽어."

방안은 거친 숨소리와 함께 몸 부딪치는 소리, 신음으로 덮였다. 이윽고 이지윤이 절정으로 솟아올랐다. 신음이 빠르고 높아지면서 이지윤이 긴 신음과 함께 최철산의 몸에 빈틈없이 엉켰다. 온몸에 땀이 번져 미끈거리고 있다.

"난 아직 멀었다."

그때 최철산이 이지윤의 몸에서 상반신을 떼며 말했고, 그러고는 이지윤의 몸을 거칠게 돌려 눕히더니 엉덩이를 치켜들었다. 눈치를 챈 이지윤이 엎드린 채 다리를 벌리자 다시 후배위의 자세로 붙였다.

"아이구."

이지윤이 다시 신음했다. 뒤쪽에서 강한 자극이 왔기 때문이다. 늘어졌던 이지윤이 다시 숨넘어가는 소리로 신음을 뱉기 시작했고 이번 폭풍은 더 길고 더 요란하게 방안을 휩쓸었다.

"아, 여보, 여보, 나 죽어."

다시 절정으로 오르면서 이지윤이 울부짖었다. 이제 이지윤은 자신이 어떤 상황인지를 잊었다. 그저 하복부에서부터 전해져오는 강력한 쾌감으로 정신을 잃어가는 중이다. 그리고 실오라기만큼 남은 의식에서 이 순간이 끝없이 계속되었으면 하고 바랐다. 그러다 다시 절정으로 솟았으므로 이지윤이 비명을 질렀다. 이런 쾌락은 처음이다.

8장 산 자와 죽은 자

눈을 뜬 마이클이 커피 냄새를 맡았다. 커피 냄새에 눈을 떴다는 말도 맞을 것이다. 상반신을 일으킨 마이클이 창가에 서 있는 카이엔을 보았다. 카이엔이 들고 서 있는 커피포트에서 풍겨 나온 커피 향이다. 이곳은 트리크나 중심가의 프란다호텔, 카이엔은 소원대로 더운 물로 샤워를 했고 내의까지 고급 옷으로 갈아입었다. 오전 9시 반, 어제저녁에 트리크나에 도착해서 말끔하게 모습을 갖췄기 때문에 둘은 고급 휴가를 즐기는 서양인 부부가 되어있다. 프란다호텔은 빌라식 호텔로 방이 독채 구조여서 1박에 5백 불이다. 마이클은 허츠 부부로 방에 투숙했는데 카이엔이 소지한 여권을 제시했다. 카이엔이 미세스 허츠로 되어 있었기 때문이다.

"커피 드실래요?"

커피포트를 든 카이엔이 다가오며 물었으므로 마이클이 침대에서 내려왔다. 마이클은 팬티 차림이다. 독채의 방은 침대가 2개 놓였고 마이클은 문 쪽 침대에서 잤던 것이다. 잠자코 손만 내민 마이클에게 커피 잔을 쥐어주면서 카이엔이 숨을 들이켰다.

"온몸이 지뢰밭이군요."

카이엔의 시선이 마이클의 몸에서 떼어지지 않는다. 눈을 크게 뜬 카이엔은 입도 조금 벌어져 있다.

"저건 총상이고 저건 칼에 찔린 건가요? 상처 백화점이네."

과연 마이클의 몸은 상처투성이다. 총탄이 관통한 곳이 3곳, 파편이 7개, 칼에 찔리고 긁힌 곳이 3곳, 등에는 손바닥 넓이의 화상 흔적이 2곳이나 있다. 그러나 마이클의 건장한 체격에 그 상처들은 마치 훈장처럼 어울렸다. 찢기고 패고 꿰매고 달궈진 훈장이다. 커피 잔을 받은 마이클이 혀를 찼다.

"뭘 그렇게 유심히 보는 거냐? 남자 벗은 거 처음 보냐?"

"이런 몸은 처음이에요."

정신을 차린 듯 시선을 뗀 카이엔이 붉어진 얼굴로 물었다.

"거긴 다치지 않았어요?"

"거기라니?"

알면서도 마이클이 물었다. 커피를 한 모금 삼킨 마이클이 자리에서 일어나 창가로 다가가 섰다. 마이클의 뒤에 대고 카이엔이 다시 물었다.

"어젯밤 잘 자더군요, 마이클."

"오랜만에 꿈도 안 꾸고 잤다."

창밖을 둘러보면서 마이클이 대답했다. 맑은 날씨다. 독채는 단층 구조여서 베란다 앞쪽은 바로 폭이 10미터쯤 되는 정원이다. 그리고 정원의 끝이 강이었다. 메콩 강의 지류일 것이다. 숲 사이로 강 위에 떠 있는 배도 보인다. 그때 카이엔이 마이클의 뒤로 다가오더니 화상 자국을 손바닥으로 쓸었다.

"여긴 어쩌다 이렇게 되었죠?"

"아프가니스탄에서 로켓포를 맞았어."

앞쪽을 응시한 채 마이클이 대답했다.

"뒤에서 터졌는데 장갑차가 폭발하면서 파편이 등에 붙었다."

"……."

"철판이었는데 내 등이 철판 위의 고깃덩이처럼 한참 동안 구워졌지."

"……."

"탈레반이었어. 마구하드파, 넌 알지?"

"알아요."

"그날 내가 마구하드의 행동대장 옥사드를 쏴 죽였다."

"……."

"머리통을 잘라서 마대자루에 담아 들고 부대로 돌아갔더니 부대장이 기절초풍을 하더군. 정보팀 여군 대위는 그 자리에서 먹은 걸 다 토하고……."

"……."

"그것으로 난 무공훈장을 받았지, 지금까지 훈장 6개를 받았어."

그때 뒤로 다가온 카이엔이 마이클을 껴안았다. 몸을 딱 붙이고 두 손으로 마이클의 가슴을 감싸 안은 자세다. 카이엔이 마이클의 등에 볼을 붙인 채 말했다.

"마이클, 안아줘요."

"미친년."

마이클이 가슴 앞에 깍지 껴진 카이엔의 손을 풀었다. 그러나 목소리는 무뎌져 있다. 몸을 돌린 마이클이 카이엔을 똑바로 보았다.

"마음에도 없는 짓 하지 마, 알았어?"

목소리가 부드러웠고 눈빛도 가라앉아 있었으므로 카이엔이 숨을 들이켰다.

"마이클, 나는……."

카이엔이 입을 열었을 때 마이클이 손을 뻗쳐 손가락으로 입을 막았다. 둘째손가락이 카이엔의 입술 위에 세로로 붙여졌다. 카이엔이 눈만 치켜떴을 때 마이클이 손을 떼고는 다시 몸을 돌렸다.

자카르타의 프레지던트호텔 에메랄드 룸. 대회의실과 대기실, 응접실에다 침실이 3개나 딸린 특실이어서 회의실에는 수행원들이 차 있었고 응접실에 셋이 둘러앉았다. 상석에 앉은 사내가 바로 CIA국장 조지 페네타, 그리고 좌우에 앉은 둘이 부국장 로이드 마틴과 부국장보 브레드 웨인이다. 이번 '몬스터 작전'의 지휘 라인이 모두 모인 셈이다. 오후 2시 반, 페네타는 10분 전에 이곳에 도착했고 마틴은 어제, 그리고 웨인은 열흘 전에 날아와 현장을 직접 지휘했다. 웨인이 지휘하는 현장 팀장급 간부들은 지금 옆방 회의실에 모여 있다. 그들은 마틴이 주재한 회의에도 참석한 적이 없는 것이다. 이윽고 페네타가 먼저 입을 열었다.

"지금 몬스터는 어디 있나?"

"예, 국장님."

웨인이 상반신을 세웠다.

"지금 라오스 중부지역에 있습니다."

웨인의 손가락이 앞쪽 탁자 위에 펼쳐놓은 동남아 지도 한 곳을 짚었다. 사반나케트 옆쪽이다.

"사흘 전에 이곳에서 탐지되었지만 드론이 고장이 나는 바람에……."

"……."

"현재 3개 팀과 현지 인력을 총동원해서 수색하고 있습니다."

"……."

"또한 탈레반 잔당 세력이 몬스터를 쫓고 있는 데다 대사관 폭발 혐의자인 일명 카이엔이 현재 같은 지역에 있습니다. 따라서……."

페네타가 입만 꾹 다물고 움직이지 않았으므로 웨인의 얼굴이 점점 굳어졌다. 웨인의 직속상관 마틴도 마찬가지다. 숨을 죽인 채 눈동자만 굴리고 있다. 몬스터 마이클 로한을 추적한 지 한 달이 넘은 것이다. 그동안 CIA는 동남아에 거의 전 병력을 파견했다. 국토부장관의 항의를 받을 정도로 위성을 과도하게 운용했고 지금 FBI는 LA 교도소에서 일어난 로사 진 살해 사건을 조사 중이다. 더구나 자카르타 주재 대사 죠지 콘웰의 부인 마리안이 테러단에 의해 폭사한 것이 아니라 CIA가 암살했다는 정보가 퍼지고 있다. 이것이 모두 터지면 CIA는 구소련의 KGB처럼 해체되었다가 다시 조직될지도 모른다. 기가 질린 웨인이 마침내 입을 다물었고 방안에는 무거운 정적이 덮였다. 페네타는 도쿄의 미·일 안보협의회에 참석했다가 극비리에 이곳으로 날아온 것이다. 그때 마틴이 가볍게 헛기침을 했다.

"저기, 국장님……."

"닥쳐."

페네타가 일갈하자 마틴이 침과 함께 말도 삼켰다. 얼굴이 순식간에 붉어졌다. 이른바 CIA 부국장이면 부국장보 웨인에게는 하느님의 삼촌쯤 된다. 그런 마틴이 입을 벙긋했다가 한마디에 묵사발이 된 것이다.

페네타가 초점이 흐려진 눈으로 앞쪽을 보았다. 어제 날아온 마틴은 사태의 심각성을 1할쯤 안다. 이제 워싱턴의 고위층들이 이곳을 주시하고 있다는 것 정도다. 그래서 페네타의 지시를 받고 먼저 날아왔지만 특별한 대책이 있을 리가 없다. 다시 정적이 덮인 후에 마침내 페네타가 입을 열었다.

"집행관까지 파견했지만 다 몰사했다."

페네타의 목소리는 억양이 없다.

"그놈 한 놈 때문에 조직이 붕괴될 지경이다. 시간이 지날수록 조직의 무능과 무기력이 다 드러난다."

마틴과 웨인은 숨도 쉬지 않는다.

"죄도 없는 그놈 어머니를 마약 사범으로 잡아넣고 살해당하게 만든 것만으로도 CIA 수뇌부는 모조리 옷을 벗고 형을 살아야 될 형편이야."

"……."

"거기에다 그놈이 풀어준 인도네시아 대사 콘웰의 부인 마리안을 테러범의 소행인 것처럼 위장해서 드론으로 폭사시켰어. 이건 CIA가 해체될 만한 사건이야."

"……."

"책임자들은 종신형을 선고받고 CIA는 다른 조직으로 다시 만들어져야 될 거다. KGB가 FBS로 된 것처럼 말이야."

"……."

"썩었다, 무능하기만 하면 가능성이 있지. 그런데 더럽고 교활하게 썩었어."

"……."

"이 사건을 덮으려고 나를 암살할지도 모른다는 보좌관들의 충고가 있었다.”

그러고는 페네타가 탁자 위에 벨을 누르자 금방 문이 열리더니 사내들이 들어섰다. 페네타의 수행원들이다. 그때 페네타가 말했다.

“우선 당신들부터 조사하겠어.”

버스는 소음으로 가득 차 있다. 20분쯤에 한 번꼴로 버스는 가다 서다를 반복하면서 손님이 타고 내리는 터라 소란스럽다. 더구나 통로에도 손님이 들어차 있어서 내릴 때마다 아우성이 일어난다. 오전 8시에 탔는데 오후 4시가 될 때까지 8시간 동안 150킬로밖에 가지 못했다. 그러나 이제 10킬로만 가면 국경 마을 롬복에 닿는다. 버스에는 다행히 한 시간쯤 전에 중국 관광객 6명이 탔기 때문에 최철산과 이지윤 팀에게 쏠리는 시선이 분산되었다. 고물 버스는 한국산 중고차를 수출한 것이어서 몸통에 ‘대성학원’이라는 한글이 쓰여 있었고 의자에는 한국어로 주의 말까지 인쇄되어 있다. 선글라스를 낀 최철산이 버스 안을 둘러보았다. 옆에 앉은 이지윤은 최철산의 어깨에 머리를 기대고는 깊게 잠이 들었다. 버스가 흔들렸고 소란한데도 정신없이 잔다. 반쯤 벌린 입에서 침까지 흘러나와 최철산의 어깨를 적셨지만 놔두었다. 이쪽에 관심을 갖는 사람은 없다. 둘은 맨 뒤쪽 자리를 차지해서 이쪽을 보려면 머리를 돌려야만 한다. 앞쪽 여자가 닭을 다섯 마리나 들고 타는 바람에 닭이 울고 날개를 퍼덕거려서 닭 냄새가 진동했다. 그 앞쪽 중국 관광객들이 질색하고 항의를 했지만 여자는 들은 척도 하지 않는다. 그때 최철산이 이지윤의 허벅지를 움켜쥐면서 말했다.

“일어나.”

숨을 들이켠 이지윤이 머리를 들고는 무의식중에 손등으로 입가를 닦았다. 손등에 침이 묻자 이지윤의 눈동자에 초점이 잡혔다.

"내 어깨 좀 봐라."

최철산이 말하자 이지윤이 어깨에 묻은 침을 보았다.

"어머."

놀란 이지윤이 주머니에서 손수건을 꺼내기도 전에 최철산이 손으로 침을 떨어내면서 말했다.

"이제 곧 종점이야."

"다 온 건가요?"

이지윤이 주위를 두리번거렸다.

"검문소를 통과하면서 비자를 받아야 하는데 우린 밤에 넘어가는 수밖에 없다."

최철산이 말을 이었다.

"경비는 허술한 편이야, 검문소를 피해서 국경을 돌파하면 돼."

"여기 와 보셨어요?"

"처음이야."

"그럼 어떻게 알아요?"

"다 그래, 하지만……."

최철산이 말을 삼켰다. CIA와 탈레반 정보원이 깔려 있을 가능성이 있다. 롬복이 3킬로 남았다는 푯말을 지났을 때 최철산이 이지윤에게 말했다.

"다음 마을에서 내리자."

"아직 롬복이 3킬로 남았는데?"

"준비해."

자리에서 몸을 일으킨 최철산이 내릴 준비를 했다. 마침 작은 마을

이 다가오면서 버스가 정차하려고 속력을 줄이고 있다. 버스 정류장에는 타려는 손님들이 기다렸고 버스 안에서도 내리려는 사람들로 다시 법석이 일어났다. 최철산과 이지윤은 다시 소란을 겪으면서 버스에서 내렸다. 버스 정류장에는 어김없이 장(場)이 서 있었으므로 둘은 인파 속으로 들어갔다.

"여기서 어두워질 때까지 기다렸다가 롬복으로 간다."

시장에서 생선 구경을 하면서 최철산이 이지윤에게 말했다.

"롬복 검문소를 피해서 멀리 떨어진 쪽 국경을 넘는 거야. 국경에 경비원을 다 배치시킬 수는 없으니까 밤에 돌파한다."

"저기서 좀 쉬어요."

이지윤이 눈으로 시장 끝 쪽의 식당을 가리켰다. 허름한 해산물 식당이다.

"하루 종일 버스에서 시달렸더니 온몸이 쑤셔요."

"잠만 잘 자더군."

"어젯밤에 시달려서 그렇지."

최철산의 시선을 받은 이지윤이 눈을 흘겼다.

"어쩌면 그렇게 세요?"

"세다니?"

"아유, 몰라."

다시 눈을 흘기며 허리를 비트는 이지윤의 몸에서 교태가 일어났다. 시장을 나온 최철산과 이지윤은 식당으로 들어섰다. 오후 5시여서 식당은 현지인 손님들로 차 있었다. 구석 쪽 자리에 앉은 최철산이 생선 구이와 국수를 시키고는 이지윤에게 낮게 말했다.

"중국인 관광객 행세를 하자고. 내가 중국어로 말할 테니까 넌 끄덕이기만 해."

"졸려요."

이지윤이 의자에 등을 붙이고 앉아서 말했다. 앞에 국수가 절반 이상 남아있다.

"조금만 잘게요."

"또 자?"

이맛살을 찌푸린 최철산이 젓가락을 내려놓았다. 국수 그릇이 깨끗이 비워졌고 앞에 놓인 구운 생선도 삼분의 이를 최철산 혼자서 먹었다. 이지윤은 젓가락도 대지 않은 것이다.

"온몸이 나른하고 뼈마디가 다 쑤셔요."

손바닥을 이마에 붙인 이지윤이 최철산을 보았다.

"몸살이 났나 봐요."

"또 내 탓이냐?"

"그것 때문인 것 같기도 하고……."

최철산이 입맛을 다셨다. 그러고 보니 이지윤은 아침에 커피 한 잔을 먹었을 뿐이다. 점심때 버스가 30분간 쉬었을 때도 밥 생각이 없다면서 주스를 조금 마시다가 말았다. 그때 이지윤이 눈을 감더니 뒤쪽 벽에 머리를 붙였다. 그 모습을 보던 최철산이 몸을 일으켜 이지윤의 이마에 손바닥을 짚었다. 이지윤이 눈을 떴을 때 최철산은 숨을 들이켰다. 이마가 뜨거웠기 때문이다.

"열이 나는데."

최철산이 이지윤을 내려다보면서 말했다.

"몸살인가? 너, 으슬으슬하게 춥지 않아?"

"추워요."

이지윤이 어깨를 움츠리더니 몸서리를 치는 시늉을 했다. 그리고 보니 얼굴이 상기되었고 눈에 습기가 차 있다.

"이런, 젠장."

"괜찮아요."

"너, 잠깐 앉아 있어."

"뭐 하게요?"

"약국이 있는가 모르겠다. 나가서 찾아보고 올 테니까."

"가지 마요."

"꼼짝 말고 여기 있어."

다짐을 받은 최철산이 배낭을 메고 서둘러 식당을 나왔다. 식당을 나온 최철산이 만나는 사람마다 약국을 물었지만 이 마을에는 없다는 것이다. 롬복으로 가면 약국이 있다는 말만 듣고 돌아오다가 식당 앞에서 멈춰 섰다. 문득 지금 무슨 짓을 하고 있는가 하는 생각이 떠올랐기 때문이다. 그러자 저절로 쓴웃음이 지어졌다. 이게 도대체 무슨 짓인가? 서울에서 도망쳐 나온 사기꾼과 함께 국경을 넘으려고 하는 것이다. 그러다가 여자가 몸살이 나서 약을 구하러 다니고 있다. 마이클이 이 꼴을 본다면 배를 움켜쥐고 웃을 것이다. 심호흡을 한 최철산이 배낭을 고쳐 메었다. 배낭에는 돈도 들어있다. 15만 불, 여기서 돌아서는 것이 낫겠다. 저 사기꾼은 또 35만 불을 숨겨 놓았다고 하지 않은가? 몸살이 나으면 그 돈을 찾아 잘 살겠지. 최철산은 몸을 돌렸다. 그러다가 다시 몸을 돌리고는 식당을 향해 다가갔다. 다가가면서 이유를 만들었다. 무의식중에 몸을 돌린 이유다. 그렇다, 저년의 몸살이 나을 때까지만 옆에 있어 주자. 부상병을 놓고 떠나지 말라고 훈련병들에게 가르치지 않았던가? 식당 안으로 들어서자 식탁에 엎드려있는 이지윤이 보였다. 옆쪽 식탁의 손님들이 힐끗거리고 있는 것이 오래 두면 문제가 될 것이다. 다가간 최철산이 이지윤의 어깨를 흔들었다.

"일어나."

그러나 이지윤이 대답하지 않았으므로 놀란 최철산이 상반신을 일으켰다. 그 순간 최철산이 숨을 들이켰다. 이지윤의 얼굴이 붉게 달아올라 있었기 때문이다. 눈을 겨우 떴지만 눈동자가 흐려져 있다. 최철산이 상반신을 안으며 물었다.

"어때? 괜찮아?"

"괜찮아요."

이지윤이 낮게 말했지만 더운 숨이 최철산의 턱에 닿았다. 최철산이 손바닥을 이지윤의 이마에 붙였다. 뜨겁다, 델 것 같다. 그때 이지윤이 헛소리처럼 말했다.

"추워요."

그때 최철산이 결심했다. 롬복으로 가야겠다, 그것도 병원으로. 이제 주위의 시선이 모여졌고 식당 주인이 다가왔으므로 최철산이 소리치듯 말했다.

"택시를 불러주시오! 돈은 얼마든지 내겠소! 병원에 가야겠소!"

"롬복으로 가실 겁니까?"

식당 주인이 묻더니 라오어로 떠들썩하게 주위 손님들에게 물었다.

"누구 오토바이 없어? 롬복으로 가야겠는데!"

그때 최철산이 라오어로 거들었다.

"오토바이로 우리를 태워주면 사례하지요!"

최철산의 라오어가 통했는지 사내 하나가 손을 들고 다가왔다.

오토바이 뒤에 둘이 탔다. 운전자까지 셋이 탄 셈이다. 최철산이 이지윤을 안고 뒤쪽에 매달리듯 앉았지만 낡은 50cc 오토바이는 힘차게 달렸다. 운전자는 40대쯤의 현지인이었는데 지리에 익숙해서 거침없이 지름길을 찾아 나간다. 롬복까지는 3킬로 거리여서 금방이다.

"괜찮아?"

최철산이 부둥켜안은 이지윤에게 소리쳐 물었다. 그러나 이제 이지윤은 늘어진 채 앓는 소리만 뱉는다. 오토바이는 곧 롬복의 번화한 거리에 들어서더니 길가 병원 앞에서 멈췄다. 작은 단층집이지만 붉은색 십자가가 보였고 사람들이 들락거리고 있다. 최철산에게 20불짜리 지폐를 받은 오토바이 운전자가 병원 안으로 들어서면서 소리쳐 의사를 부른다. 병원 복도에 모여 서 있던 환자와 가족들이 시선을 주었지만 사내는 거침없이 안으로 들어섰다. 곧 가운 차림의 의사가 나오자 사내가 소리쳤다.

"관광객 환자야!"

그때 최철산이 따라 소리쳤다.

"급합니다, 몸에 열이 나고 의식을 잃고 있소!"

의사가 잠자코 치료실 안쪽을 가리켰다. 최철산이 안고 있던 이지윤을 치료실의 침대에 눕히고는 길게 숨을 뱉었다. 이지윤의 얼굴은 상기되었고 눈을 떴지만 동공이 흐리다. 그때 이지윤의 상의를 헤치고 진찰을 한 의사가 허리를 펴더니 최철산에게 말했다.

"말라리아요, 입원해야 되겠습니다."

"그래야지요."

금방 대답한 최철산이 길게 숨을 뱉었다. 예상은 했다. 며칠간은 병원에서 집중 치료를 받아야 한다. 최철산은 자신의 몸이 사격장의 표적이 되어있는 느낌을 받는다. 의사의 지시로 간호사 두 명이 들어오더니 치료를 시작했다. 그때서야 한숨을 돌린 최철산이 치료실 밖으로 나왔을 때 벽에 기대서 있던 오토바이 운전사가 물었다.

"괜찮습니까?"

"고맙소, 덕분에 살았소. 말라리아요."

다가간 최철산이 사내의 손을 잡았다. 그때 사내가 정색하고 최철산을 보았다.

"한국인이시지요?"

"그렇소."

"중국에서 넘어왔지 않습니까?"

"그게 무슨 말이오?"

되물었던 최철산이 곧 말뜻을 알아차렸다. 사내는 둘을 중국에서 넘어온 북한 탈북자로 알고 있는 것이다. 탈북자의 루트가 이쪽으로도 생겼는가? 그때 사내가 대답했다.

"가끔 이곳으로 북한 탈북자들이 넘어와서 그럽니다. 이곳은 한국 관광객이 자주 오는 곳이 아니거든요."

"그렇군."

"이상하게 생각하지 마십시오. 탈북자로 국경을 넘고 싶으시다면 제가 안내해 드리지요. 아주 안전한 통로가 있습니다, 선생님."

"환자가 있어서 당장은 어렵겠소."

"말라리아면 이삼 일 후면 낫습니다, 나으시면 안내하지요."

"얼마를 받소?"

"1인당 1백 불만 내십시오."

사내가 번들거리는 눈으로 최철산을 보았다.

"이곳에 정보원들이 많아졌습니다, 국경 감시도 철저해졌고요. 무슨 일인지 모르지만 전과 같지는 않습니다."

"……."

"병원에서 치료받는 동안 조심해야 될 것 같습니다. 병원도 수색할지 모르니까 말입니다."

"당신은 뭘 하는 사람이오?"

"지금은 농사를 짓지만 10년 전까지만 해도 가루마족 민병대였지요."

라오스 반군이다. 최철산의 시선을 받은 사내가 빙그레 웃었다.

"반군이 소탕당한 후부터 오토바이 행상으로 먹고살았습니다."

"그렇군."

"선생님 배낭에 분해된 총이 들어있다는 것도 압니다, 허리춤에는 권총을 차고 계시고요."

"……."

"제가 신고하려면 그냥 사라졌을 것입니다, 이젠 믿을 수 있겠지요?"

"믿을 만하군."

최철산이 웃음 띤 얼굴로 머리를 끄덕였다. 그러나 천만의 말씀이다. 둘을 안내한다면서 살해하고 배낭을 강탈할 가능성이 있다. 신고를 하는 것보다 그것이 훨씬 이득이기 때문이다. 반군 출신이니 이자는 떳떳한 신분도 아니다.

"그럼 당분간 당신을 의지하기로 하지."

밤 11시 반, 앞장서 가던 마이클이 멈춰 섰으므로 뒤를 따르던 카이엔은 옆으로 다가가 섰다. 산길, 그러나 둘이 나란히 걸을 수 있도록 잘 닦였고 경사도 완만하다.

"저기가 호이안으로 통하는 국도야."

어둠 속에서 희끗한 국도가 구불구불 펼쳐져 있는 것이 드러났다. 지금 둘은 베트남 땅을 밟고 있는 것이다. 트리크나에서 저녁 7시에 출발한 둘은 두 시간 전에 국경을 통과했다. 검문소를 피해 산길로 국경을 돌파한 것이다.

"호이안이 살기 좋은 곳이라고 하더군요. 깨끗하고 경치도 좋다고 인터넷에도 떠 있었어요."

옆에 선 카이엔이 국도를 바라보며 말했다.

"저기서 당분간 머무는 것이 낫겠어요. 관광객 차림을 벗고 눌러사는 사람들처럼 원피스를 입고 샌들을 신는……."

마이클이 발을 떼었으므로 다시 뒤를 따르면서 카이엔이 말을 이었다.

"돈이 좀 들겠지요, 하지만 작은 집 하나만 얻으면 돼요. 지금 갖고 있는 돈만으로는 1년은 살 수 있을 테니까."

"……."

"1년쯤 지나면 그들도 찾지 않아요, 잠적한 표적을 찾고 다닐 만큼 한가한 세상이 아니니까."

그때 다시 발을 멈춘 마이클이 몸을 돌려 카이엔을 보았다.

"넌 이제 나한테서 떨어져."

카이엔이 시선만 주었고 마이클이 말을 이었다.

"헤어지잔 말이다."

마이클이 걷기 시작했고 카이엔이 뒤를 따랐다. 앞쪽 어둠 속을 향한 채 마이클이 말을 이었다.

"너하고 엮이기 싫고 너 또한 나 때문에 피해를 입을 이유가 없어."

"……."

"너를 쫓는 놈들한테 나까지 걸릴 가능성이 있고 내 쪽도 마찬가지야."

"……."

"그러니 둘이 함께 있는 건 위험이 두 배로 증가된다는 말이다."

마이클은 앞쪽이 평탄해진 것을 보았다. 이제는 평지다. 길도 넓어졌고 앞쪽에 반짝이는 불빛도 보였다, 민가다. 이제 국도 끝에 닿은 것이다. 마이클이 머리를 돌려 카이엔을 보았다.

"호이안에서 머물든지 어디로 가든지 상관없지만 절대로 네 거지 같은 테러단으로 연락하면 안 된다."

"……."

"넌 이미 쓸모가 없는 병사야, 오히려 네 위치를 알면 널 제거하려고 할 거다. 무슨 말인지 알 거다."

마이클이 배낭을 벗더니 지퍼를 열고 안에서 달러 뭉치를 꺼내 카이엔 앞에 던졌다. 1만 불 뭉치다. 세 뭉치를 던진 마이클이 몸을 돌리면서 말했다.

"그 돈이면 네 말대로 집 얻고도 몇 년 동안 풍족하게 살 거다."

마이클이 서둘러 걸었고 뒤쪽에서는 아무 말도 들리지 않았다. 어둠 속에서 자신의 발자국 소리만 들렸고 가끔 발에 돌멩이가 채여서 굴러갔다. 부담이다, 한 쌍의 부부 행세는 좋지만 너무 눈에 띈다. 카이엔의 미모 때문이기도 했다. 그리고 저 테러범, 미국대사관을 폭파한 극악무도한 테러범을 내가 왜 데리고 다녀야 한단 말인가? 처음에는 미국 정부에 대한 반발심으로 카이엔을 데리고 나왔지만 끝까지 보호해줄 생각은 없다. 그래서 한 번 헤어졌다가 포위당한 카이엔을 보고 어쩔 수 없이 구해주지 않았던가? 두 번이나 구해주었으면 됐다. 이제 좀 홀가분하게 살자. 길모퉁이를 돌자 이제는 불빛이 여러 개 드러났다. 마을이다. 개 짖는 소리도 났고 길가에서 서성거리는 사람들도 보였다. 이제 밤 12시가 넘은 시간이다. 길가에 선 마이클이 한동안 앞쪽을 주시했다. 이윽고 다시 발을 뗀 마이클이 거리로 다가갔다. 불을 밝힌 가게 주변에 사내들이 둘러앉아 술을 마시고 있다. 마이클이 다가갔어도 놀라거나 이상한 표정을 짓지 않는다. 마이클이 다가가 그들에게 물었다.

"오늘밤 숙박할 곳이 있습니까?"

마이클의 시선이 사내들을 훑었다. 구질구질한 변명을 붙이면 더 의심을 받는다. 그때 사내 하나가 손으로 위쪽을 가리켰다.

"이 마을에는 숙박업소가 저 위쪽의 민박집 하나뿐이오, 선생."

"이곳에서 호이안까지는 얼마나 걸립니까?"

마이클이 묻자 다른 사내가 대답했다.

"내일 아침에 호이안 가는 버스가 옵니다. 9시에 오는데 늦을 때도 있지요. 버스로 한 시간 거리인데 30킬로쯤 떨어져 있지요."

"고맙습니다."

"일행이시오?"

다른 사내가 뒤쪽을 보고 물었으므로 마이클이 머리를 돌렸다. 어둠 속에서 카이엔이 다가오고 있다. 카이엔과 시선이 마주치자 마이클이 이 사이로 말했다.

"그렇습니다, 내 와이프요."

민박집은 일반 저택의 안채를 개조해서 방 3개를 손님용으로 만든 것인데 손님은 그들 둘뿐이었다. 안쪽 방을 빌린 마이클이 주인에게 숙박비로 10불을 건네주었다. 방에는 대나무로 만든 침대가 놓였고 창문살도 가는 대나무다. 대나무 침대에 모기장이 쳐져 있어서 작은 텐트 같았다. 문을 잠근 카이엔이 쓴웃음을 짓고 마이클을 보았다.

"미안해요, 조금 떨어져서 오는 건데."

"아냐, 억지로 그럴 건 없어. 호이안까지는 같이 가자."

마이클이 저고리를 벗으면서 말했다. 방의 30촉짜리 전등 주위를 날벌레들이 하얗게 뒤덮고 있다. 모기장 안으로 들어가야만 한다. 카이엔이 뒤쪽 문을 열어보더니 말했다.

"이쪽에 씻는 곳이 있네요, 화장실도 있어요."

방 3개가 공동으로 쓰는 욕실과 화장실이다. 마이클이 뒷문을 열고 세면장과 화장실, 그리고 뒷마당까지 둘러보고 오더니 배낭에서 AK-47을 꺼내 조립하기 시작했다.

"마이클, 왜 그러죠?"

긴장한 카이엔이 묻자 마이클이 얼굴을 일그러뜨리며 웃었다.

"함정이야."

눈만 크게 뜬 카이엔에게 옆모습을 보인 채 마이클이 순식간에 분해되었던 AK-47을 조립했다. 카이엔도 배낭에서 AK-47을 꺼내 조립하면서 다시 물었다.

"마이클, 어떻게 알아요?"

"집 구조가 그래."

"구조가……."

탄창을 확인한 마이클이 심호흡을 하고 나서 카이엔을 보았다.

"카이엔, 불을 꺼라."

카이엔이 기둥에 붙은 전기 스위치를 내리자 곧 전등이 꺼졌다. 그때 마이클이 목소리를 낮추고 말했다.

"뒷문과 앞문이 꼭 고기 잡는 그물의 앞뒷면이야, 앞뒤에 한 명씩만 지키고 있으면 빠져나갈 수 없어."

"그렇군요."

그때서야 깨달은 카이엔의 목소리가 떨렸다.

"뒷문은 세면장으로 막혔어요, 그럼 우린 함정에 빠진 셈인가요?"

"아니, 우리가 함정을 만들어야지."

마이클이 목소리를 더 낮췄다.

"침상 위에서 섹스를 하는 거다."

카이엔은 대답하지 않았고 마이클이 말을 이었다.

"놈들한테 그 소리를 들려주는 거야, 그래서 끌어들이는 것이지."

"어떻게요?"

갈라진 목소리로 카이엔이 묻자 마이클이 되물었다.

"넌 섹스 할 때 소리 내지 않아?"

"나보고 소리를 지르라는 말인가요?"

"그래."

"나 혼자서요?"

"그럼 나도 지르란 말이냐?"

"당신은 뭘 하느냐 말이죠."

"난 네가 혼자서 소리를 지르는 동안 뒷문 옆에서 기다리고 있을 거다."

"거기가 가장 좋은 위치긴 해요."

"더 좋은 장소는 뒷문 밖 모퉁이인데 방안에 혼자 있는 네가 위험해. 앞문으로 들어오는 놈을 정면으로 맞아야 돼."

"그건 나한테 맡겨요, 마이클."

"안 돼."

"마이클, 함정인 건 확실해요?"

"베트남 놈들은 미국과의 전쟁으로 함정에 전문가야. 내가 베트남군 함정에 대해서 교육받은 것이 다행이다."

마이클이 AK-47의 안전장치를 점검하면서 말을 이었다.

"이 민박집 구조가 바로 50년 전 베트콩의 그물이야. 놈들은 이것을 '그물'이라고 불렀어."

"마이클, 나 당신 좋아해요."

불쑥 카이엔이 말했을 때 AK-47을 쥔 마이클이 자리에서 일어섰다.

"자, 소리를 질러, 실감나게 말이야. 네 소리는 저 대나무 창문을 통해 밖으로 그대로 나간다."

"마이클, 당신한테 안겨있는 상상을 하면서 소리 지를게요."

"놈들이 앞뒤에서 동시에 덮칠 테니 넌 침대 밑에서 앞문으로 오는 놈을 맡아."

"마이클, 나 달아올랐어요."

"자, 시작해."

뒷문 옆으로 다가가면서 마이클이 낮게 말했을 때 카이엔이 신음 했다.

"아, 마이클 넣어줘요."

"미친년."

마이클이 투덜거렸을 때 카이엔의 신음이 커졌다.

"아, 아, 아, 마이클, 더 세게! 세게!"

"오, 마이 갓! 마이클, 나 죽어."

카이엔의 목소리에 열기가 띠어졌으므로 마이클이 심호흡을 했다. 그 열기가 전해지는 것 같았기 때문이다.

"아, 아, 아."

신음 소리가 실감이 난다. 저도 모르게 어금니를 문 마이클이 손에 쥔 권총의 소음기를 다시 한 번 감아쥐었다. 지금은 권총이 유리하다. 그리고 소음기를 끼어 놓아야 한다. 깊은 밤에 요란한 총성이 울리면 마을 전체가 깨어날 것이다. 그런데 이놈들은 누구인가? 경찰인가? 마을의 자위대인가? 아니면 강도인가?

"아아, 마이클, 마이클."

카이엔의 신음은 실제로 섹스를 하는 것 같다. 아니, 그보다 더 선정적이며 자극을 준다. 그때 마이클이 숨을 들이켰다. 기다렸던 인기척이 났기 때문이다. 그것도 앞뒷문 양쪽에서 동시에 들렸다.

"아아, 마이클, 나 죽어!"

카이엔은 아직 모르고 있다. 마이클이 옆에 있던 두루마리 휴지 뭉치를 침대 밑으로 던지자 카이엔이 신음했다. 알아차렸을 것이다.

"아아, 마이클!"

그 순간이다. 앞뒷문이 동시에 열리면서 두 사내가 뛰어 들어왔다. 어둠 속이었지만 검은 옷, 손에 쥔 단검이 번쩍이고 있다. 한걸음에 달려온 둘이 침대를 덮쳤지만 위에는 베개와 배낭을 이불로 덮어놓은 함정이다.

"퍽! 퍽!"

거리가 4미터 정도밖에 되지 않은 터라 조준은 정확했다. 뒷문으로 들어온 사내는 뒷머리가 부서졌고 앞문으로 들어온 사내는 얼굴이 없어졌다. 두 사내가 한 덩어리가 되어서 침상 위로 쓰러졌을 때 밑에서 카이엔이 기어 나왔다. 그때는 마이클이 뒷문으로 나가는 중이었고 카이엔은 앞문을 향해 고양이처럼 민첩하게 달려 나간다. 손에는 소음기가 끼워진 리볼버가 쥐어져 있다. 밖으로 나온 마이클은 세면장 옆에 서 있는 두 사내를 보았다. 사내들은 방안의 신호를 기다리는 것 같았지만 긴장으로 굳어있지는 않았다. 허리를 세우고 서 있었는데 손에 총을 들었다. AK-47이다. 거리는 5미터, 사내들도 방에서 나오는 마이클을 보았는데 거의 동시에 상대방을 본 것이다. 그러나 마이클이 1초의 절반쯤 빨랐다.

"퍽! 퍽! 퍽!"

이번에는 세 발이 발사되었다. 첫 발이 왼쪽 사내의 가슴에 맞았는데도 사내가 총을 들어 올리려는 동작을 취했기 때문이다. 그래서 얼굴을 맞혔다. 두 번째 사내는 그대로 머리를 맞혀서 얼굴 절반이 날아갔다. 쓰러진 사내들을 지나 곧장 달려간 마이클이 뒷문 밖까지 나가 주위를 둘러보았다, 없다. 서둘러 방안으로 돌아왔을 때 곧 앞문으로 카이엔이 들어섰다.

"둘을 죽였어요."

카이엔이 호흡을 고르면서 말했다.

"하나는 민박집 주인이었는데 둘 다 총을 들고 있었습니다."

"가자."

마이클이 이 사이로 말하고는 배낭을 쥐었다.

"호이안으로 가기는 글렀다. 산길을 타고 더 아래쪽으로 간다."

가게에서 호이안으로 간다고 사내들에게 이야기한 것이다. 재빠르게 짐을 다시 꾸린 둘은 가게 민박집 뒷문을 나와 빠르게 마을을 벗어났다. 국도를 피해 산길로 북상하면서 앞장선 마이클이 투덜거렸다.

"이제 또 베트남 공안에게 쫓기게 되었군."

"중국으로 가요, 마이클."

뒤에서 카이엔이 말했다.

"중국은 넓어요, 마이클, 그리고 테러단이나 정보요원들이 마음대로 행동할 수가 없다고요."

마이클은 대답하지 않았지만 카이엔이 말을 이었다.

"베트남에서 사건을 일으켰으니 빨리 벗어나는 것이 좋아요, 이곳은 공안 조직이 잘 되어 있어요."

"닥치고 있어."

이 사이로 말한 마이클이 손목시계를 보았다. 오전 3시가 되어 가고 있다. 한숨도 자지 못한 상황이었으므로 마이클은 눈꺼풀이 덮이는 느낌이 들었다. 시선을 든 마이클이 앞쪽의 능선을 보았다. 그들은 지금 길도 없는 산속으로 북상하는 중이다. 위치는 완만한 능선의 바위산, 방향을 판단하기에는 무리가 없다. 마이클이 앞쪽을 턱으로 가리키며 말했다.

"저쪽 바위산 깊숙이 들어가 오늘 낮을 보내고 어두워지면 움직여야겠다."

과일을 사 들고 병원으로 가던 최철산이 앞에서 다가오는 타루를 보았다. 오토바이 운전사다.

"기다리고 있었습니다."

최철산의 소매를 잡고 길가 상점의 모퉁이로 데려간 타루가 굳은 얼굴로 말했다.

"병원에 경찰관 두 명이 들어와 있습니다. 부인을 누가 신고한 것 같습니다."

이지윤을 최철산의 부인으로 알고 있다. 최철산이 호흡을 골랐다. 예상하고 있었던 일이지만 결정을 내리려니 착잡해졌기 때문이다. 타루가 말을 이었다.

"부인 여권이 없어서 아직 신원 확인이 안 된 상태라서 경찰들은 선생님을 기다리고 있습니다."

최철산이 손목시계를 보았다. 오전 10시 반이다. 어제저녁에 입원한 이지윤은 병원에서 밤을 새우고 나더니 안정되었지만 아직 움직일 수 있는 상황이 아니다. 그때 타루가 말했다.

"선생님, 만일 여권에 문제가 있다면 다른 방법이 있습니다."

최철산이 지그시 타루를 보았다. 타루는 이미 배낭 안에 총기가 들어 있는 것까지 아는 놈이다. 그런데도 신고를 안 한 것을 보면 다른 꿍꿍이가 있다고 해도 이 상황에서는 믿을 만하다.

"타루, 그 방법이라는 게 뭔가?"

"부인을 병원에 놔두고 가실 수는 없지 않습니까?"

"그렇지."

"여권을 제시할 입장도 아니시지요?"

"맞아."

"그럼 결정하실 때까지 병원에 들어가지 마시지요."

최철산의 시선을 받은 타루가 말을 이었다.

"경찰들은 부인의 여권을 가지고 있는 선생님을 기다릴 겁니다. 그러다가 선생님이 계속해서 안 보이면 한국 대사관에 조회를 하겠지요."

"......."

"부인의 사진을 찍어 보내고 여권 사항을 보내면 신분 확인하는 데 하루쯤 걸립니다."

"......."

"그동안 경찰 감시는 더 철저해질 것입니다. 그러니까 서둘러서 병원을 탈출해야 됩니다."

"타루, 당신이 도와주겠나?"

"동료들의 도움이 필요합니다."

"가능한가?"

"얼마를 주시렵니까?"

"당신이 가격을 불러봐, 타루."

"병원을 탈출해서 두 분을 베트남 국경을 통과시켜드리는 데까지 2천 불입니다."

"내가 그렇게 돈이 많은 사람처럼 보이는가?"

"최저치를 부른 것입니다."

"내가 돈이 많았으면 이곳까지 이렇게 오지 않았을 거야, 타루."

"이해합니다."

최철산이 메고 있던 가방을 들썩였다.

"이 가방에 돈이 가득 들어 있다면 그전 제의에 금방 합의했겠지."

가방 안에는 지폐뭉치가 가득 들었다. 거기에다 이지윤의 여권과 지갑까지 들어 있어서 2천 불의 100배도 지급 가능하다. 그때 타루가 어깨를 늘어뜨리면서 물었다.

"선생님, 얼마나 준비가 됩니까?"

"1천 불."

"1천5백 불을 내십시오. 우리는 인원이 5명이 필요합니다."

"먼저 작전을 듣자, 타루."

정색한 최철산이 말하자 타루가 옆쪽 골목으로 소매를 끌었다. 골목 안 벽에 붙어 섰을 때 타루가 입을 열었다.

"계속해서 경찰이 감시하고 있을 것입니다. 지금은 2명인데 선생님이 보이지 않으면 더 늘어나겠지요."

"……."

"제가 미리 사람을 시켜 부인께 도망칠 준비를 하라고 전하겠습니다. 선생님이 편지를 써 주시면 좋겠지요."

"계속해."

"입원실 옆 화장실을 통해 밖으로 도망치는 방법이 가장 좋습니다. 경찰들이 여자 화장실까지는 따라오지 못하니까요."

"……."

"화장실 밖에서 기다리고 있다가 오토바이에 태우고 도망치는 것입니다."

"오토바이를 준비해줄 수 있나?"

불쑥 최철산이 물었으므로 타루가 정색했다.

"무슨 말씀입니까?"

"내가 내 와이프를 태우고 달리겠다는 말이야. 물론 당신이 앞장을 서야겠지, 내가 지리를 잘 모르니까."

"알겠습니다."

타루가 머리를 끄덕였다.

"오토바이를 잘 타시는 모양이군요."

"조금."

조금이 아니라 잘 탄다. 리비아의 테러단 훈련장에서 오토바이 운용법을 교육시킨 적도 있는 최철산이다.

"그럼 위쪽 시장 입구의 중식당에서 만나기로 하지. 몇 시면 준비가 되지?"

최철산이 묻자 타루가 하늘을 보고 나서 대답했다.

"오후 1시 반에 만나지요. 그때까지 오토바이를 준비하고 탈출 계획도 세워 놓겠습니다."

오전 11시가 되어가고 있다. 타루가 최철산을 보았다.

"부인께 탈출해야 되니까 제 말대로 하라는 쪽지를 써 주시지요. 제가 지금 갖다 드리고 오겠습니다."

"그러지."

최철산이 배낭에서 수첩을 꺼내 한글로 휘갈겨 쓰고 나서 뜯어내 타루에게 주었다. 이지윤이 핸드폰을 갖고 있었지만 아예 칩을 빼놓고 있었기 때문이다. 타루가 서둘러 사라졌을 때 최철산이 골목을 나와 주위를 두리번거렸다. 롬복은 국경도시로 베트남으로 오가는 관광객이 많은 편이다. 시장통을 벗어나 거리로 나서자 곧 한 무리의 중국인 관광객이 지났고 이어서 한국 관광객이 보였다. 한국 관광객은 금방 표시가 난다. 중국인보다 소규모 그룹이며 중년 남녀가 많고 옷차림이 고급스럽다. 요즘은 중국인들이 졸부 행세를 많이 하지만 그런 면에서는 한국인들이 선배다. 주위를 둘러본 최철산이 한국 관광객을 따라 토산품 가게로 들어섰다.

"말씀 좀 물읍시다."

최철산이 중년 남녀에게 말하자 둘이 머리를 돌렸다. 부부 같다. 50대 중반쯤으로 얼굴도 비슷하다. 순박한 표정이다. 다가선 최철산이 말을 이었다.

"오늘 베트남으로 들어가시는 겁니까? 아니면 라오스에 머무십니까?"

그러고는 최철산이 서둘러 덧붙였다.

"난 와이프하고 둘이 이곳에 왔다가 와이프가 병원에 입원하는 바람에 일행하고 떨어졌어요. 그래서 둘이 다니기도 그렇고 해서 물어본 겁니다."

"저런."

착해 보이는 여자가 먼저 나섰다.

"우린 오늘 오후에 베트남으로 돌아가요. 마남트에서 버스로 롬복 관광을 왔거든요. 안내원한테 말해 보세요."

그러더니 여자가 안쪽에 있는 사내를 소리쳐 불렀다.

"김 선생, 여기 좀 봐요."

안쪽에서 관광객들한테 가게 물건을 하나라도 팔아주려고 기를 쓰던 30대쯤의 사내가 다가왔다. 검은 얼굴에 마른 체격이어서 현지인이 다 된 한국인이다.

"내가 일행하고 떨어졌는데, 차비는 드릴 테니까 베트남까지 좀 태워주시죠."

다짜고짜 말한 최철산이 안내원의 어깨를 감아 안고 가게 밖으로 나왔다.

"와이프가 말라리아에 걸려서 지금 롬복 병원에 있어요. 와이프를 싣고 가려는데 버스 태워줄 수 있지요?"

"우리는 27명이 버스 대절해서 왔는데요."

안내원의 검은 눈동자가 흔들렸다. 계산을 하면 흔들리는 법이다. 최철산이 정색하고 안내원을 보았다.

"베트남에서 여행사 몇 년 했소?"

"올해로 7년째입니다, 사장님."

최철산의 기세에 밀린 안내원이 고분고분 대답했다.

"내가 관광객 사이에 끼어서 베트남으로 들어가려는 탈북자 같소?"

"아니, 그건 아니지만……."

안내원의 얼굴에 쓴웃음이 떠올랐다.

"사장님도 오버하시는군요."

"짜증나. 와이프하고 나하고 둘 버스 태워주는 데 얼마 받을 거요? 버스만 태워주면 돼. 베트남에 도착하면 바로 내릴 테니까."

거리에 행인이 많았으므로 둘은 길가 상점 벽에 붙어 섰다. 안내원이 최철산을 보았다.

"만일 검문소에서 걸리면 제가 곤란합니다."

"곤란하기는? 그냥 모른다고 하면 되는 거지."

"1인당 2백 불씩만 주십시오."

"버스가 몇 시에 베트남으로 돌아가는데?"

"3시 반입니다."

"롬복 병원에 있는 마누라를 데려와야 돼. 어디로 가야 되나?"

"저기, 왓시드 사원 앞에 우리 버스가 있습니다. 2175번이에요, 번호가."

"그럼 3시 반까지 가지."

"선금을 주셔야……."

안내원이 쓴웃음을 짓고는 손바닥을 조금 내밀었으므로 최철산이 입맛을 다시며 지갑을 꺼냈다. 지갑에서 1백 불짜리 2장을 꺼낸 최철산이 안내원의 손바닥 위에 놓았다.

12시 반, 점심시간이다. 병원 뒷문으로 들어선 최철산이 방문객 사이에 껴서 조심스럽게 안으로 다가간다. 병원 안은 소란스럽고 환자 가족이 떼 지어 몰려와서 시장통 같다. 병원 마당에 자리를 깔고 누워 자는 가족들도 있다. 환자를 입원시켜 놓고 아예 병원 안으로 가족들이 몰려와 밥을 지어 먹으면서 사는 것이다. 최철산은 허름한 셔츠에 긴 바지를 입었고 발에 샌들을 신었다. 머리에 대나무 잎으로 만든 삼각 모자를 눌러써서 영락없는 근처 농민이다. 안으로 들어선 최철산이 병실 앞으로 지나면서 침대에 앉아 있는 이지윤을 보았다. 이지윤은 상반신을 세우고 앉아 있었는데 불안한 기색이다. 주위를 두리번거렸지만 복도를 지나는 최철산을 알아보지는 못했다. 복도에는 가족과 의사, 병원 일을 하는 하인, 간호사들로 가득 차 있었기 때문이다. 최철산은 복도 끝까지 갔다가 다시 어슬렁거리며 병실 앞을 지났다. 침상이 8개 놓인 병실이라 안에는 20명도 넘는 가족, 환자가 몰려 있었지만 이지윤은 창가의 침상에 혼자 앉아 있다. 다시 앞을 지난 최철산이 심호흡을 했다. 감시자가 보이지 않는 것이다. 타루는 최철산에게 절대로 병원 근처에 접근하지 말라고 여러 번 경고했다. 병원 안팎으로 경찰관 세 명이 감시하고 있다는 것이다. 그러나 보이지 않는다. 병실 앞에 쪼그리고 앉은 사내 하나가 사지를 웅크린 채 졸고 있다가 힐끗 최철산을 보았다. 남루한 옷, 폐타이어로 만든 샌들은 낡았고 발가락은 소 발톱 같다. 그러나 사내의 검은 눈동자는 최철산을 날카롭게 스치고 지나갔다. 그러고는 다시 눈을 감는다. 복도에서 옆쪽으로 꺾어졌던 최철산이 곧 계단 앞에 서서 주위를 둘러보았다. 이제 내막을 안 것이다. 경찰은 없다. 병실 앞 복도에 쪼그리고 앉은 사내는 타루의 부하나 동료다. 그리고 병원에는 그놈 한 놈뿐이다. 그놈이 이지윤을 감시하고 있는 것이다. 이제 타루의 계획이 드러났다. 경찰 핑계를 대고 이지윤과 최철산을 병원에서 탈출시킨 후에 국경으로 안내한다고 유인해서는 살해할 것이다. 소지품을 빼앗으려면 살해하는 것이 낫다. 살려두면 경찰에 신고하고 인적사항이 밝혀지게 되는 것이다. 몸을 돌린 최철산이 복도 모퉁이를 다시 돌았을 때. 바로 1미터 앞으로 다가온 사내와 눈이 마주쳤고 둘이 동시에 놀랐다. 사내도 최철산이 수상했기 때문에 뒤를 따라 나온 것이다.

"여어."

최철산이 반가운 듯 소리를 뱉으며 다가가자 사내가 주춤했지만 이미 어깨를 잡혔다. 지나는 사람이 많았으므로 최철산은 사내의 어깨를 안은 채 복도 벽에 붙였다. 다음 순간 최철산이 헐렁한 셔츠 안에서 소음기를 낀 베레타를 옷 사이에서 비틀어 올리자 총구가 사내의 배에 닿았다.

"퍽!"

둔탁한 소음이 복도의 시장통 같은 소음에 묻히면서 사내는 입을 벌린 채 눈을 까뒤집고 즉사했다. 최철산의 셔츠 안에 가려졌던 베레타가 총구만 비틀려 올라가 사내의 배를 뚫고 가슴을 갈기갈기 찢은 후에 머리로 뚫고 들어갔기 때문이다. 사내의 머리통 끝이 박살났으므로 최철산은 자신이 쓰고 있던 삼각 모자를 머리에 씌우고 복도에 주저앉혔다. 두 다리를 끌어올려 쪼그린 자세로 해놓고 두 손을 무릎 밑에 깔아 균형을 잡은 다음 머리에 씌운 삼각모를 다시 한 번 누르자 쪼그리고 앉아 잠을 자는 모양새가 되었다. 몸을 뗀 최철산이 바로 몸을 돌려 병실 안으로 들어갔다. 그때 이지윤이 최철산을 보더니 반색했다. 이지윤은 바지에 반팔셔츠 차림이다. 다가간 최철산이 서두르듯 말했다.

"뒷문으로 나와."

"지금요?"

긴장한 이지윤이 주위를 둘러보는 시늉을 했다.

"아까 쪽지에 이곳에 경찰이 있다고 당신이 썼지 않아요?"

"그놈이 날 속인 거야, 경찰은 없어. 걸을 수 있지?"

"조금 어지럽지만 걸을 수 있어요."

"화장실 가는 척하고 병실을 나와서 뒷문으로 나와."

"당신은요?"

"내 뒤를 따라오란 말이야."

이지윤이 두말 않고 침상에서 다리를 뻗어 신발을 신었으므로 최철산은 몸을 돌렸다. 복도로 나오자 살해된 사내는 아직 벽에 붙어 웅크리고 앉아 있다. 그러나 엉덩이 근처에 피가 흘러나왔다. 복도를 걷던 최철산이 뒤를 돌아보았다. 이지윤이 따라오고 있다. 복도를 나온 최철산이 뒷마당을 건너는 동안 심호흡을 세 번이나 했다. 이지윤은 잘 따라오고 있다. 이윽고 뒷문으로 나온 최철산이 이지윤의 손을 쥐었다. 뜨겁다.

"아카한테서 연락 왔어?"

타루가 묻자 무키드가 머리를 끄덕였다.

"12시 반쯤 연락 왔어, 여자가 불안해한다는군."

"당연하지."

쓴웃음을 지은 타루가 앞에 놓인 오토바이를 눈으로 가리켰다.

"한국 놈이 여기에 여자를 싣고 병원을 탈출할 거다."

"탈출?"

무키드가 어깨를 들썩이며 웃었다.

"넌 머리가 좋지만 언젠가는 네 꼬리를 네가 밟을 거다. 탈출은 무슨 탈출이야? 괜히 화장실 창문으로 도망 나오는 것이지."

"이놈아, 그것들한테는 심각한 탈출이다. 경찰을 피해서 목숨을 걸고 도망쳐 나오는 거야."

"놈들을 어디서 처리하지?"

"싸트랑 골짜기."

타루가 손목시계를 보았다. 1시 20분이 되어가고 있다.

"지금쯤 도나, 지루트가 골짜기에서 기다리고 있어."

"이번에 제대로 한 건 했군."

"그놈 가방에 돈 좀 있는 것 같아."

타루가 심호흡을 하고 나서 말을 이었다.

"그 연놈들, 탈북자도 아니고 한국에서 사기를 치고 도망 다니는 것들이야. 내 눈은 못 속인다."

그때 뒤쪽에서 인기척이 났으므로 둘은 머리를 돌렸다.

"아앗."

놀란 외침은 타루의 입에서 뱉어졌다. 뒤쪽 담장 가에 한국인, 최철산이 서 있었기 때문이다. 이곳은 시장 입구 중식당의 뒷마당이다. 중식당으로 들어오려면 정문을 통해 홀로 들어선 다음에 뒷마당으로 나와야 하는데 최철산은 공터 쪽 뒷문으로 들어온 것 같다.

"아, 오셨습니까?"

타루가 곧 평정을 찾더니 얼굴을 펴고 웃었다.

"여기 타고 가실 오토바이입니다. 이 친구한테서 빌린 거죠."

턱으로 무키드를 가리킨 타루가 말을 이었다.

"2시에 시작하지요. 이 친구를 병원으로 보내 사모님이 화장실 창문을 통해 밖으로 나오도록 하겠습니다."

머리를 끄덕인 최철산이 타루를 보았다.

"그럼 병원에서 나는 당신을 따라가면 되나?"

"그렇습니다."

타루가 말을 이었다.

"곧장 국경으로 갑니다. 검문소에서 10킬로쯤 떨어진 골짜기가 있는데 그곳에서 산 하나만 넘으면 베트남이지요."

"무슨 골짜기라고 했지?"

"싸트랑 골짜기라고 합니다."

"그렇군."

머리를 끄덕인 최철산이 겉옷을 들치더니 소음기를 낀 베레타를 꺼내 들었다. 그 순간 놀란 타루와 무키드가 숨만 들이켰을 때 둔탁한 소음이 울렸다.

"퍽! 퍽!"

3미터쯤의 거리다. 타루는 오른쪽 머리통 절반이 날아갔고 무키드는 이마가 수박처럼 부서졌다. 둘이 쓰러지자 최철산은 몸을 돌려 뒷문으로 나왔다. 뒷문 앞은 쓰레기를 버리는 공터다. 공터를 빠져나온 최철산이 곧 골목으로 들어섰고 인파 속으로 묻혔다. 오후 3시 반이 되었을 때 롬복 동쪽의 왓시드 사원 앞에 세워진 관광버스 안으로 최철산과 이지윤이 들어섰다. 40인승 버스여서 좌석은 여유가 있었으므로 둘은 가이드 김인호의 안내로 뒤쪽 빈자리에 앉았다. 배낭 여행자가 버스를 얻어 타는 경우가 많았기 때문에 이상한 일도 아니다. 곧 버스가 출발하자 관광에 지친 여행자들은 제각기 의자에 등을 붙이고 늘어졌다. 그때 가이드 김인호가 다가와 통로 옆자리에 앉더니 최철산을 보았다.

"사장님, 10분 후에 검문소를 통과하는데 조사 안 받으려면 돈을 줘야 합니다."

"알아, 그런데 얼마 줘야 하는데?"

"올 때는 1인당 10불씩 걷었는데 갈 때는 20불씩 걷습니다. 쇼핑한 것이 많아서요."

"그럼 갈 때 5백 불이 든단 말이군."

"그런데……."

쓴웃음을 지은 가이드 김인호가 최철산을 보았다.

"일행들이 사장님 부부가 무임승차를 했으니까 검문소 통과비용을 내는 것이 어떻겠느냐고 하는군요."

"이런 젠장."

쓴웃음을 지은 최철산이 곧 머리를 끄덕였다.

"좋아, 어차피 우리 둘이 검문소를 통과해도 뇌물을 써야 할 테니까 주지."

"마이클, 일어나요."

카이엔이 깨우자 마이클은 눈을 떴다. 이곳은 베트남 북부 산간지역으로 소수 민족 우안족의 영역이다. 우안족은 고산족으로 산에서 약초나 짐승을 잡아 생계를 잇는데 한 가구 내지 두 가구가 따로 떨어져 산다. 마이클은 산속에 혼자 사는 트링가의 집에 사흘 전에 손님으로 들어간 것이다. 트링가는 47세, 30년 전에 하노이로 일하러 갔다가 10년

만에 돌아와 산속에서 다시 우안족의 생업을 이어받았다고 했다. 도시 생활이 맞지 않았다는 것이다. 대신 10년 동안 도시에서 겪은 경험이 살아가는 데 도움이 되었다. 그것은 남들이 다 하는 것을 따라서 하면 돈을 벌지 못한다는 것이다. 정부가 시킨 대로만 하면 굶어 죽는다는 것도 배웠다. 남들이 안 하고, 정부에서 하지 말라고 하는 것을 해야 수지가 맞는 것이다. 그래서 마이클과 카이엔이 쫓기는 상황인지 뻔히 알면서도 뒤채를 내주었다. 대신 하루 숙박료를 25불 청구했다. 보통 민박집의 5배에 해당되는 금액이다. 다가와 선 카이엔이 말을 이었다.

"마이클, 트링가가 아들 하나를 데리고 사냥을 나갔어요."

오전 10시 반이다. 마이클의 시선을 받은 카이엔이 말을 이었다.

"저녁때 돌아온다고 해요."

"놔둬."

마이클이 침상에 누운 채 말했다.

"집에 식구들을 인질로 삼고 우리를 고발할 수는 없어."

"그럴까요?"

"너처럼 무지막지한 인종이 아냐, 제 처자식은 절대로 위험에 빠뜨리지 않아."

"……"

"우안족에 대해서 들은 적이 있어. 넌 최 대위한테서 교육받지 못한 모양이군."

카이엔이 몸을 돌렸으므로 마이클도 입을 다물었다. 이곳은 뒤채여서 마당 건너편이 트링가 가족이 사는 안채다. 트링가는 20대의 아들 둘과 10대의 딸 둘, 아내까지 여섯 식구였는데 아들 둘은 제법 건장한 사냥꾼이다. 지금 집에는 아들 하나와 딸 둘, 아내까지 넷이 남아있는 셈이다. 잠깐 방안에 정적이 덮였다. 오늘로 이틀 밤을 트링가 집에서 묵고 있었는데 마이클이 아직 목적지를 결정하지 않았기 때문이다. 이 곳은 베트남 북방의 산악지대여서 중국과의 거리는 1백여 킬로, 산길로 닷새 길이다. 마이클이 창가에 선 카이엔의 등에 대고 말했다.

"오늘밤에 떠나기로 하자."

카이엔은 등을 보인 채 움직이지 않았고 마이클이 말을 이었다.

"원난(元蘭)성으로 들어간다. 북쪽으로 80킬로쯤 산을 타고 북상했다가 산악지역 국경을 넘을 거다."

"……."

"송코이 강을 따라가면 수월하지만 경비가 심해."

그때 카이엔이 몸을 돌려 마이클을 보았다. 카이엔은 집 안에서 입는 헐렁한 원피스 차림에 맨발이다. 머리를 뒤에서 새 꼬리처럼 묶었고 소매 없는 원피스여서 어깨와 맨팔도 드러났다.

"중국에서 뭘 하죠?"

카이엔의 목소리에는 억양이 없다. 마이클을 향한 시선에도 초점이 잡혀있지 않았다.

"관광객들 사이에 끼어서 끝없이 도망 다녀야겠죠?"

마이클은 다시 베개에 머리를 붙이고는 반듯이 누워 눈을 감았다. 카이엔의 말이 이어졌다.

"홍콩까지 갈 수 없을까요? 거긴 외국인들이 많은 데다 중국 본토보다 살기가 편해요."

"……."

"거기서 반년쯤 지냈죠, 물론 일 때문이었지만."

"……."

"아지트도 몇 개 있어요, 아무한테도 노출되지 않은 아지트."

"……."

"거기서 둘이 살아요, 우리 둘이서."

"……."

"이름도 바꾸고, 얼굴 성형을 조금만 하면 전혀 다른 사람이 돼요. 신분증도 만들면 완전히 홍콩 시민이 되는 거죠."

"……."

"거기서 아이 낳고 살아요, 지금까지의 인생은 다 지워버리고요. 마이클, 당신도 그러는 게 나아요."

"……."

"난 지금까지 남자를 의식한 적이 없었어요. 당신이 내 유일한 남자예요."

그때 마이클이 눈을 뜨고 머리를 돌려 카이엔을 보았다. 시선이 부딪쳤다.

"쓸데없는 소리."

마이클의 얼굴에 쓴웃음이 떠올랐다.

"삼류 드라마 대사 같군."

"마이클."

카이엔이 침상으로 다가왔다.

"우리는 앞으로 어떻게 될지 몰라요."

침상 앞에 선 카이엔이 번들거리는 눈으로 마이클을 보았다.

"우리에게 어떤 미래가 있죠?"

이제 마이클은 시선만 주었고 카이엔의 말이 이어졌다.

"어떤 희망이 있지요?"

"나하고 묶어서 말하지 마."

마이클이 시선을 떼고 말했다.

"시간 여유가 있으면 별생각이 다 나는 법이지. 이제 곧 그런 생각이 없어질 테니까 걱정 마라."

이제는 카이엔이 입을 다물었고 마이클이 말을 이었다.

"그저 목표만 세우고 나가는 거야, 그러다가 죽는 거다."

"……."

"희망? 난 그런 거 없다. 다만 사는 것이 목적이다."

"……."

"왜 사느냐고?"

그러고는 마이클이 얼굴을 일그러뜨리며 웃었다.

"그런 바보 같은 질문이 어딨어? 살고 있으니까 사는 거지 왜 사느 냐니."

그 순간 마이클이 손을 뻗어 카이엔의 팔을 끌어당겼다. 갑작스러운 일이어서 카이엔이 휘청거리다가 침대 위로 엎어졌다. 그때 마이클이 카이엔을 끌어당기면서 원피스를 벗겼다.

"가만, 마이클."

카이엔이 다급하게 말했다.

"옷 찢어져요, 내가 벗을게."

그러나 마이클이 원피스를 끌어올려 뒤집어 벗겼다. 이제 카이엔은 브래지어에 팬티 차림이다. 마이클이 카이엔의 팬티를 벗기자 카이엔 도 마이클의 팬티를 끌어내렸다. 곧 둘은 알몸이 되었고 카이엔의 몸 위로 마이클이 올랐다.

"아, 마이클."

카이엔이 두 손을 뻗어 마이클의 팔을 움켜쥐었다. 기대에 찬 카이엔의 얼굴이 상기되었고 호흡은 이미 거칠다. 그 순간 마이클이 몸을 합쳤다.

"아아."

카이엔의 신음이 방안에 울렸다. 곧 방안에는 가쁜 숨소리와 함께 카이엔의 탄성이 울려 나오기 시작했다. 한낮이다. 숲을 훑고 온 바람이 창문이 없는 창으로 들어와 방안을 휘젓고 지나갔다. 창밖은 구름한 점 없는 푸른 하늘이다. 그러나 방안은 폭풍이 휘몰아친다. 두 쌍의 사지가 엉켰다가 풀어지고 체위를 바꾸면서 또 비명이 터진다. 카이엔의 입에서는 뜻 모를 말이 쉴 새 없이 쏟아졌고 그것이 비명과 같은 탄성과 어울려 노래가 되었다. 얼마나 시간이 지났는지 모른다. 이윽고 두 몸이 떼어지면서 폭풍이 가라앉았다. 거친 호흡에 섞인 앓는 소리가 희미해졌다. 이제 두 알몸이 나란히 천장을 향한 채 누워있다. 그때서야 밖의 소음이 방안으로 들어왔다. 새소리, 바람에 나뭇잎이 부딪는 소리, 그리고 냄새도 맡아졌다. 짙은 숲 냄새다. 그때 카이엔이 말했다.

"마이클, 행복해요."

마이클은 천장만 보았고 카이엔이 말을 이었다.

"당신이 날 좋아하고 있다는 것을 알고 있었어요."

"……"

"말하지 마요, 마이클. 다 알고 있으니까 듣기만 해요."

"……"

"처음부터였어요. 당신이 날 처음 본 순간부터, 내가 그랬던 것처럼."

"……"

"사랑해요, 마이클."

몸을 돌린 카이엔이 마이클의 가슴에 얼굴을 묻었다. 한쪽 팔로 마이클의 상반신을 끌어안았고 한쪽 다리가 하반신에 비스듬히 걸쳐있다. 그것을 본 마이클의 얼굴에 웃음이 떠올랐다.

"또 생각이 나는 거냐?"

"하루 종일, 마이클."

카이엔이 힘을 주어 마이클의 몸을 감아 안았다.

"하다가 죽어도 좋아."

"너, 이러다가 다리 힘이 풀려서 오늘밤에는 걷지도 못 해."

"그래도 좋아, 그럼 여기서 하룻밤 더 자고 가지 뭐."

마이클이 카이엔의 어깨를 당겨 안았다. 그러자 카이엔이 턱을 들더니 입술을 내밀었다. 키스를 해달라는 시늉이다.

"아버지, 우리가 유리합니다."

하도르가 이마의 땀을 닦으며 말했다.

"국경을 넘어가기 전에 처치하면 됩니다."

산중턱의 바위 위에 앉은 하도르가 주위를 둘러보았다. 이곳은 산에 뚫린 외길이다. 바위산이어서 사람이건 짐을 실은 당나귀건 오직 이 길로만 다닌다. 다른 길이 없는 것이다. 트링가가 담배를 깊게 빨아들였다가 구름 같은 연기를 내뿜고 나서 말했다.

"사내놈이 보통 놈이 아니야, 그리고 배낭에 총이 들어 있어."

"알아요, 저도 쇠 냄새를 맡았습니다."

하도르가 이를 드러내고 웃었다. 하도르는 20세, 8살 때부터 트링가가 사냥에 데리고 다니는 터라 이제는 숙련된 사냥꾼이 되었다. 지금 손에 쥐고 있는 AK-47로 3백 미터 거리의 멧돼지도 놓치지 않는다. 하도르가 말을 이었다.

"아버지, 아버지가 그랬지 않아요? 기회가 왔을 때는 놓치지 말라고 말입니다. 지금 기회가 온 겁니다."

그때 트링가가 말했다.

"하도르, 그냥 보내주자."

"아버지."

"우리는 이미 오늘까지 사흘분 숙박료 75불을 받았다. 마을 민박집보다 5배나 비싸게 받았어."

"그것들 지갑에는 수천 불이 들어있을 겁니다, 아버지."

"더 욕심을 부리면 벌을 받는다, 하도르. 그냥 보내기로 하자."

트링가가 단호하게 말하자 하도르는 어깨를 늘어뜨렸다. 오후 4시 반이다. 사냥을 나왔지만 오늘은 산닭 3마리를 잡았을 뿐이다. 지난번 봐둔 멧돼지 길목을 지켰지만 발자국도 다 지워져 있었기 때문에 돌아가는 길이다. 다시 담배 연기를 내뿜은 트링가가 지그시 하도르를 보았다.

"하도르, 넌 그 여자를 어떻게 보았느냐?"

"그 여자라니요?"

되물었던 하도르가 머리를 기울였다가 대답했다.

"예쁘더군요, 남자를 고분고분 따르는 것 같았습니다."

"그것뿐이냐?"

"잘 웃더군요. 어머니가 참 착한 여자 같다고 했습니다."

"그래?"

"그리고 다낸과 유크리하고도 친해져서 놀아주기도 했습니다."

"그 여자도 전문가다."

불쑥 트링가가 말했으므로 하도르는 눈썹을 모았다.

"아버지, 전문가라니요?"

"그 여자가 우리 안채를 샅샅이 파악해 놓았다."

"……."

"첫날밤에 보니까 여자가 안채 위쪽에 서 있더군. 뒤채하고 간격을 재었고 사각지역을 체크했다."

"……."

"내가 숨어서 보았지. 다음 날 안채에 온 것은 집 구조와 장비를 파악하려는 의도였다. 네 어머니하고 여동생들은 그 여자에게 속은 것이지."

"누굴까요?"

"둘 다 전문가다. 그리고 여자 배낭에도 총이 들었다."

그것까지는 체크하지 않았으므로 하도르가 숨을 들이켰다. 트링가의 얼굴에 쓴웃음이 떠올랐다.

"사내 혼자만이라면 나도 생각이 바뀌었을 것이다, 그런데 여자까지 둘이야."

"저는 몰랐습니다, 아버지."

정신이 든 하도르가 트링가를 보았다.

"전혀 눈치채지 못했어요."

"아침에 우리가 사냥을 가는데도 여자가 바라보고 있더군. 그 시선이 마치 총구멍처럼 느껴졌다."

"집에 별일 없을까요?"

"우리만 가만있으면 별일 없을 거다."

담뱃가루를 흩트려 바람에 뿌린 트링가가 자리에서 일어섰다. 이곳에서 집까지는 세 시간 거리다. 밤이 되어서야 들어갈 것이다.

"둘은 누굴까요?"

산닭을 허리에 차면서 하도르가 묻자 트링가가 대답했다.

"라오스 쪽에서 대작전이 벌어졌다는 소문이 들리더니 그곳에서 날아온 파편인지도 모르겠다."

"테러범들일까요?"

"모르겠다."

발을 떼면서 트링가가 말을 이었다.

"끼어들지 않는 것이 낫다. 머리 한 번 돌렸다가 산 자와 죽은 자로 나누어진다는 옛사람들의 말도 있지 않느냐?"

밤 10시 반, 마이클과 카이엔이 고원의 산길을 걷는다. 트링가의 집을 떠난 것은 오후 7시, 3시간 반째 산길을 걷고 있다. 바위와 자갈투성이의 산길이었지만 굴곡이 심하지 않아서 3시간 반 동안에 15킬로를 주파했다. 둘 다 극기 훈련을 마스터한 전문가인 것이다. 그동안 딱 한 번 쉰 터라 산등성이에 닿았을 때 마이클이 거친 숨을 뱉으면서 멈춰 섰다.

"여기서 쉬자, 카이엔."

"벌써 지쳤어요?"

다가온 카이엔이 웃음 띤 얼굴로 마이클을 보았다.

"난 앞으로 5킬로는 쉬지 않고 더 나갈 수 있을 것 같은데."

배낭을 내려놓으면서 카이엔이 말을 이었다.

"특수정찰대도 별거 아니네요, 마이클."

"너하고 뒹굴지만 않았어도 쉬지 않고 10킬로는 더 갔을 거다."

바위틈에 주저앉은 마이클이 수건으로 얼굴의 땀을 닦았다.

"색골 같은 년."

"당신이 덤비고서는 뭘."

"닥쳐!"

마이클이 목소리를 높였지만 성난 기색은 아니다. 그것을 알고 있는 카이엔도 웃고 넘어간다. 배낭에서 AK-47을 꺼낸 카이엔이 조립했으므로 마이클이 물었다.

"뭘 하는 거야?"

"나라도 준비하는 것이 나을 것 같아서요."

"무슨 준비?"

"마이클, 당신은 트링가의 뒤채를 나오고 나서 거의 경계를 하지 않았어요."

"……."

"권총도 배낭에 넣고 있어요, 왜 그렇죠?"

"이곳은 거의 평지야, 멀리까지 보인다구."

"저격하기 좋은 곳이죠."

"넌 교육을 잘 받았구나."

마침내 마이클이 쓴웃음을 짓고 말했다.

"내가 서둘러 떠나는 바람에 방심했다."

"나 때문이죠, 마이클."

마이클의 시선을 받은 카이엔이 눈웃음을 쳤다.

"당신의 뒷모습을 보면서 생각했죠. 나 때문에 당신의 긴장이 풀린 것 같다고."

마이클이 외면했고 카이엔이 다 결합한 AK-47에 30발짜리 탄창을 끼웠다. 마이클의 시선이 총구로 향해지면서 표정이 굳어졌다.

"저것 봐, 총을 보니까 예전의 당신으로 돌아오는군요."

"총구를 돌려, 카이엔."

카이엔의 총구가 자신에게 향해 있었기 때문이다. 쓴웃음을 지은 카이엔이 AK-47을 옆에 내려놓았다.

"마이클, 중국을 거쳐서 바로 홍콩으로 가요."

"홍콩."

"홍콩에서 살아요."

"젠장."

마이클이 배낭에서 분해된 AK-47을 꺼내더니 조립하기 시작했다. 화제를 돌리고 싶은 표시가 난다. 카이엔이 말을 이었다.

"내가 그랬잖아요, 거기 아지트가 있다고. 아무도 모르는 곳이죠, 내가 우연히 발견한 곳이니까."

"……."

"마이클, 듣고 있어요?"

"들어."

벌써 결합한 AK-47의 노리쇠를 당겨보면서 마이클이 말을 이었다.

"그래, 가자, 카이엔."

카이엔이 숨을 죽였고 마이클이 똑바로 시선을 주었다.

"거기서 자식 낳고 살자."

"마이클."

"아들 하나, 딸 하나, 둘만 낳고."

땀이 식으면서 추워졌으므로 마이클이 자리에서 일어나 배낭을 메었다.

"가자, 카이엔."

"아들은 당신 닮아야겠죠, 딸은 나를 닮고."

"그렇지."

배낭을 멘 둘은 이제 제각기 총을 손에 쥐고 걸음을 옮겼다.

"아들이 널 닮으면 안 되지, 카이엔."

"딸이 당신 닮으면 안 되죠, 마이클."

뒤를 따르면서 카이엔이 짧게 웃었다.

"마이클, 사랑해요."

마이클은 대답하지 않았고 카이엔이 말을 이었다.

"내가 누구를 사랑하게 될 줄은 몰랐어요, 마이클."

"……."

"신이 나한테 축복을 내려주신 것 같아요."

길이 험해졌다. 바위산이 가팔라지면서 어둠 속에 검은 바위가 앞을 가로막았다.

"한 시간만 더 가다가 오늘밤 잘 곳을 찾아보기로 하자, 카이엔."

마이클이 손을 내밀어 카이엔을 바위 위로 끌어 올리면서 말했다.

"동굴이 있을 거야."

"이곳에서 국경까지는 60킬로 정도쯤 돼요."

카이엔은 지도를 체크하는 데 익숙하다. 가쁜 숨을 뱉으면서 카이엔이 말을 이었다.

"내 걱정은 말아요, 마이클, 견딜 수 있으니까."

베트남 마남트, 한국 관광객과 함께 버스로 베트남에 입국한 지 이틀째가 되는 날이다. 최철산과 이지윤은 마남트 외곽의 민박집에 투숙

182

했는데 손님 대부분이 유럽인이었다. 일부러 한국인이 없는 숙박업소를 고른 것이다. 오전 10시 반, 민박집 앞쪽 가게에서 시장을 보고 온 이지윤이 방으로 들어서며 말했다.

"비가 와서 거리가 물난리가 났어요, 관광객들이 움직이지를 못 하고 있어요."

최철산이 머리를 들고 창밖을 보았다. 새벽부터 쏟아지던 비가 그치지 않는다. 열린 창밖의 빗줄기를 보던 최철산이 다시 탁자 위에 펴놓은 지도를 보면서 말했다.

"내일 아침에 방디엔으로 출발하자."

방디엔은 작은 항구도시다. 최철산이 말을 이었다.

"방디엔에서 당분간 지내는 것이 낫겠다."

"전 당신이 가자는 대로 갈게요."

주방에 선 이지윤이 뒷모습을 보인 채 말했다. 둘은 민박집의 가족용 독채를 빌려서 주방과 응접실, 침실까지 갖춰진 단층 주택이다. 본채는 3층 건물로 방 1개짜리 민박이고 뒤채에 가족용 독채가 3채 나란히 세워진 구조다. 빗발이 더 굵어지는 것 같았으므로 베란다로 다가간 최철산이 반쯤 열린 문을 닫았다.

"방디엔에서 집을 한 채 얻는 거야."

최철산이 말하자 이지윤이 몸을 돌렸다. 두 눈이 반짝이고 있다.

"정말요?"

"그게 더 안전해."

"그럼 바닷가의 멋진 별장을 얻어요."

이지윤의 목소리에 활기가 띠어졌다.

"아예 살 수 있으면 사요, 거기서 살게."

"……"

"몇 년 동안이라도."

"한국에 돌아가지 않을 거냐?"

"못 가요."

쓴웃음을 지은 이지윤이 최철산을 보았다.

"잡히면 10년은 교도소에서 살아야 돼요."

"네 가족은?"

"아버지, 오빠가 있지만 인연 끊은 지 오래되었어요."

"……"

"이젠 당신 하나뿐이에요."

"날 끌어들이지 마."

"당신의 정체는 뭐죠?"

불쑥 이지윤이 물었으므로 최철산이 숨을 들이켰다.

"뭐 같으냐?"

"북한군인."

짧게 말한 이지윤이 똑바로 최철산을 보았다.

"서울말을 쓰지만 어쩐지 어색해요, 그리고 한 번도 한국 이야기를 꺼내지도 묻지도 않고……"

"……"

"모르니까 그런 것 같아요."

"맞다."

최철산이 창가로 다가가 비가 퍼붓듯이 쏟아지는 밖을 내다보았다. 30미터쯤 떨어진 본채 창에도 비를 구경하는 남녀가 붙어 서 있다. 창문을 훑어보면서 최철산이 말을 이었다.

"북한군 특수부대 중좌다. 호위총국 소속으로 세계 각지에서 테러단 교육을 시켜왔지. 홍콩에 파견관으로 있다가 여기까지 흘러 들어온 거야."

"그렇군요."

뒤로 다가선 이지윤이 말을 이었다.

"결혼은요?"

"책임지기 싫어서 안 했다."

"나머지 가족은 북한에 계세요?"

"그렇겠지."

창에서 몸을 뗀 최철산이 한 걸음 물러서면서 말했다.

"아무래도 앞쪽 건물이 걸리는군. 2층 왼쪽 방하고 3층 중간 방이 수상해."

"왜요?"

긴장한 이지윤이 감히 창 쪽으로 다가가지도 못 하고 묻자 최철산이 침대 밑에 숨겨놓은 베레타를 꺼내 소음기를 끼웠다.

"방에 불을 켜지 않았어."

"낮 시간이라 그런 거 아녜요?"

"소낙비가 쏟아져서 사방이 어두워져 있어 방에 불을 켜는 게 정상이다."

창가의 벽에 붙어선 최철산이 말을 이었다.

"방의 불을 꺼놓으면 밖을 감시하기가 좋지, 하지만 착각하는 경우가 많아. 다른 방이 불을 켜고 있다는 것을 깜박 잊는단 말이다."

"……."

"전문가라도 가끔 실수를 하지."

"어떻게 할 건데요?"

"뒷문으로 나가서 골목을 돌아 앞쪽 건물의 방을 확인해야겠다."

최철산이 덮어쓰는 국방색 우의를 찾더니 머리부터 뒤집어쓰고는 베레타를 허리춤에 꽂았다. 우의를 내린 최철산이 방을 나갔다. 뒷문을 나온 최철산의 얼굴은 금방 흠뻑 젖었다. 장대비다. 그야말로 댓줄기 같은 비가 퍼붓고 있다. 뒷문 앞은 골목이었는데 작은 도랑처럼 물이 흘러내리고 있다. 지나는 사람들의 무릎까지 물이 찬다.

"빌어먹을."

투덜거린 최철산이 골목을 나와 큰길로 들어섰다. 큰길은 더 수라장이 되어있다. 오토바이는 달리지 못하고 아예 끌고 다니는데 자동차 통행은 진즉 끊겼다. 그런데 행인들의 표정은 밝다. 길가에 붙어 섰던 최철산이 다시 발을 뗐다. 민박집 앞을 지나 길을 따라 물길을 헤치고 나아간다. 이윽고 최철산이 발을 멈춘 곳은 길가의 핸드폰 가게 앞이다. 이곳도 물난리를 막으려고 직원 둘이 유리문 앞에 모래 자루를 쌓고 있었지만 비를 흠뻑 맞은 채 장난을 하고 있다. 최철산이 직원에게 물었다.

"핸드폰 살 수 있나?"

"예, 선생님. 임시로 쓰시려는 거죠?"

반색을 한 둘이 허리를 폈고 그중 키가 큰 직원이 바짝 다가섰다.

"그래, 핸드폰을 물에 빠뜨렸어."

"기계 값 30불에 1백 불 통화비가 저장된 것부터 2백 불까지 있습니다. 2백 불이면 15일은 쓰실 겁니다."

"1백 불짜리로 하지."

"안으로 들어오시지요."

직원이 안으로 최철산을 안내했다. 대포폰 가게다. 불법으로 들여온 온갖 종류의 휴대폰이 진열되었는데 한국산은 최고급품으로 되어있다. 최철산은 중국산 30불짜리 핸드폰을 구입했다. 통화료 1백 불이 저장된 칩을 꽂은 최철산이 곧 버튼을 눌렀다. 신호음 세 번 만에 곧 사내의 목소리가 울렸다.

"여보세요."

한국어다. 숨을 들이켠 최철산이 말했다.

"나다."

순간 상대방이 숨을 죽인 듯 응답하지 않았고 최철산이 말을 이었다.

"30분 후에 다시 연락할 테니까 상황 파악 해놓고 있어."

"알겠습니다."

전원을 끈 최철산이 앞에 선 두 사내를 향해 웃음 띤 얼굴로 물었다.

"비가 언제 그치려나?"

"홍수 주의보가 발동되었습니다."

"그럼 버스도 움직일 수 없겠군."

"서쪽으로 10킬로만 가시면 메콩 강 지류가 나옵니다. 강은 비가 내려도 배가 떠나지요."

"그렇군."

"어디로 가시려는데요?"

"운독."

방디엔과는 1백 킬로나 떨어진 항구다. 최철산이 몸을 돌려 가게를 나왔다. 다시 비를 맞으며 민박집 앞으로 다가가자 현관 앞에는 사람들이 물을 퍼내고 있다. 집 안으로 물이 쏟아지고 있는 것이다. 투숙객들

도 몰려나와 돕고 있었으므로 혼잡했다. 그들을 지나 집 안으로 들어서
자 로비에 서 있던 서양 남녀들의 이야기 소리가 들렸다.

"비 때문에 검문이 보류되고 있는 모양이야. 어제저녁에 1개 연대 병
력이 시내로 진입했다는 거야."

영어다. 사내 하나가 떠들썩한 목소리로 말을 이었다.

"라오스 쪽에서 엄청난 사건이 일어났다는 거야. 테러범이 여럿을
죽였다는데 메콩 강에서도 시체가 10여 구 발견되었다는군."

"10여 구나?"

여자 하나가 날카로운 목소리로 물었다. 2층 계단을 올라가던 최철
산이 다시 뒤에서 울리는 목소리를 듣는다.

"그래. 그래서 여행자 숙소는 샅샅이 뒤진다는데 곧 여기도 군인들
이 올 거야."

"비가 그치지 말았으면 좋겠군."

남자 하나가 투덜거렸고 최철산은 2층 복도로 들어섰다. 아직 우비
를 입고 있었으므로 손에 쥔 베레타는 가려져 있다. 2층 끝 방은 207호
실이다. 복도에 오가는 투숙객들이 많았으므로 소란했다. 207호실 앞
으로 다가간 최철산이 노크를 했다. 그러자 곧 문이 열렸는데 서양 여
자다.

"무슨 일이죠?"

여자가 물었을 때 뒤에서 남자가 나타났다. 둘 다 20대쯤으로 머리
가 헝클어졌고 방에서 비린 냄새가 났다. 정액 냄새다. 섹스를 한 것
이다.

"아니, 방을 잘못 찾았습니다."

사과를 하자 여자가 문을 세게 닫았다. 숨을 들이켠 최철산은 옆쪽

계단을 보았다. 3층으로 올라갈 필요가 있었기 때문이다. 지금 당장 뒤쪽 독채로 가서 이지윤을 데리고 떠나야 한다. 3층 방을 점검할 필요가 있는 것이다. 그때 최철산은 계단을 향해 발을 뗐다. 비 때문에 군대 진입이 늦춰지고 있다지 않은가? 지금 당장 위협적인 존재는 3층 방이다. 만일 3층에 감시자가 있다면 그렇다. 3층 계단을 오른 최철산이 손에 쥔 베레타를 바꿔 쥐고 손바닥의 땀을 닦았다. 우의를 아직 덮어쓰고 있었지만 이상하게 보이지는 않는다. 다시 베레타를 오른손에 쥔 최철산이 중간 방을 향해 다가갔다. 3층의 중간 방은 303호실이다. 3층 복도는 텅 비었지만 방안에서 소음은 울렸다. 303호실로 다가간 최철산이 호흡을 가다듬었다. 그러고는 노크를 하려고 왼손 주먹을 내밀었다가 내렸다. 옆쪽 방과는 다른 분위기가 느껴졌기 때문이다. 2층은 복도에 오가는 사람이 많았지만 이곳은 없다. 최철산은 문 옆쪽 벽에 등을 붙이고는 앞을 보았다. 그 순간 머릿속에 섬광처럼 생각이 떠올랐다. 303호실에서 아무 소리도 들려오지 않았다. 불이 꺼져있는 이유는 방안의 사람이 자거나 들어있지 않은 경우다. 그러나 이 민박집은 만원이다. 뒤쪽 독채도 웃돈을 주고 나서 빌렸고 본관인 이곳은 빈방이 없다고 했다. 그럼 자는가? 오전 11시 25분이 되어가고 있다. 이 시간에, 폭우가 계속되어 사방이 난리가 난 이 상황에서 자고 있어? 207호실 남녀는 섹스를 하느라고 그랬지만 이곳도? 아직까지? 심호흡을 하고 난 최철산이 팔을 뻗어 문에 노크했다. 문 복판에 보안경이 있다. 이 보안경은 안에서 밖은 볼 수 있어도 밖에서는 안을 볼 수가 없다. 다시 노크를 한 최철산이 우의 속에서 베레타를 꺼내고는 보안경 바로 밑 부분을 겨냥하고 방아쇠를 당겼다.

"퍽! 퍽!"

두 발의 총탄이 보안경 바로 밑에 구멍을 뚫었다. 그 순간 최철산이 어깨로 문을 부딪쳤다.

"우찍!"

큰 소음과 함께 문고리가 부서지면서 문이 열렸다. 문은 50센티쯤 열렸다가 무언가에 걸려 멈췄는데 최철산은 그 틈으로 방안에 들어섰다. 그때 눈앞에서 어른거리는 물체가 보였다. 이쪽에 등을 보인 사내, 허리를 굽히고 탁자 위에서 뭔가를 잡으려고 한다. 그때 최철산이 다시 방아쇠를 당겼다.

"퍽! 퍽!"

두 발의 총탄이 3미터쯤 앞쪽의 사내 등판과 뒷머리를 부쉈다. 사내가 그대로 절명했는데 손에 권총을 쥐었다. 구형 리볼버다. 그때서야 최철산은 발밑에 쓰러진 사내를 보았다. 사내는 얼굴 아래쪽이 부서져 있었는데 역시 손에 권총을 쥐었다. 최철산이 허리에 찬 가방에서 폭약을 꺼내 타이머를 10분으로 조절한 다음 시체를 모아놓고 밑쪽에 넣었다. 문을 잘 닫은 최철산이 계단을 내려와 다시 로비로 나왔다. 로비는 아직도 수라장이다. 물이 더 들어오고 있는 것 같다. 뒷문으로 나온 최철산이 무릎까지 빠지는 뒷마당을 건너 독채로 들어서자 창으로 바라보고 있던 이지윤이 맞았다.

"왜 이렇게 늦었어요?"

이지윤이 화난 표정으로 물었을 때 최철산이 서두르듯 말했다.

"짐 꾸려! 5분 남았다."

"5분요?"

물었지만 이지윤이 재빠르게 움직였다. 옷을 갈아입고 배낭에 짐을 넣는 데 3분도 걸리지 않았다. 그때 창가에 비켜서 있던 최철산이 3층을 바라보다가 손목시계를 보았다. 그 사이에 누가 방에 들어간다면 곤란한 것이다. 그러나 어쨌든 폭탄은 터진다.

"다 꾸렸어요."

이지윤이 말하면서 다가왔으므로 최철산이 팔을 잡아 옆쪽으로 당겼다. 그 순간이다.

"꽈꽝!"

엄청난 폭음과 함께 민박집의 3층이 통째로 날아갔다. 폭우 속에 대폭발을 일으킨 것이다. 그러더니 불길이 솟았는데 폭우 속에서도 기세 좋게 타오른다. 이제 민박집은 2층까지 무너져 내렸고 아수라장이 되어있다. 그때 파편이 날아와 뒤쪽 독채도 부쉈다. 최철산이 겁에 질린 이지윤의 어깨를 당겨 안으면서 파편을 피했다. 폭발하면서 나무기둥이 날아와 옆쪽 유리창을 산산조각 내었고 기둥 일부분은 방안으로 들어와 있다. 지붕에도 시멘트 덩어리가 날아와 한쪽을 허물어뜨려서 빗줄기가 쏟아지고 있다.

"가자."

최철산이 다시 우의를 뒤집어쓰면서 말했다. 겁에 질린 이지윤은 우의를 뒤집어쓴다. 머리에 뒤집어쓰면 얼굴만 나오고 어깨 위에서 부챗살처럼 밑으로 덮이는 우의다. 방밖으로 나오자 옆쪽 독채에서도 투숙객이 도망치듯 나오고 있다. 이제 민박 건물은 비명과 외침으로 아비규환 상태가 되어있다. 최철산과 이지윤은 뒷문으로 빠져나와 빗길로 들어섰다. 행인들이 모두 눈을 치켜뜨고 뒤쪽 민박집을 바라보고 있다. 빗줄기가 그치지 않았고 거리로 나오자 물은 무릎까지 찼다. 둘은 구경꾼들 사이로 서둘러 빠져나갔다.

마남트에서 5킬로쯤 떨어진 국도상의 버스 간이 정류장, 이곳도 폭우가 쏟아지고 있었지만 지대가 높아서 물이 도로에 넘치지는 않는다. 그래서 버스들이 먼 거리를 우회해서 드문드문 지나고 있다. 폭우에 익숙한 주민들이라 밀짚으로 만든 도롱이를 뒤집어쓰고 대나무 잎 삼각 모자를 쓴 농민들은 빗줄기 속을 한가하게 지난다. 정류장 처마 밑에 붙어 선 최철산이 핸드폰 버튼을 누르고는 귀에 붙였다. 신호음이 두 번 울리더니 곧 사내의 목소리가 울렸다.

"접니다, 중좌 동지."

"어떻게 되었어?"

"다 풀렸습니다. 거기서 곧장 홍콩으로 오셔도 됩니다."

그러더니 서두르듯 말을 이었다.

"고 대좌 동지께서 연락을 부탁하셨습니다. 전번은 지난번 전번으로 그냥 하셔도 됩니다."

"알았어."

통화를 끝낸 최철산에게 옆에 서 있던 이지윤이 물었다.

"누구 전화예요?"

"알 것 없어."

이지윤이 눈만 깜박였다, 무안당하는 것에 익숙해졌기 때문이다. 정류장에는 그들 둘뿐이었지만 비를 맞으며 지나는 행인이 많다. 모두 근처의 농민들이다. 지금 둘은 서쪽으로 가는 버스를 기다리고 있는 것이다. 한동안 앞쪽을 응시하던 최철산이 다시 핸드폰을 꺼내더니 버튼을 눌렀다. 신호음이 두 번 울리고 나서 곧 사내 목소리가 들렸다.

"고성준이오."

"나, 최철산입니다."

"아, 최 중좌."

깜짝 놀란 듯이 반긴 고성준이 서둘러 말을 이었다.

"이제 수배가 풀렸소, 거기서 곧장 공항을 통과해도 문제가 없소."

"어떻게 된 겁니까?"

"우리하고 협상을 한 거요. 마이클 로한과 함께 연계시키지는 않기로 했소."

고성준의 목소리에 열기가 띠어졌다.

"동무에 대한 수배는 이미 풀렸으니까 어떤 공항을 통과해도 됩니다. 지금 여권을 갖고 있지요?"

"있습니다."

"혼자 계시오?"

"예."

핸드폰을 귀에 붙인 최철산의 시선이 힐끗 옆쪽을 스치고 지나갔다. 정류장에는 어느새 버스를 기다리는 남녀 셋이 들어와 있었는데 셋 모두 최철산과 같은 우의를 걸쳤다. 최철산이 말을 이었다.

"알았습니다, 곧 가지요."

"지금 마이클이 어디 있는지는 모르지요?"

"모릅니다."

"그럼 됐습니다, 다시 연락 주시오."

"알겠습니다."

"만나서 한잔 합시다."

고성준의 웃음 띤 목소리를 들으면서 핸드폰의 전원을 끈 최철산이 이지윤을 보았다.

"너, 나하고 같이 가면 되겠다."

"네?"

눈을 동그랗게 뜬 이지윤을 향해 최철산이 웃어 보였다.

"나하고 같이 홍콩으로 가자, 내가 보호해줄 테니까."

그때다. 옆에 서 있던 사내가 우의 속에서 손을 꺼내었다. 그런데 손에 권총이 쥐어져 있다.

"손들어!"

사내가 버럭 소리치자 그 옆쪽 사내도 우의를 젖히더니 AK-47을 겨누었다. 놀란 여자가 뒷걸음으로 물러났고 이지윤은 하얗게 굳어진 채 움직이지 않는다. 최철산이 사내들을 보았다. 우의가 덮여서 아직 손의 위치는 보이지 않는다.

"움직이면 쏜다!"

사내가 다시 소리친 순간이다.

"퍽, 퍽, 퍽, 퍽!"

최철산의 우의가 펄럭이면서 앞쪽 두 사내가 두 손을 휘저으며 쓰러졌다. 최철산이 우의 속에서 그대로 총을 쏜 것이다. 3미터밖에 떨어지지 않아서 4발의 총탄은 두 사내를 모두 맞췄다. 둘 다 가슴과 얼굴에 총격을 받아 쓰러지기도 전에 절명했다. 그때다.

"타타타타타타!"

요란한 총성이 울리면서 최철산이 비틀거리더니 두 발짝이나 뒤로 물러섰다가 정류장 기둥에 등을 부딪쳤다. 두 눈을 치켜뜨고 있다.

"퍽! 퍽! 퍽! 퍽!"

그러나 최철산의 우의 안에서도 발사음이 울리면서 우의가 펄럭였다. 숨을 삼킨 이지윤이 머리를 돌려 뒤쪽을 보았다. 사내 하나가 AK-47을 쥔 채 쓰러지고 있다. 정류장 뒤쪽에 또 한 사내가 있었던 것이다. 그때 최철산이 기둥에 등을 붙인 채 주저앉더니 이지윤을 보았다. 차분한 표정이다. 최철산이 가라앉은 목소리로 말했다.

"내 주머니에서 전화기를 꺼내. 너에 대한 부탁을 해야겠다."

9장 고향으로

윈난(雲南)성 뤼춘(綠椿), 소수 민족 자치구에 포함된 관광 도시. 울긋 불긋한 전통 의상을 입은 남녀가 거리를 활보하고 그것을 구경하는 관광객이 몰려다니는 풍경이 이곳에도 펼쳐져 있다. 오후 3시 반, 마이클이 길가의 주점(酒店)에 우두커니 앉아서 지나는 행인을 구경하고 있다. 등산복 차림에 등산화를 신었고 머리에는 차양이 넓은 등산모, 짙은 색 선글라스를 끼었다. 앞에는 전통 과일주라는 기괴한 모양의 그릇에 액체가 담겨 있었는데 가격이 10달러나 되었지만 오렌지 주스에 케첩을 섞은 맛이 났다. 그래서 맛만 보고 그대로 놔두었다. 관광객은 한국인이 반, 일본인이 10퍼센트, 서양인이 20퍼센트, 기타 동남아인이 20퍼센트 비율이다. 이 부근은 한국 관광객이 압도적으로 많다. 중국 문화에 향수를 느꼈기 때문일까? 한국의 문화는 중국에서 흘러 들어갔다고 배운 것 같기도 하다. 지금도 마이클 옆쪽 테이블에는 여자 넷이 둘러앉아 있었는데 쉴 새 없이 수다를 떨고 있다. 마이클이 외모가 서양인이어서 마음 놓고 떠든다. 30대 후반쯤 되었을까? 어머니하고 집에서는 한국어로 소통했던 마이클이다. 18살 때까지 한국어를 했던 터라 여자들의 말은 다 알아듣는다.

"밖에 나와서 바람을 피우는 게 어디 생각대로 되니?"

넷 중 턱이 뾰족한 여자가 쨍쨍한 목소리로 말했다.

"여기 옆에 앉은 저 남자가 마음에 든다고 해도 어디 말이 통해야지."

여자의 시선이 마이클에게로 옮겨졌다. 모두 웃음 띤 얼굴로 마이클을 보았다.

"잘생겼어, 미국 배우 브래드 피트 같아."

하나가 말하자 다른 하나가 거들었다.

"아냐, 브래드 피트보다 커, 더 멋있어."

"난 진짜 배우인지 알았어."

다시 누가 거들었고 맨 처음의 여자가 말했다.

"은경아, 네가 영어 좀 하잖아? 말 좀 걸어봐."

그중 입을 열지 않고 있는 여자에게 하는 말이다. 마이클의 시선이 선글라스를 통해 은경이라고 불린 여자에게로 옮겨졌다. 넷 중 가장 나은 여자다. 마이클의 얼굴에 희미하게 웃음이 떠올랐다. 갸름한 얼굴, 맑은 눈, 날씬한 몸매, 등산복 차림이었지만 엉덩이와 가슴의 곡선은 풍만하다. 그때 은경이란 여자가 말했다.

"그만 해, 저 남자한테 말 걸어서 어쩌라는 거야?"

"연애하자고 해."

하나가 말하자 나머지가 소리 내어 웃었다.

"하지만 그것 끼우고 해야 된다고 해."

또 하나가 말했고 다시 웃었다.

"갑자기 백인 아이가 나오면 안 되니까."

"아이구, 이것들이 바람이 나서."

쓴웃음을 지은 은경이라는 여자가 힐끗 마이클을 보았다. 그러나 일어서지는 않는다. 마이클이 손목시계를 보았다. 카이엔은 지금 시장에서 장을 보고 있을 것이다. 이곳 뤼춘에 도착한 지 오늘로 엿새째, 나흘 전에 정원이 딸린 저택을 한 채 임대했고 가구까지 다 들여놓았다. 어제는 가정부 둘과 정원사까지 하인 셋을 고용했고 SUV차량도 한 대 샀다. 저택은 뤼춘 교외의 한적한 고급 주택가에 위치했는데 대지가 1천여 평, 건평은 본채가 2백 평, 하인들이 거주하는 바깥채가 1백 평에 뒤쪽에는 20미터 길이의 풀장도 갖췄다. 부동산회사의 명의로 모두 임대한 것이어서 마이클의 신분증명서는 필요하지 않았다. 완벽하게 신분 위장이 가능한 곳이었다. 그래서 엄청난 자금이 이곳으로 몰려드는 것이다. 그때 여자 중 하나가 자리에서 일어서더니 마이클에게 다가왔다. 둥근 얼굴, 큰 키, 세련된 외모에 밉상도 아니다. 모두 여자를 주시했고 기대에 찬 얼굴이다. 은경이란 여자만 조금 굳어져 있다. 마이클의 앞에 선 여자가 서툰 영어로 물었다.

"어디서 오셨죠?"

"파리."

마이클이 웃음 띤 얼굴로 여자를 보았다.

"난 프랑스인입니다."

"오, 그러시군요."

감동한 여자가 제 친구들에게 한국어로 말했다.

"프랑스인이래!"

여자들이 활짝 웃었고 옆에선 여자가 더듬거리며 제의했다.

"합석하지 않겠어요?"

"그러죠."

자리에서 일어선 마이클이 먹다 만 오줌 같은 주스 잔을 들고 여자들의 테이블로 다가갔다. 여자들이 웃음 띤 얼굴로 마이클을 맞았다. 마이클은 은경의 옆쪽 빈자리에 앉더니 여자들을 둘러보았다.

"숙녀분들은 어디서 오셨지요?"

그들 중 한 명이 말했다.

"우린 한국인이에요."

"한국은 어떻습니까?"

마이클이 영어로 묻자 넷은 다 알아들었다. 그러나 표현을 할 수 있는 인물은 둘, 은경과 데리러 왔던 미스 신이다. 그때 미스 신이 대답했다.

"좋죠, 살기 좋아요. 깨끗하고……."

그 정도까지다. 머리를 끄덕인 마이클의 시선이 '먹통' 둘을 거쳐 은경에게로 옮겨졌다. 시선을 받은 은경은 웃기만 했다.

"프랑스는 어때요?"

미스 신이 묻자 마이클이 대답했다.

"이민자들이 모여들어서 난장판이 되었어요. 살기 힘들어요."

이 말 중에서 미스 신은 나중의 살기 힘들다는 말만 이해했고 '먹통' 둘은 전혀 알아듣지 못했으며 은경은 이해한 것 같다. 그때 먹통 중 하나인 미스 리가 한국어로 말했다.

"애, 결혼했느냐고 물어봐."

"앙드레, 결혼했어요?"

미스 신이 물었다. 마이클은 프랑스인답게 앙드레로 개명했다. 마이클이 머리를 저었다.

"아니, 미혼입니다."

이건 모두 알아들었다. 마이클이 말을 이었다.

"난 파리에서 식당을 운영하고 있습니다. 지금은 휴가 여행 중이지요."

미스 신이 절반을, 먹통 둘은 '여행'한다는 말만 머릿속에 박았는데 넷의 시선을 받은 은경이 그대로 통역했다. 한 자도 틀리지 않고 정확하게 통역한다. 마이클의 얼굴에 웃음이 떠올랐다.

"살다 보면 휴식이 필요할 때가 있어요. 일상이 긴장의 연속이니까요. 하지만 중국의 소수 민족이 사는 곳에 왔어도 여전히 같은 분위기군요, 긴장이 풀리지 않아요."

이것은 은경에게만 한 말이다. 셋이 멍한 얼굴로 은경을 보았으므로 마이클이 의자에 등을 붙였다.

은경의 통역을 감상하려는 것이다. 그때 은경이 통역했다.

"이 사람, 생각하는 것이 많은 것 같다. 우리가 이 사람을 방해하는지 모르겠어."

"왜?"

'먹통' 하나가 묻자 은경이 대답했다.

"긴장을 풀려고 이런 곳에 왔지만 여전히 긴장의 연속이래."

"그럼 우리가 풀어줘야지."

"그래, 오늘밤 술 한잔 하자고 해."

"누가 파트너 할래?"

"은경이가 해야겠군 뭐."

셋이 중구난방으로 떠들 때 마이클이 은경에게 말했다.

"이 집 주인한테 연락처를 남기고 가시면 내가 저녁 무렵에 연락하지요, 괜찮다면 말입니다."

"뭐라고 해?"

'먹통' 하나가 묻자 미스 신이 대답했다.

"저녁 무렵에 경치가 괜찮다는 말 같은데."

그때 은경이 마이클을 응시한 채 머리를 끄덕였다. 그것이 셋에게는 미스 신의 말이 맞는다는 것으로 보인 것 같다. 마이클이 자리에서 일어서더니 넷을 향해 눈인사를 했다.

"그럼, 한국 숙녀분들, 만나 뵙게 되어서 기뻤습니다."

"아유, 만나자마자 이별이네."

여자들과 작별한 마이클이 거리를 한 바퀴 돌고 나서 다시 주점에 들렀을 때는 5시 반이다. 마이클이 주점 안쪽으로 들어서자 주인 여자가 쪽지를 내밀었다.

"미세스 정이 당신한테 전해주라고 했어요."

은경의 성이 정인 모양이다. 쪽지를 받은 마이클의 얼굴에 웃음이 떠올랐다. 다른 여자들은 모두 이름 앞에 '미스'를 붙였기 때문이다. 은경은 '미세스'라고 했다. 남편이 있다는 말인가? 다시 길가의 의자에 앉은 마이클이 핸드폰을 꺼내 정은경의 번호를 눌렀다. 신호음 다섯 번이 울리고 나서 여자의 목소리가 울렸다.

"여보세요."

"미세스 정?"

"네, 전데요."

"앙드레요."

"그래요, 전번 받으셨군요."

"지금 어딥니까?"

"민박집 밖으로 나와서 전화를 받고 있어요."

"어때요? 오늘밤에 시간 낼 수 있어요?"

"친구들이 민속공연 구경을 가요."

정은경이 말을 이었다.

"난 아프다면서 빠질게요."

"좋아요, 그럼 힐튼호텔 라운지에서 7시에 만납시다."

"라운지에서 7시."

확인하듯 말한 정은경이 물었다.

"11시에 공연이 끝나니까 그 안에 돌아올 수 있겠죠?"

"아, 그럼요."

마이클의 얼굴에 웃음이 떠올랐다. '여자는 요조숙녀의 얼굴을 하고 음탕한 상상을 하는 법이다.' 이것은 마이클이 군(軍) 시절에 선배한테서 들었던 교훈이다. 통화를 끝낸 마이클이 자리에서 일어섰다. 이것은 작전과도 같다. 힐튼호텔에 가서 미리 방을 잡아놓아야만 한다. 카이엔에 대한 죄책감 따위는 없다.

라운지로 들어선 정은경은 안쪽 자리에 앉아있는 앙드레를 보았다. 오후 7시 정각, 앙드레가 이쪽을 알아보고는 일어나 얼굴을 펴고 웃었다. 그 순간 정은경의 심장 박동이 빨라졌다. 앙드레는 흰 셔츠에 회색 바지 차림이었는데 늘씬한 키에 건장한 체격이 잘 어울렸다. 구릿빛으로 탄 피부는 번들거렸고 짧은 머리에 굵은 콧날, 단정하고 브래드 피트를 닮은 입술이 유혹적이다. 다가간 정은경을 본 마이클도 눈을 가늘게 떴다. 정은경도 옷을 갈아입었다. 분홍 꽃무늬가 박힌 원피스를 입었는데 발에는 샌들을 신었다. 긴 머리는 뒤로 묶어서 올렸기 때문에

목이 드러났다.

"아름답군요."

마이클이 정은경의 손을 잡더니 손등에 입술을 붙였다. 그 순간 정은경은 손등에서부터 전류가 흘러나간 느낌을 받는다. 자리에 앉은 마이클이 지그시 정은경을 보았다.

"내가 본 한국 여자 중에서 두 번째로 아름다운 여자요. 미세스 정이 말입니다."

"그래요? 감사합니다."

정은경이 흰 이를 드러내고 웃었다.

"그 첫 번째가 누구죠? 말씀해주실 수 있어요?"

"비밀입니다."

종업원이 다가왔으므로 둘은 음식과 곁들여 샴페인을 시켰다. 매니저가 추천해준 샴페인 1병 값이 5백 불이다. 정은경이 비싸다고 질색했지만 마이클의 고집을 꺾지 못했다. 저녁을 먹으면서 마이클이 물었다.

"미세스 정의 직업은 뭡니까?"

"제약회사 직원이죠. 고등학교 동창들하고 6박 7일간 여행을 왔습니다."

"그렇군요. 그 동창들은 모두 직업이 다르겠군요."

"둘은 가정주부이고 저하고 미스 신은 직장에 다니죠."

"미세스 정의 남편은 뭘 합니까?"

"같은 회사에 다녀요. 제약회사 연구원이죠."

마이클의 시선을 받은 정은경이 눈웃음을 쳤다.

"저는 지금 다른 남자를 만나고 있는 거죠."

"난 미세스 정에게 끌렸습니다."

"절 눈여겨보고 계시는 걸 느꼈어요."

"그걸 텔레파시라고 합니다."

마이클이 정은경의 잔에 샴페인을 따르면서 말을 이었다.

"난 당신만큼 이지적이면서도 섹시한 분위기를 풍기는 여자는 처음입니다."

"제가 두 번째라면서요?"

"첫 번째 여자는 예외지요."

"그 여자를 사랑해요?"

"그럼요, 내 목숨만큼."

"그런데 왜 같이 있지 않으시고?"

"두 달 전에 떠났습니다."

"어디로?"

"천국으로."

"어머나."

한국어로 탄성을 뱉은 정은경이 포크를 내려놓고 마이클을 보았다. 두 눈이 번들거리고 있다.

"안됐어요, 앙드레."

"당신을 만난 것이 신의 섭리인 것 같네요."

"거짓말."

울상이 된 정은경이 술잔을 집어 한 모금에 삼켰다.

"여행을 나오면 들뜨게 돼요, 앙드레."

"이해합니다."

"애인을 만들고 싶어 하죠."

"그래서 당신을 만났어요, 정."

"난 이틀 후에 한국으로 돌아가요, 앙드레."

정은경이 똑바로 마이클을 보았다.

"연구실에서 스트레스를 엄청나게 받는 내 남편하고 섹스 한 지가 2년이 넘었다고요."

"당신도 스트레스가 쌓이겠군요."

한 모금 샴페인을 삼킨 마이클이 정은경을 보았다. 어느덧 8시가 되어가고 있다.

"정, 금쪽같은 시간이 지나가고 있어요, 일어납시다."

"그래요."

손짓으로 매니저를 부른 마이클이 계산서에 적힌 금액에다 1백 불을 더 얹어서 건네주었다. 합계 1,200불이 된다. 매니저가 정중하게 머리를 숙여 보이더니 둘을 라운지 밖까지 배웅했다. 마이클이 정은경의 허리를 가볍게 끼면서 호텔 엘리베이터 쪽으로 안내했다.

"방을 빌려놓았어요, 정."

정은경은 잠자코 따른다. 마이클이 정은경의 허리를 감은 팔에 힘을 주었다.

"정, 당신은 아름다워."

"나, 이런 경험 처음이야, 앙드레."

조금 상기된 얼굴로 정은경이 앞쪽을 향한 채로 말했다. 이곳은 서양인 손님이 대부분이고 관광객들도 드물다. 1박에 3백 불 이상인 것이다. 엘리베이터가 오르자 정은경이 마이클에게 바짝 몸을 붙였다. 손님이 여럿 있는데도 그런다. 방으로 들어선 마이클이 문을 닫자마자 정은경의 허리를 당겨 안았다.

"오, 노."

말은 그랬지만 정은경이 허물어지듯 마이클의 품에 안겼다. 얼굴이 금방 상기되면서 더운 숨결이 마이클의 턱에 닿았다.

"아름다워, 당신은."

물론 마이클은 지금 영어를 한다. 속삭이듯 말한 마이클이 정은경의 귓불을 입으로 물었다. 뜨거운 숨결이 귓속을 덮었고 마이클이 귀를 부드럽게 깨물었다. 이미 몸이 딱 밀착되어 있는 터라 마이클의 단단해진 남성이 정은경의 하반신을 압박했다. 이제 정은경의 숨결도 가빠졌다. 두 손으로 마이클의 목을 감싸 안은 정은경이 눈을 감았다. 그때 마이클의 입술이 정은경의 입을 덮었다. 몸을 늘어뜨린 정은경이 곧 입을 열었고 말랑한 혀가 뽑혀 나왔다. 마이클은 갈증이 난 것처럼 정은경의 혀를 빨았다.

"아아."

잠깐 입을 떼었을 때 정은경의 입에서 탄성이 뱉어졌다. 그때 마이클이 정은경의 원피스 밑자락을 잡아 위로 올렸다. 원피스가 뒤집히면서 정은경이 두 손을 들어주는 바람에 순식간에 벗겨졌다. 이제 정은경은 브래지어와 팬티 차림이 되었다. 둘은 아직도 문 앞에 서 있는 채다. 그때 몸을 뗀 마이클이 셔츠와 바지를 벗어 던졌다. 그러자 팬티 차림이 되었고 이어서 팬티까지 벗어 던졌다. 그 순간 정은경이 숨을 들이켰다. 눈앞에 거대한 남성이 건들거리고 있었기 때문이다. 검붉은 방망이다. 야구배트가 연상될 만큼 크다. 정은경이 처음 보는 사이즈다. 그때 다가온 마이클이 정은경의 브래지어를 풀어 던졌고 곧 팬티까지 벗겼다. 정은경이 흐늘거리면서 팬티도 벗겨지게 놔두었지만 시선이 마이클의 남성에서 떨어지지 않았다. 그때 마이클이 정은경을 번쩍 안아 들고는 침실로 다가갔다.

"아이구, 나 몰라."

정은경이 헛소리처럼 말했는데 한국어다. 지금 정은경은 꿈속 같아서 자신이 한국말을 한다는 것조차 잊었다. 침대 위에 정은경을 내려놓은 마이클이 곧 몸 위로 올랐다. 그때 정은경이 마이클의 남성을 두 손으로 감싸 쥐었다.

"너무 커, 무서워."

흥분했지만 정은경이 겨우 영어로 말했다. 그리고는 마이클을 올려다보았다.

"천천히, 제발, 응?"

마이클의 얼굴에 웃음이 떠올랐다. 머리를 끄덕인 마이클이 곧 정은경의 하체에 얼굴을 묻었다. 놀란 정은경이 입을 딱 벌렸지만 이미 늦었다. 마이클의 혀가 정은경의 골짜기를 애무하기 시작했기 때문이다.

"아아아."

정은경의 입에서 긴 탄성이 터졌다. 마이클의 혀가 동굴 안까지 살살이 애무하고 있는 것이다.

"아이구, 엄마."

정은경의 입에서 다시 한국어가 터졌다. 지금까지 정은경은 이런 애무를 받아본 적이 없다. 엉덩이를 추켜올렸다가 내린 정은경은 격렬한 쾌감에 비명 같은 탄성을 내질렀다. 두 다리가 마이클의 머리를 감싸 안았다가 풀어졌고 두 손으로 침대 머리를 움켜쥐었다가 곧 마이클의 어깨를 당겼다.

"오, 마이 갓!"

영어로 소리쳤던 정은경의 입에서 다시 한국어가 이어졌다.

"아이구, 나 몰라!"

그 순간 정은경은 절정으로 솟아올랐다. 허리를 치켜들었다가 내리면서 클라이맥스에 오른 것이다. 두 다리로 마이클의 머리를 감싸 안은 정은경의 몸이 굳어졌다. 입에서는 폐가 터질 것 같은 호흡과 함께 신음이 길게 이어지고 있다. 그때 마이클이 상체를 세우고는 정은경의 몸 위로 올랐다. 겨우 눈을 뜬 정은경이 마이클의 팔을 쥐면서 허덕이며 말했다.

"허니, 천천히."

마이클이 남성을 정은경의 골짜기 끝에 붙였다. 늘어져 있던 정은경이 마이클의 남성을 쥐면서 말했다.

"허니, 너무 커, 천천히……."

그 순간이다. 마이클은 남성을 천천히 진입시켰다. 이미 정은경의 동굴은 애액이 넘쳐흐르는 중이다.

"아아아악."

그때 정은경의 입에서 긴 신음이 터졌다. 놀란 정은경이 두 손으로 마이클의 어깨를 움켜쥐고는 눈을 크게 떴다. 입도 딱 벌어졌다. 그러나 마이클은 자신의 남성을 정은경의 동굴이 기쁘게 받아들이고 있는 것을 느낀다. 좁지만 탄력이 있다.

밤 10시 반, 폭풍이 세 번이나 몰아쳤다가 방금 가라앉았다. 그러나 정은경은 가쁜 숨을 뱉은 채 마이클의 가슴에 안겨 있다. 두 쌍의 알몸이 엉킨 방안에는 애액의 냄새로 가득 차 있다. 그때 정은경이 화들짝 놀라더니 상반신을 일으켰다. 젖가슴이 출렁거렸고 헝클어진 머리가 이마에 붙었지만 고혹적인 모습이다. 탁자 위의 핸드폰을 쥔 정은경이 당황한 표정으로 혼잣소리를 했다.

"엄마, 이걸 어떻게 해."

한국말이다. 침대 머리에 등을 붙인 정은경이 핸드폰의 버튼을 누르면서 마이클에게 눈을 흘겼다. 마이클이 정은경의 다리 사이에 얼굴을 묻었기 때문이다. 그러나 곧 정은경이 다리를 벌리고는 마이클의 머리칼을 어루만졌다. 전화기를 귀에 붙인 정은경이 입을 딱 벌렸다. 마이클의 혀가 동굴 안으로 들어왔기 때문이다. 그때 수화구에서 신애주의 목소리가 울렸다.

"너, 지금 어딨어?"

"갔다 왔니?"

"지금 어딨냐구?"

둘은 한국말을 하고 있다. 그때 마이클의 혀가 동굴 안쪽까지 들어가는 바람에 정은경이 입을 딱 벌렸다. 그러나 지독한 쾌감으로 마이클의 머리를 밀어내지 못한다. 정은경이 가쁜 숨을 참고 겨우 말했다.

"나 혼자 놀러 왔는데 12시까지 들어갈게, 여기 시내야."

"글쎄 어디냐니깐?"

"카페인데 이름은 모르겠어."

그때 정은경이 손등으로 입을 막더니 핸드폰의 전원을 서둘러 껐다. 그러고는 허덕이며 말했다.

"오, 앙드레, 나, 죽겠어."

마이클이 다시 정은경의 몸 위에 오르면서 웃었다.

"지금 몇 번째인지 알아?"

"난 클라이맥스에 열 번도 더 올랐어, 허니."

마이클의 남성을 잡아 제 동굴에 붙이면서 정은경이 소리쳤다.

"허니, 이번에는 거칠게 해줘, 나, 거기 다쳐도 좋아."

그 순간 정은경이 입을 딱 벌렸다. 마이클이 거칠게 진입했기 때문이다.

"아이구, 나 죽어!"

한국어로 소리친 정은경이 마이클의 등을 두 손으로 감싸 안았다.

"아이구 좋아!"

이것도 한국말이다. 마이클이 거칠게 진퇴운동을 시작하자 정은경이 허리를 흔들어 리듬을 맞추면서 소리쳤다.

"나, 죽어도 좋아! 너무 좋아!"

정은경은 제 말을 들으면서 쾌감을 증폭시키는 것 같다. 마이클이 한국말을 알아듣지 못한다는 것이 더 상승작용을 한다.

"이렇게 큰 게 들어온 건 첨이야!"

정은경이 소리쳤다.

"너무 꽉 차!"

꽉 차지만 애액이 넘쳐나기 때문에 빈틈없이 차있는 피스톤이 매끄럽게 진퇴운동이 된다.

"아이구 엄마, 나 찢어져!"

정은경의 외침이 이어졌다.

"이 개자식 연장이 이렇게 크다니!"

숨을 들이켠 마이클이 주춤하자 정은경이 허리를 흔들면서 소리쳤다.

"빨리 넣어! 이 개자식아! 터지도록 박으란 말이야!"

마이클이 말대로 터지도록 진입했더니 정은경이 비명을 질렀다. 그러고는 다음 순간에 폭발했다. 엄청난 폭발이다. 동굴이 무너지는 느낌이 들면서 좁혀졌고 동굴 벽에 붙은 수천 개의 흡반이 남성을 빨아들이는 느낌이 온다. 이번에는 마이클도 참지 않고 대포를 발사했다. 그 충격이 그대로 전해졌으므로 정은경의 절정은 더 높아졌다.

"아아악! 여보!"

마이클의 어깨를 빈틈없이 감싸 안은 정은경이 비명을 지르면서 몸을 떨기 시작했다. 마이클은 정은경을 부둥켜안은 채 움직이지 않았다. 별장에서는 카이엔이 기다리고 있다. 그러나 마이클의 일에는 간섭하지 않는다. 마이클이 정세를 체크하러 나가 있는 줄만 아는 것이다. 이윽고 다시 정은경이 늘어졌을 때 마이클이 허리를 당겨 안으면서 물었다.

"친구한테서 온 전화야?"

"응, 미스 신이 눈치챈 것 같아."

정은경이 마이클의 가슴에 거친 숨을 뱉으면서 말했다.

"12시까지 들어간다고 했어."

머리를 든 정은경이 땀에 젖은 얼굴로 마이클을 보았다.

"내일 나 만나줄 수 있어?"

다음 날 아침, 베란다에서 아침 식사를 하던 카이엔이 머리를 들고 마이클을 보았다.

"무슨 일 있어요?"

"위성에 뭐 잡힌 것 있어?"

마이클이 대뜸 되묻자 카이엔은 눈을 흘겼다.

"어젯밤 씻고 들어왔더군요."

"당연히."

"여자 냄새가 났어요."

카이엔의 얼굴에 웃음이 떠올랐다.

"여긴 콜걸 천지예요, 마사지 하우스, 사우나, 온갖 가게에서도 미인 상품을 내놓고 있지요."

이제 마이클은 잠자코 계란프라이를 씹었고 카이엔의 말이 이어졌다.

"남자들에게는 천국이죠."

"여자들한테 천국은 뭐야?"

"그런 여자들한테는 쇼핑이겠죠."

"넌 그런 여자가 아니라는 말이군."

"난 이곳에 만족해요, 마이클."

한 모금 오렌지 주스를 삼킨 카이엔이 마이클을 보았다.

"CIA와 탈레반 양쪽에서 우리 둘에 대한 추적을 그쳤다고 해요."

카이엔은 저택에서 인터넷 검색을 해오고 있다. 직접 접속하지 않아도 동향은 알 수 있는 것이다. 카이엔이 말을 이었다.

"이곳에서 애 낳고, 애 키우면서 살고 싶어요."

"누구 애 말이냐?"

뻔한 말을 묻는 것은 마이클의 심사가 편치 않기 때문이다. 포크를 내려놓은 마이클이 햇빛에 환해진 정원을 보았다. 정원사 한 씨가 손에 연장 바구니를 들고 잔디밭을 가로질러 가고 있다. 60대 중반의 한 씨는 부지런해서 잠시도 가만있지 않는다. 그때 카이엔이 마이클의 옆얼굴에 대고 말했다.

"당신 아이."

"……."

"요즘은 밤마다 당신 정자를 받아들였으니 내가 석녀(石女)가 아니라면 아이를 가질 만하죠."

"……."

"물론 어젯밤은 빼고요."

"……."

"당신을 사랑해요, 마이클."

이제는 외면한 채 카이엔이 말을 이었다.

"이렇게 사랑하는 상대가 있다는 것만으로도 난 행복해요, 마이클."

"최 중좌하고 연락이 안 돼."

머리를 돌린 마이클이 카이엔을 보았다.

"최 중좌가 알려준 전번으로 연락했지만 없는 번호라고 나와."

"……."

"확인하는 방법은 홍콩 북한 영사관에다 연락해보는 건데……."

말을 그친 마이클이 다시 외면했다. 그러면 이쪽 위치가 추적되는 것이다. 애써서 만들어 놓은 이 아지트를 드러나게 할 수는 없다. 그것은 마이클의 생각도 같다. 그때 카이엔이 물었다.

"연락해서 뭐 하려고요?"

"안부를 알리는 거야."

"최 중좌 생존력은 우리보다 강하면 강했지 낮지 않아요."

카이엔이 힘주어 말을 이었다.

"시간이 지나면 알게 되겠지요, 마이클."

"그럼 그동안에 여기서 열심히 아이를 만들어야겠군."

정색하고 마이클이 말하자 카이엔이 눈을 흘겼다.

"어젯밤 누구하고 놀았어요?"

"마사지샵에서."

"어딘데요?"

"왜? 미국 대사관처럼 폭파시키려고?"

"콘돔 끼었어요?"

"안 했어."

"거짓말."

"그 증거를 보여주지."

"어떻게?"

"지금 침실로 가자."

그때 카이엔이 눈을 흘겼다. 얼굴이 조금 상기되었고 교태가 흘렀다.

"그게 증거가 돼요?"

"내가 사정을 했다면 금방 정액이 만들어지지 않는 거야, 그거 몰라?"

카이엔의 눈동자가 흔들렸다. 폭발물에 대해서는 눈을 감고 조작할 수 있는 카이엔이다. 그러나 이것을 가르쳐준 사람은 없다. 마이클이 식탁에서 일어섰다.

"가자, 카이엔."

"어디로……."

"아이 만들러."

카이엔이 다시 눈을 흘겼을 때 몸을 돌린 마이클이 침실로 다가가며 말했다.

"이번에 나올 정자는 진짜 아이가 될 것 같은 예감이 들어, 카이엔."

그때 카이엔이 자리에서 일어섰다. 둘뿐인 것이다.

방으로 들어선 정은경이 눈을 흘겼다.

"대낮에 방에서 뭐하려고?"

오후 3시 반, 마이클은 시내로 나와 다시 정은경을 불러낸 것이다. 정은경은 두말 않고 나왔지만 막상 방에서 만나게 되자 멋쩍은 것 같다. 몸을 비틀면서 눈을 흘기는 몸짓에서 교태가 흘렀다. 수컷을 향한 암컷의 유혹이다. 마이클의 얼굴에 웃음이 떠올랐다.

"네가 싫다면 손대지 않을게."

"흥, 어디 두고 봐야지."

다가온 정은경이 마이클의 옆에 앉았다. 정은경의 몸에서 짙은 향수 냄새가 풍겨왔다. 향수는 성욕을 자극하려는 의도로 만들어졌다. 마이클이 손을 뻗어 정은경의 허리를 당겨 안았다. 정은경이 허물어지듯 마이클의 품에 안기면서 몸을 비트는 시늉을 했다.

"거기 부었어."

"뭐라고?"

"어젯밤 너무 많이 해서 거기가 부었다고."

"저런, 그럼 오늘은 하지 말까?"

"천천히 해."

벌써 정은경의 얼굴은 상기되었고 숨이 가빠졌다. 원피스 차림의 정은경은 이미 허벅지까지 자락이 걷혀 있다. 미끈한 맨다리가 허벅지까지 드러났고 샌들 한쪽이 발가락 끝에 걸려 있다. 마이클이 정은경의 입에 키스했다. 정은경이 두 팔로 마이클의 목을 감아 안더니 혀를 내밀었다. 이제는 망설이지도 않고 적극적이다. 혀를 빨아들인 마이클이 곧 정은경의 원피스를 벗기면서 물었다.

"언제 출발이야?"

"내일 오전 11시 비행기."

마이클의 바지를 벗기면서 정은경이 건성으로 대답했다.

"애들이 다 눈치챈 것 같아."

정은경이 마이클의 바지와 팬티를 함께 벗기면서 말했다.

"어떻게 안 거야?"

정은경의 원피스를 벗긴 마이클이 팬티를 끌어내리면서 물었다. 곧 정은경의 하체는 알몸이 되었다. 짙은 숲과 선홍빛 골짜기가 한낮의 방 안에서 선명하게 드러났다.

"뻔하지 뭐, 내가 술 마신 것도 아니고, 자기 만난 걸 짐작한 거야."

어느덧 알몸이 된 둘은 다시 엉켰다. 방안에 신음이 터지기 시작했 고 열풍이 휘몰아쳤다. 이윽고 둘의 몸이 떼어졌을 때는 30분쯤이 지난 후다. 마이클이 가쁜 숨을 몰아쉬는 정은경의 어깨를 당겨 안으면서 물 었다.

"한국은 요즘 어때? 살기 좋은가?"

"물가가 비싸."

정은경이 겨우 말했다.

"하지만 그것 외에는 좋아. 돈만 많으면 왕처럼 살 수 있지."

"그래?"

"치안도 좋고."

정은경이 숨을 고르며 말을 이었다.

"외국인들한테는 한국이 일본보다 낫다고 들었어."

"한국 어디가 살기 좋아?"

"그거야 서울이 낫지. 인프라가 잘 되어 있고, 깨끗하고 교통도 편리 해서."

정은경이 머리를 들고 마이클을 보았다.

"왜? 파리가 싫어?"

"한국을 가본 적이 없어서……."

그렇다. 어머니의 고향이지만 가본 적이 없다. 오늘 정은경을 다시 불러낸 것도 한국에 대해서 물어보려는 의도였다. 어머니가 살아 있다면 한국에 갈 생각도 나지 않았을 것이다. 어머니가 한국 여자면 그것으로 됐다. 한국까지 챙길 필요는 없는 것이다. 그런데 어머니가 이 세상에서 사라지자 어머니의 고향이 궁금해졌다. 장례식도 보지 못한 어머니 대신으로 한국 땅을 밟아 보고 싶다는 충동이 일어났다. 그리고 어머니가 가르쳐준 한국말을 할 수 있지 않을까? 이유를 대라면 또 있다. 세계 어느 나라보다 그곳이 피신하기 좋다는 생각이 들었기 때문이다. 동양인 분위기가 풍기는 용모에다 한국어에 유창한 것이다. 그리고 정은경이 조건으로 내건 '돈'이 충분하다. 그때 정은경이 물었다.

"자기, 돈 많아?"

마이클의 얼굴에 쓴웃음이 떠올랐다. 정은경도 돈 생각을 한 것 같다. 그렇다. 얀센한테서 받은 인질 대금 650만 불이 그대로 남아있다. 최철산이 마약 구좌 12개에 분산 예치시킨 대금이다. 이틀 전에 체크해 봤더니 최철산은 건드리지 않았다. 최철산은 도대체 어디 있는가? 거기에다 마이클의 비자금까지 2백만 불 가깝게 되었으니 부자 축에 드는가? 마이클이 몸을 일으켰다.

"이번 사건은 종결되었다고 봐도 될 겁니다."

어깨를 늘어뜨린 고성준이 이수철을 보았다. 지친 표정이다. 오후 4시 반, 홍콩 지엔사쥐의 선물가게 안이다.

"아마 미국 측도 철수했겠지요?"

"글쎄요, 그것은……."

알려줄 필요가 없는 것이다. 그리고 이수철도 요즘 CIA 측과는 연락하지 않았다. 애초에 합동작전을 한 것도 아니고 필요에 따라서 정보를 주고받았을 뿐이니까. 이수철이 담배를 꺼내 물면서 고성준에게 물었다. 오늘은 고성준이 만나자고 한 것이다.

"무슨 일입니까?"

"최철산 중좌가 피살되었습니다."

표정 없는 얼굴로 대답한 고성준이 가방에서 사진을 꺼내더니 탁자에 놓았다. 사진은 4장이었는데 모두 같은 현장을 다른 각도에서 찍은 것이다. 그리고 땅바닥에 누운 사내의 얼굴이 선명하게 드러났다. 최철산이다. 4장 모두 최철산을 찍은 것이다. 숨을 들이켠 이수철에게 고성준이 말을 이었다.

"베트남에서 보안군에게 사살되었지요. 우리도 이 사진을 어제야 입수했습니다."

"……."

"죽기 전에 나하고 통화했습니다."

고성준의 얼굴에 쓴웃음이 떠올랐다.

"그런데 좀 황당해서요."

"……."

"마이클 로한한테 전해달라는 유언이랄까 마지막 말을 남겼는데 말입니다."

"……."

"내가 마이클인지 로한인지 그놈 연락처를 알 수도 없고 물론 이 영사께서도 모르시겠지만 말씀입니다."

"아 글쎄……."

슬슬 짜증이 일어난 이수철이 고성준을 똑바로 보았다.

"무슨 일입니까? 말을 하세요."

"글쎄, 그 유언이……."

"그래서요?"

"최 중좌가 죽기 전까지 어떤 한국 여자하고 같이 있었는데요."

"……."

"내가 최 중좌의 유언이랄까 부탁을 받았는데 말입니다."

이제는 어깨를 부풀린 이수철을 향해 고성준이 조금 서둘렀다.

"여자 이름이 이지윤입니다. 그 이지윤을 마이클한테 부탁한다고 하더군요."

"왜요?"

"글쎄 총에 맞았다고 하면서 다 죽어가는 목소리로 말하는데 그 이유까지 직접 물어볼 수가 있어야지요."

"그래서요?"

"마이클을 찾아 이지윤을 보호해달라고 했습니다. 이유는 말 안 하고요."

"……."

"그러고 나서 죽었습니다."

"……."

"내가 여자를 바꿔서 통화를 했지요. 최 중좌가 숨이 끊어졌다면서 울더군요. 여자는 지금 베트남 바닷가에 꽉 박혀 있습니다."

"……."

"나하고 오전에도 통화를 했지요."

그때 어깨를 편 이수철이 길게 숨을 뱉고 나서 물었다.

"이야기 다 끝나셨습니까?"

"예, 이 영사님."

"그럼 그 이야기를 하려고 절 찾으셨군요. 한국 여자를 마이클한테 부탁한다는 전갈을 해주시려고."

"내가요."

이번에는 고성준이 어깨를 펴고 똑바로 이수철을 보았다.

"이건 우리 공화국 업무도 아니지만 난 최 중좌의 마지막 유언을 들어주고 싶었습니다. 한국 여자를 마이클에게 맡겨야 한다는 유언을 말입니다."

"글쎄, 난 마이클인지 그 작자하고 연락이 안 되어서⋯⋯."

"미국 측과는 연락이 되지 않습니까?"

"미국하고 마이클이 어떤 관계인지 알고 있지 않습니까?"

되물은 이수철이 문득 고성준에게 물었다.

"여자 이름이 뭐죠?"

"이지윤이라고 하더군요."

"⋯⋯."

"내가 북한 영사라고 하니까 망설이다가 털어놓더군요. 한국에서 수배 중이랍니다. 그래서 인터넷 조회를 해봤더니 피라미드 사기로 1백억을 챙겨서 해외로 도망쳤더군요."

"참, 나."

"하지만 최 중좌와의 일도 있고 해서 그 여자 신병은 인도해드리지는 못 합니다."

그러고는 고성준이 정색했다.

"어떻게 마이클한테 연락이 안 될까요?"

"한국으로?"

카이엔이 주스 잔을 내려놓고 마이클을 보았다. 오후 6시 반, 저택 안이다. 마이클은 카이엔에게 한국으로 가겠다고 말한 것이다. 카이엔의 얼굴은 굳어져 있다.

"한국은 왜?"

"내가 한국어를 할 수 있거든."

"이유는 그것뿐인가요?"

"내 어머니의 고향이기도 하고."

카이엔이 입을 반쯤 벌렸다가 다물었다. 마이클의 어머니가 어떻게 죽었는지를 아는 것이다. 마이클이 카이엔을 보았지만 눈동자가 흐리다.

"어머니 장례식도 못 가고 묘지도 가보지 않았지만 미국으로 돌아갈 생각은 없어."

"……."

"어머니 고향이 한국의 전라도 전주라는 도시, 그곳에서 10마일쯤 떨어진 산 밑의 마을……."

"……."

"기차가 산을 돌아서 집 앞을 지난다고 했어. 붉은 벽돌집, 앞에 작은 개울이 흘렀고, 마을 이름이 신리야."

"마이클."

카이엔이 가라앉은 표정으로 마이클을 보았다.

"오늘 만난 한국 여자를 따라가는 건가요?"

"네가 호텔 로비까지 따라온 것 알고 있었어. 내 방으로 그 여자가 들어가는 것까지 확인한 모양이군."

"미인이더군요."

"그 여자 따라가는 거 아냐, 필요할 때 이용은 하겠지만."

"난 한국에 못 가요, 마이클."

"수배가 풀렸다고 해도 넌 대사관 폭파범이야. 비공식으로 널 제거할지도 몰라, 카이엔. 차라리 이곳이 낫지."

마이클이 손을 뻗어 카이엔의 손을 쥐었다. 카이엔이 제 손을 덮은 마이클의 손등을 내려다보았다.

"내가 미국 측과 합의할 거다, 널 놓아주라고 말이야. 물론 네가 더 이상 활동을 안 한다는 약속을 해야겠지."

"……."

"그리고 내가 보증을 서야겠고."

마이클이 카이엔의 손등을 가볍게 두드렸다.

"한국은 미국의 동맹국이야. 내가 한국에 있으면 내 일거수일투족이 샅샅이 미국 측 정보망에 포착이 돼. 한국이라는 감옥에 갇힌 것이나 같지."

"……."

"내가 한국에 가면 아마 KCIA 일을 하게 될 거다, KCIA가 원할 테니까."

"……."

"넌 여기서 살아, 카이엔."

마이클이 손을 떼고는 의자에 등을 붙였다.

"내가 갖고 있는 돈에서 3백만 불을 떼어주마. 그 돈이면 이곳에서 네 자식 대까지 부자 행세를 하면서 살 수 있을 거다."

그때 카이엔이 시선을 들었다.

"언제 떠날 건데요?"

"며칠 후에."

"CIA가 받아들일 것 같아요?"

"날 인질로 내놓은 셈이니까."

마이클의 얼굴에 웃음이 떠올랐다.

"내 이용 가치가 있을 거야."

"……."

"시간이 지나면 넌 잊히게 될 것이고."

카이엔이 외면했으므로 마이클이 소리 죽여 숨을 뱉었다. 그러나 둘이 같이 있는 것보다는 떨어져 있는 것이 덜 위험하다. 그리고 베트남 바닷가 작은 도시에서 빈둥거리며 살 수는 없다. 그때 카이엔이 외면한 채 말했다.

"알았어요, 마이클. 그게 최선이에요."

이번에는 마이클이 입을 닫았고 카이엔의 말이 이어졌다.

"떠나요, 마이클."

"……."

"나한테 작별인사 하지 말고, 내가 잘 때나 시장 갔을 때 슬쩍 떠나요."

"……."

"잠깐 시내 나간 것처럼."

카이엔의 얼굴에 희미하게 웃음이 떠올랐다

"오늘처럼 잠깐 딴 여자 만나러 간 것처럼, 마이클."

"……."

"CIA가 직접 손을 쓰지 않고 날 제거할 수도 있다는 거 알고 있지요?"

"……."

"가르통한테 내 위치만 알려주면 바로 제거반이 파견될 테니까요."

"그걸 내가 체크할 수 있겠지."

입맛을 다신 마이클이 말을 이었다.

"완벽한 계획은 없어, 카이엔. 하지만 최선의 방책을 따라야 하는 거야."

그것이 도망자의 운명이다.

국정원 해외작전국장 원경호가 이맛살을 찌푸렸다.

"누구라고?"

"마이클 로한이라는데요, 그러면 국장님이 아실 거라고 합니다."

알다마다. 지난 몇 달 동안 최소한 하루에 한두 번은 이 이름을 부르고 다녔다. 한국과는 직접 상관이 없었지만 이자는 북한의 홍콩 파견관 최철산과 함께 무협지의 주인공처럼 정보 세계에서 이름을 날렸다. 그자가 찾다니 지금 원경호의 눈동자가 오그라들었다. 경계심이 발동했을 때 이렇게 된다. 원경호가 앞에 선 유주철을 노려보았다. 서울 내곡동의 본부 사무실 안이다. 마치 유주철이 손에 쥐고 있는 핸드폰이 수류탄처럼 느껴졌으므로 원경호의 상반신이 조금 뒤로 젖혀졌다.

"도대체……."

숨을 들이켰던 원경호가 유주철의 표정을 보고는 곧 결단해야 한다는 초조감까지 일어났다. 이 장면이 소문으로 퍼지게 될 것이다.

"이리 내."

마침내 원경호가 손을 내밀었다. 그야말로 세기의 살인마, CIA 전설의 집행관, 세계의 정보기관을 우롱했던 킬러의 전설, 바그다드에서 탈레반을 무지막지하게 죽인 최대 조회 수의 '도살자'가 지금 자신을 찾고 있는 것이다. 어떻게는 통하지 않는다. 이자는 CIA 집행관 출신인 것이다. 자신이 반년 전에 오입했던 룸살롱 '청하'의 아가씨 집 주소도 알고 있을지 모른다. 핸드폰을 귀에 붙인 원경호가 숨을 들이켜고 대답했다.

"예, 원경호입니다."

"마이클 로한이오."

"누구라고요?"

원경호가 확인하듯 물었을 때 수화구에서 혀 차는 소리가 났다.

"원 국장, 시간 소비하지 맙시다. 마이클 로한이라고 사칭할 인간도 없을 테니까 말이오."

"난 그런 이름은 잘 모르겠는데."

"그럼 전화 끊을까?"

순간 말문이 막힌 원경호의 귀에 사내의 목소리가 쏟아지듯 들렸다.

"당신 상관 전용배 제1차장한테 걸까? 아니면 국정원장 심학수 씨한테? 좋아, 날 모르니까 전화 안 받겠단 말이지?"

"용건이 뭐요?"

마침내 원경호가 굽히고 들어갔다. 만일 그런다면 문책감이다. 아니, 자질이 부족하다고 경질될 가능성이 99%다. 그때 사내가 말했다.

"내가 한국으로 갈 예정이오."

놀란 원경호가 숨만 들이켰을 때 사내가 쏟아붓듯 말을 이었다.

"망명도 고려하고 있지만, 그건 나중에……."

"망명이라면……."

그 순간 앞에 선 유주철의 몸이 굳어졌다. 그것만 보아도 사건이 크다는 것을 알 수 있다. 그때 사내가 말했다.

"미국 측도 승인할 거요, 국장."

"미, 미국도 말이오?"

"지금 당장 CIA 서울 지부장 맥도널에게 통보해요, 그럼 그자가 랭그리에 연락할 테니까."

사내가 말을 이었다.

"아마 결정이 나려면 사흘쯤 걸리겠지, 그러니까 내가 사흘 후에 당신한테 다시 연락하지요."

"조건은 없습니까?"

"없어요."

사내의 목소리가 딱딱해졌다.

"맥도널한테 말해요, 마이클 로한이 한국으로 간다는데 어떻게 할까요? 이렇게 말이오."

"우리 입장은 생각 안 해 보셨소?"

마침내 정신을 차린 원경호가 묻자 사내는 짧게 웃었다.

"국장, 난 미국 비자로 한국에 가는 거요. 관광비자지, 그러니 한국에서는 미국에서 협조 요청을 해오지 않는다면 날 받아들일 수밖에 없소, 그렇지요?"

그건 그렇다. 마이클 로한이 한국의 수배자도 아닌 이상 입국에 문제는 없다. 사내가 말을 이었다.

"그러고 나서 내가 주저앉으면 망명이 되는 것이지. 당신들이 날 받아들이지 않겠다면 추방하면 되는 것이고."

"그럼 내가 맥도널한테 이야기 안 해도 되지 않겠소? 그냥 거기서 티켓 끊고 입국해요."

원경호가 말하자 사내가 다시 짧게 웃었다.

"알았소, 국장. 당신 같은 공무원이 미국에도 많지. 내가 당신 상관에게 다시 말하지. 시간만 소비했군."

그러고는 통화가 끊겼으므로 원경호가 심호흡을 했다. 아직 자신이 잘했는지 어쨌는지 판단이 서지 않는다.

그로부터 한 시간 후인 오후 8시, 뉴욕 맨해튼의 애디슨빌딩 43층 사무실에서 CIA 국장 조지 페네타가 수석부국장 사무엘 코반의 보고를 받는다.

"국장님, 조금 전에 마이클 로한이 다시 국정원 제1차장 전용배와 통화를 했습니다."

페네타는 시선만 주었고 코반이 말을 이었다.

"마이클은 국장하고 통화가 끝난 후에 바로 제1차장에게 연락한 겁니다."

코반의 얼굴에 쓴웃음이 번졌다.

"제1차장은 즉석에서 입국을 허가했습니다. 단 미국 측의 승인이 있어야 한다는 조건을 붙였지요."

"그래야지."

머리를 끄덕인 페네타가 창밖의 맨해튼 야경을 보았다. 지금 한국 시간은 오전 10시다. 한국 시간 오전 9시경에 마이클 로한이 국정원 해외작전국장 원경호에게 통화한 내용도 바로 보고가 되었던 것이다. 이곳 맨해튼의 CIA 안가에서 페네타는 한 시간 사이에 마이클에 대한 보고를 두 번째 받고 있다. 페네타가 말을 이었다.

"그럼 곧 맥도널한테 연락하겠군."

"예, 국장님."

"마이클이 지금 카이엔하고 같이 있지?"

"그렇습니다."

"헤어지겠다는 것인가?"

"같이 한국에 올 수는 없지요."

"조건도 없이 저만 살겠다는 건가?"

"망명을 한다면 KCIA에 고용되지 않겠습니까?"

"당연하지. 지금은 조건 없는 입국이지만 KCIA가 그놈을 가만두지는 못할 테니까."

"우리 내부 기밀은 접근하지 못했을 테니까요."

코반이 똑바로 페네타를 보았다. 50대 중반의 코반은 CIA에서 30년을 지내는 동안 해외 정보원으로만 떠돌았다. 본부로 돌아와 사무실 근무를 한 것은 3년밖에 되지 않는다. 코반이 말을 이었다.

"행동대 출신은 임기응변과 순발력이 빠르지만 적응력이 부족합니다."

"마이클의 장점을 잘 알 거야, KCIA가."

"마이클을 내세워서 해외공작팀의 공격력을 강화시킬 수가 있겠지요."

"마이클의 원한이 아직 풀리지 않았겠지?"

"당연하지요."

"그놈이 우리를 공격할 가능성은?"

"이번에 협상을 할 것 같습니다."

"조건이 없다고 했지 않아? 입국하도록 해주면 되는 것 아냐?"

"두고 봐야지요."

코반의 회색 눈동자가 작아진 느낌이 들더니 말을 이었다.

"KCIA 제1차장이 한국 시간으로 내일 이 시간에 결과를 알려주기로 했으니까 그때 이야기가 될 것입니다."

"드디어 이놈이 나타났군."

페네타가 감동한 표정으로 코반을 보았다.

"그놈 때문에 고위급 간부까지 수십 명이 잘렸어. 그놈은 말 그대로 학살자야."

"도살자가 맞습니다, 국장님."

코반이 웃지도 않고 말했다. 마이클과 연관된 고위층 모두가 퇴직, 또는 재판을 받는 형편이어서 청소부라는 별명도 붙여졌다. 그때 페네타가 말했다.

"차라리 그놈을 KCIA로 묶어 두는 것이 우리한테 이로울지 모르겠어, 사무엘."

코반의 시선을 받은 페네타가 말을 이었다.

"그놈은 독충(毒蟲)이야, 잘못 건드리면 쏘인다고. 그런 놈은 직접 관리하지 않는 것이 이로워."

"알겠습니다. 그럼 맥도널한테 한국 측 연락이 오면 받아들이라고 하지요."

코반이 자리에서 일어섰다. 홀가분한 표정이다. 다음 날 같은 시간, 한국은 오전 10시다. 국정원 제1차장 전용배가 마이클의 전화를 받는다. 그런데 전용배의 앞에는 홍콩에서 불려온 이수철이 서 있다. 이수철의 직속상관 원경호는 보이지 않았다. 전용배가 부르지 않았기 때문이다.

"아, 마이클 씨, 기다리고 있었습니다."

전용배가 부드러운 목소리로 말했다.

"미국 측도 승인했습니다. 거기서 인천공항으로 입국하시는 데 지장 없습니다."

"그렇습니까?"

마이클의 목소리도 밝아졌다.

"여기가 베트남인 것 아시지요?"

"예, 압니다."

전용배의 시선이 힐끗 이수철을 스치고 지났다.

"여기 홍콩주재 이 영사도 와 있습니다, 아시지요?"

"예, 압니다."

"이 영사하고 같이 입국하셔도 됩니다."

"감사합니다만 그럴 필요는 없습니다. 그런데……."

마이클이 생각난 듯이 물었다.

"이 영사한테 북한 측 영사에게 문의해보라고 해주실 수 있습니까? 최철산 중좌가 지금 어디 있는지 알고 싶어서요."

전용배가 숨부터 들이켰다.

"마이클 씨."

전용배의 목소리가 가라앉아 있는 것처럼 느껴졌으므로 마이클이 숨을 들이켰다. 불길한 예감이 스치고 지났다. 10년 가깝게 생사(生死)의 외줄 타기 인생을 지나면서 마이클의 육감이 발달되었다. 개의 후각이 인간의 수천 배가 되는 것도 진화(進化)의 소산이다. 수백, 수천 년 동안 후각을 응용했기 때문이다. 마이클의 육감도 그렇다. 전용배의 목소리에 불길한 예감을 느낀 것이다. 그때 전용배가 말을 이었다.

"최 중좌는 베트남에서 보안군에 의해 피살되었습니다. 우리는 그 사진을 확보하고 있어요."

"……."

"내가 통화 끝나고 핸드폰으로 피살된 사진을 보내드리지요."

"……."

"버스정류장에서 당했는데 보안군 셋을 사살했지만 총에 맞았습니다. 그런데……."

마이클의 흐려졌던 눈빛이 강해졌다. 또 예감이다. 전용배의 목소리가 이어졌다.

"한국 여자 한 명을 보호하고 있더군요, 그 여자를 아십니까?"

"한국 여자요?"

"예, 그 여자를 북한 측에 부탁하는 전화를 하고 숨이 끊어졌습니다."

"……."

"그런데 그 여자가 한국에서 범죄행위를 저지르고 도망친 여자더군요."

"……."

"이지윤이라고 아십니까?"

"모릅니다."

"어쨌든."

호흡을 가누는 소리가 들리더니 전용배가 말을 이었다.

"비행기 편을 알려주시면 저희들이 조처를 하겠습니다. 이상이 없도록 조처를 하겠다는 말씀입니다."

"알겠습니다."

핸드폰의 전원을 끈 마이클이 멍한 표정으로 앞쪽을 보다가 벽에 등을 붙였다. 이곳은 시내 중심가의 골목 안이다. 앞쪽으로 관광객들이 오가고 있었는데 한국인들이 절반은 된다. 죽었다는 말은 아직 실감 나지 않는다. 베트남 보안군에게 당하다니, 그때 핸드폰이 진동했으므로 마이클은 서둘러 꺼내 들었다. 전용배의 번호가 화면에 떠 있다. 서둘러 수신 버튼을 누르자 곧 전송된 사진이 펼쳐졌다. 4장이다. 숨을 죽인 마이클이 사진을 노려보았다. 최철산이 맞다. 얼굴을 확인시키려는 의도였는지 얼굴을 여러 각도에서 찍었다. 죽은 자의 얼굴이다. 그리고 최철산의 시신, 비에 젖은 몸, 몸에 총탄 자국이 여러 개, 바닥에 피, 마침내 사진에서 시선을 뗀 마이클이 앞쪽을 노려보았다.

"지저분하게 죽었군."

마이클의 입에서 저절로 한국말이 나왔다. 최철산과는 한국어로 대화했기 때문이다.

"하긴 우리가 죽을 장소를 가릴 신세가 아니지."

다시 흐려진 눈으로 앞쪽을 향한 채 마이클이 말을 이었다.

"최철산, 난 한국으로 갈 작정이다. 그런데 넌 북한 놈이군."

물론 최철산은 대답이 없고 마이클의 혼잣소리가 계속되었다.

"그런데 그 한국 여자가 누구야? 수배자라는데 그사이에 어떻게 만난 거야?"

"……."

"그 여자를 부탁했다는데, 그럼 그 여자가 아직도 베트남에 있겠군."

숨을 들이켠 마이클이 다시 핸드폰을 꺼내더니 버튼을 눌렀다. 핸드폰을 귀에 붙인 마이클이 신호음 두 번 만에 전용배의 응답 소리를 들었다.

"예, 마이클."

"내가 한국으로 가기 전에 그 한국 여자를 만나고 싶습니다."

전용배는 듣기만 했고 마이클이 말을 이었다.

"베트남에 있다니 내가 찾아가지요. 위치를 알려주시지요."

그러고는 서둘러 덧붙였다.

"최철산의 마지막을 듣고 싶어서 그럽니다."

"그건 우리가 북한 측에 연락해봐야 됩니다, 마이클."

"기다리지요."

"모르는 여자라면서 그 여자한테 용건이 있습니까?"

"최철산이 부탁했다는 여자라면서요? 내가 최철산한테 빚이 있어서 그럽니다."

그러자 전용배가 잠깐 생각하더니 대답했다.

"알겠습니다, 내가 다시 연락드리지요."

바닷가의 쿠옥마을, 이곳도 다낭에서 북쪽 50킬로 거리의 한적한 어촌이었지만 관광객이 놓치지 않고 찾아온다. 이지윤에게는 관광객이 악취를 맡고 찾아오는 하이에나 또는 파리 떼처럼 느껴졌다. 그래서 동양인들이 덜 찾는 숙소를 찾아서 열흘 동안 세 번이나 거처를 옮겼다. 어제 옮긴 숙소는 바다에서 10킬로쯤 떨어진 숲속의 빌라, 관광객을 상대로 했지만 여권 보자는 소리를 안 해서 들어왔다. 1박 요금이 백 불로 턱없이 비싸긴 해도 독채 통나무집인 데다 주방 시설까지 되어 있어서 외출을 안 해도 되는 이점이 있다. 그리고 뒤쪽 샛길이 두 군데나 있어서 도주로도 적당하다. 오후 4시 반, 늦은 점심을 먹고 나서 이지윤은 숙소 뒤쪽의 숲길을 걸어 낮은 동산에 올라와 있다. 동산에서는 멀리 바다가 보였고 배도 떠 있다. 이곳은 인적이 드문 곳이어서 이지윤은 나무 밑에 쪼그리고 앉아 무릎 위에 턱을 고였다. 최철산이 죽은 지 12일째다. 이지윤의 눈앞에 최철산의 모습이 떠올랐다. 죽는 순간에 핸드폰을 전해주는 장면이 바로 조금 전인 것 같다.

"전화 받아."

최철산이 낮게 말했다. 비스듬히 앉아 있지만 눈빛이 강했다. 총알에 뚫린 우의 구멍이 보였다. 세 개, 네 개인가? 피는 보이지 않았다. 우의 안에서 흘렀겠지. 핸드폰을 받아 쥔 이지윤이 귀에 붙였을 때 사내가 말했다.

"여보세요."

"네."

"이름이 누구시라고?"

북한 억양이다.

"이지윤요."

"지금 거기가 어디요?"

"버스정류장요."

"그럼 당장 떠나요. 위치를 옮기고 나서 이 전화로 다시 연락해요."

"네."

"최 중좌를 바꿔줘요."

그때 이지윤은 최철산의 눈동자가 움직이지 않는 것을 보았다. 자신을 응시한 채 가만히 있다. 그러고 보니 눈동자가 흐려져 있다, 시장 좌판의 생선처럼. 최철산은 자신을 응시한 채 죽은 것이다. 벌떡 일어선

이지윤은 그 자리를 어떻게 빠져나왔는지 모른다. 최철산의 배낭을 벗겨 온 것은 그 상황에서도 잘한 일이었다. 배낭에는 거금이 들어 있었으니까. 무릎 위에 턱을 고인 채 이지윤은 그것이 꼭 영화의 한 장면 같다는 생각을 했다. 영화에서는 꼭 주인공이 죽을 때 이야기를 많이 했다. 왜 빨리 안 죽는가, 조바심이 날 정도로 별 이야기를 다 했다. 그래도 옛날 한국영화와 비교하면 많이 나아졌다고 했다. 옛날에는 총 맞거나 칼 맞고 주인공이 죽을 때 숨넘어가기 전에 별놈의 이야기를 다 했다는 것이다. 그래서 답답한 관중들이 죽기 전에 영화관을 나와 버렸다고 했다.

"이지윤 씨?"

옆에서 부르는 소리에 이지윤이 무의식중에 대답했다. 한국말이었고 그 순간에는 자신이 무슨 일로 왜, 어느 곳에 있는가를 잊은 상태였기 때문이다.

"예."

대답하고 난 이지윤이 그쪽으로 시선을 돌렸다가 입을 딱 벌렸다. 장신의 서양인이 서 있다. 그리고 주위의 열대림과 푸른 하늘.

"악!"

비명과 함께 몸을 세우려다가 다리가 꼬인 이지윤이 앞으로 뒹굴었다. 서양인이 한국말을 한 것도 마치 말이 개소리를 낸 것처럼 머리끝이 솟는 느낌이다. 그때 사내가 말했다. 역시 한국말이다.

"놀라지 마. 나, 최철산 친구야."

두 손으로 땅바닥을 짚은 상태에서 이지윤이 머리를 들었다. 팬티가 조금 축축해진 촉감이 전해졌다. 오줌을 찔끔 흘렸다. 그때 사내가 말을 이었다.

"최 중좌가 죽었다는 연락을 받고 왔어. 당신을 부탁했다는 말도 들어서 말이야."

이제야 제대로 몸을 가눈 이지윤이 엉거주춤 일어섰다.

"누구신데요?"

겨우 그렇게 묻자 마이클이 입맛을 다셨다.

"최 중좌 친구라고 했잖아? 내 이름은 마이클이야, 마이클 로한, 아니 본래 이름이 제임스 진이다."

이제는 이지윤이 시선만 주었고 마이클이 말을 이었다.

"내가 곧 한국에 갈 계획인데 널 만나고 가려고."

이지윤은 마이클의 눈동자가 번들거리고 있는 것을 보았다. 마이클이 말을 이었다.

"자, 최철산을 어떻게 만났는지 그리고 어떻게 죽었는지 옆에 있었다는 네가 이야기해봐."

이야기가 끝났지만 마이클은 바다를 향한 채 앉아 한동안 입을 열지 않았다. 바람이 스치고 지나면서 짙은 숲 냄새가 맡아졌다. 바다 쪽으로 부는 바람이다. 이지윤도 입을 다물고는 바다를 보았다. 조금 전보다 바다에 배가 조금 많아졌다. 어선이다. 고기떼를 쫓아 금방 모여드는 것이 파리 떼 같다. 그때 머리를 돌린 마이클이 이지윤을 보았다.

"뭘 하고 싶어?"

"네?"

되물었던 이지윤이 마이클의 표정을 보고 나서 말을 이었다.

"그냥 여기서 쫓기지 않고 살았으면 좋겠어요."

마이클은 시선만 주었고 이지윤이 말을 이었다.

"한국에서 인터폴로 저를 수배했을지도 몰라요."

"······."

"여권 무효화시켜버리면 베트남 공안에 체포되어 송환되는 거죠."

"······."

"그럼 최소한 5년은 교도소에서 살아야 돼요. 그럴 바에는 죽겠어요."

"······."

"하지만 북한에는 안 가요."

"왜 안 간다는 거야?"

불쑥 마이클이 묻자 이지윤은 숨부터 들이켰다. 마이클을 향한 얼굴
이 굳어 있다.

"아저씬 어디서 오셨죠?"

"미국."

어깨를 부풀렸다가 내린 마이클이 말을 이었다.

"하지만 이젠 미국은 안 간다."

"그럼 북한을 잘 아시겠네요."

"최철산은 잘 알지."

"북한 안 가보셨어요?"

"내가 거길 뭐 하러 가?"

"북한 당국하고 잘 아세요?"

"최철산 외에는 모른다."

대답하고 난 마이클이 이맛살을 찌푸렸다.

"내 대답은 안 하고 뭘 그렇게 물어?"

"한 가지만 더 대답해 주세요. 아저씨는 어떻게 이곳에 오시게 되었
죠?"

"남한 기관원이 정보를 주었다."

"……."

"내가 최철산을 찾으니까 알려준 거야."

"북한으로 갈 바엔 차라리 남한에서 교도소에 가는 게 나아요."

마침내 이지윤이 대답했고 마이클은 머리를 끄덕였다.

"그럼 여기서 살아라."

자리에서 일어선 마이클이 이지윤을 내려다보았다.

"일어나, 네 숙소로 가라."

놀란 이지윤이 마이클을 보았지만 곧 일어섰다. 어쩔 수 없는 것이다. 동산을 내려와 숙소로 들어온 이지윤이 숨을 들이켰다. 여자 하나가 안에 들어와 있었기 때문이다. 그것도 서양 미인이다.

"내가 네 친구라고 했더니 키를 주더군."

마이클이 말하고는 서양 미인을 눈으로 가리켰다.

"카이엔이라고 한다. 너하고 같이 있을 거야."

"네?"

이지윤이 숨을 들이켰다. 그때 카이엔이 마이클에게 물었다. 물론 영어다.

"이 여잔가요? 마이클."

"그래. 이 여자하고 같이 지내, 카이엔."

의자에 앉아있던 카이엔이 이지윤을 보았다.

"당신, 영어 할 수 있어?"

"조금."

당황한 이지윤이 카이엔에게 물었다.

"당신은 뭐 하는 사람이죠? 직, 직업이 말입니다."

238

"나?"

엄지를 구부려 제 얼굴을 가리켜 보인 카이엔이 이를 드러내고 웃었다.

"테러리스트."

이지윤이 눈만 깜박였으므로 못 알아들을 줄 안 카이엔이 말을 이었다.

"지난번 자카르타 미국 대사관도 내가 폭발시킨 거야."

숨을 삼킨 이지윤을 향해 카이엔이 말을 이었다.

"사람 죽이는 기술을 1백 가지도 더 넘게 알고 있어, 맨손으로 말이야."

그때 마이클이 이지윤에게 말했다.

"좋은 경우로 생각해. 둘이 있으면 넌 철통 안에 들어있는 것처럼 안전할 거야."

"저기, 저는……."

당황한 이지윤이 입을 열었을 때 손바닥을 펴 보인 마이클이 말을 이었다.

"네가 지금 이곳에 온전하게 있는 것도 죽은 최철산 덕분이야. 최철산이 북한 쪽에 부탁을 했고 결국은 내가 알게 되었거든."

마이클이 두 눈이 번들거렸다.

"그래서 내가 남한 측에 부탁한 것이란 말이다. 그러니까 닥치고 내 말대로 해."

다낭 항공 출국장 안, 한국공항 카운터로 다가간 마이클이 여권을 내밀며 말했다. 물론 영어다.

"2시 842편으로 예약했는데요."

카운터 여직원이 힐끗 마이클을 보더니 웃음 띤 얼굴로 여권을 집었다. 이곳은 1등석 카운터다. 마이클은 등에 꽂히는 수백 쌍의 시선을 의식하고 있다. 이코노미석 승객 수백 명이 줄을 서서 기다리고 있는 반면에 1등석 카운터는 마이클 혼자다.

"네, 확인했습니다."

여직원이 상냥하게 말하더니 물었다.

"짐은요?"

"손가방 하나뿐이오."

이런 손님이야말로 가장 훌륭한 손님이다. 직원이 일등석 티켓과 라운지 사용권을 내밀며 자리에서 일어섰다.

"편안한 여행되십시오, 마이클 씨."

"고맙소."

몸을 돌린 마이클이 출국장 안으로 들어섰을 때 뒤에서 인기척이 났다. 머리를 돌린 마이클이 뒤에 서 있는 사내 둘을 보았다. 둘 다 신사복 차림이었는데 그중 키가 큰 사내가 한국어로 말했다.

"국정원의 윤상모라고 합니다. 비행기 안까지 모셔다드리는 임무를 맡았습니다."

"그러실 필요까지는 없는데……."

쓴웃음을 지은 마이클이 옆에 선 사내를 보았다. 베트남 기관원 같다. 그때 윤상모가 한 걸음 다가와 섰다.

"비행기 안까지만 모셔다드리겠습니다."

마이클이 여권을 꺼내주자 윤상모가 옆쪽 사내에게로 넘겨주었다.

"이 친구 따라 나가시지요, 베트남 기관원입니다."

그러고는 마이클을 향해 머리를 숙였다.

"잘 오셨습니다."

윤상모의 얼굴에 호의가 덮여있었으므로 마이클이 그때서야 제대로 인사를 했다. 마이클의 출국 수속은 순식간에 이루어졌다. 사내가 곧장 출국 창구로 다가가 스탬프를 찍고 출국 게이트 안까지 안내했기 때문이다. 걸린 시간은 1분도 안 되었다. 안까지 안내해준 사내가 양복 차림인데도 거수경례를 했으므로 마이클도 엉겁결에 답례를 했다. 사내가 웃지도 않고 몸을 돌렸을 때 마이클이 어깨를 늘어뜨렸다. 긴장하고 있었던 것이다. 일등석 라운지에서 기다리다가 비행기에 탑승했을 때는 한 시간쯤 후다. 비행기가 이륙한 지 한 시간쯤 지났을 때 일등석 옆자리에 앉아있던 40대쯤의 사내가 자리에서 일어서더니 마이클 앞에 섰다.

"마이클, 난 CIA의 토니 존슨입니다."

사내가 손을 내밀었다가 마이클이 시선만 주었더니 도로 내렸다. 그러나 얼굴의 웃음기는 가시지 않았다.

"본부의 말씀을 전해 드리려고 합니다."

그때 머리를 끄덕인 마이클이 자리에서 일어났다.

"저쪽에 가서 이야기합시다."

1등석 앞쪽은 칵테일 라운지가 마련되어 있다. 안쪽 창가 테이블에 마주보고 앉았을 때 존슨이 넓은 어깨를 펴고 말했다.

"아마 공항에서 KCIA 요원이 기다리고 있을 겁니다. 당신이 그들에게는 대단히 중요한 존재거든요."

승무원이 가져온 스카치 잔을 든 존슨이 웃음 띤 얼굴로 마이클을 보았다.

"당신의 경력과 전문성이 필요하기 때문입니다."

"KCIA에 인재가 없단 말입니까? 내가 알기로는 나보다 뛰어난 요원이 많아요."

마이클이 주스 잔을 들고 말을 이었다.

"내가 있던 특수정찰대에도 한국 해병대 출신이 둘이나 있었는데 실력이 나보다 나았습니다. 그중 하나는 죽었지만······."

"서양인 얼굴을 한 한국인은 당신 하나뿐이지요, 마이클."

"내 얼굴은 이미 유튜브로 다 퍼져서 영화배우가 되었어요."

마이클의 얼굴에 쓴웃음이 번졌다.

"CIA 본부의 청소원까지 내 얼굴을 알고 있을 겁니다."

"KCIA는 당신을 집행관으로 이용할 겁니다."

그 순간 마이클이 숨을 들이켰다. 집행관이라니? 바로 CIA의 집행관이었던 자신이다. 집행관의 본래 목적은 '배신한 요원의 살해'였다. 그것이 '요인 암살', '요인 경호' 등으로 광범위한 임무가 주어졌다. 그때 존슨이 말을 이었다.

"마이클, KCIA는 당신을 처음이자 마지막 집행관으로 이용할 거요."

"······."

"그리고 당신의 임무는 국정원장과 대통령만 아는 특급 비밀이 될 겁니다."

그러고는 존슨이 쓴웃음을 지었다.

"내가 이런 말을 해드리는 이유를 알겠지요? 우리하고 상부상조하자는 말이오. 비공식이지만 국정원장은 이미 합의했어요."

인천공항 입국 심사대로 다가가던 마이클의 앞을 두 사내가 가로막았다. 앞에 선 사내의 얼굴에 웃음이 떠올라있다.

"여권, 저한테 주시지요."

국정원 직원이다. 이제는 마이클이 잠자코 여권을 건네주자 사내가 앞장섰다. 이번에는 입국 스탬프도 찍지 않고 옆쪽 문을 열고 들어간다. 그러자 곧 복도가 나왔다. 그 옆쪽 문을 열었더니 경찰관 둘이 등을 보이고 선 입국장이 나타났다. 입국장을 곧장 가로지른 일행은 건물 밖에 대기시킨 승합차에 올랐다. 마이클이 의자에 등을 붙이고 앉아 앞쪽에 자리 잡은 사내를 보았다. 승합차는 리무진처럼 마주보고 앉는 좌석 구조다.

"어디로 가는 거요?"

"예, 숙소로 모시겠습니다."

사내가 공손한 표정으로 대답했다.

"호텔 생활은 불편하실 것 같아서 주택을 준비했습니다. 가정부도 고용했는데 마음에 드실지 모르겠습니다."

"이런."

쓴웃음을 지은 마이클이 다시 물었다.

"가정부도 국정원 요원입니까?"

"아닙니다. 둘인데 호텔 종업원으로 생각하시면 됩니다. 하나는 요리사고 하나는 관리역이니까요."

"예산을 많이 쓰시는데."

"숙소에서 원장님하고 1차장님이 기다리고 계십니다."

그 말을 들은 마이클의 얼굴에서 웃음기가 지워졌다. 국정원장이 기다리고 있을 줄은 예상하지 못했기 때문이다. 창밖으로 어둠에 덮인 한국의 산야가 스치고 지나갔다. 밤 9시가 넘은 시간이다. 이윽고 승합차가 저택의 차고로 들어섰을 때는 오후 10시가 되어갈 무렵이다. 사내의 안내로 지하 차고에서 1층의 응접실로 들어선 마이클은 소파에 앉아있는 두 사내를 보았다. 둘은 마이클이 들어서자 일어나 맞았는데 모두 양복 차림이다.

"어서 오시오, 마이클 씨."

상석에 앉아있던 사내가 마이클에게 손을 내밀며 말했다.

"내가 국정원장 심학수요."

"뵙게 되서 영광입니다."

심학수의 손을 쥔 마이클이 머리를 숙였다.

"이쪽은 1차장 전용배 씨."

전용배와는 통화를 한 사이여서 마이클이 머리만 숙이고 악수를 했다. 전용배도 은근한 표정을 지은 채 입을 열지 않는다. 인사를 마친 셋이 자리 잡고 앉았을 때 중년 여자 하나가 다가오더니 셋 앞에 커피 잔을 내려놓고 나갔다. 저택 가정부 같다. 그때 심학수가 커피 잔을 들면서 말했다.

"비행기 타고 오시면서 CIA측으로부터 대충 이야기는 들으셨지요?"

"예, 원장님."

마이클이 똑바로 심학수를 보았다. 60대쯤으로 보이는 심학수는 육참총장 출신이다. 마른 체격이었지만 반백의 머리에 눈빛이 강했다. 굳게 다문 입술, 다부진 턱, 커피 잔을 쥔 손가락이 굵다. 그때 심학수가 말했다.

"지금 한국에 IS 조직이 들어와 있습니다. 그 이야기 듣지 못했지요?"

"예, 아직."

마이클이 숨을 들이켰다. 한국은 IS에 대해서는 무풍(無風)지대나 같다. IS가 발을 붙일 토양이 아닌 것이다. 거기에다 한국은 IS가 움직일 만한 조건이 없다. 마이클의 시선을 받은 심학수의 얼굴에 일그러진 웃음이 떠올랐다.

"강경 반(反)국가조직에서 IS를 끌어들인 거요. 그들은 IS를 이용해서 요인 암살, 방화, 각종 사고를 일으켰는데 한국 정보기관에서는 이제야 겨우 그놈들의 짓이라는 것을 알게 되었소."

"……."

"반국가 조직에 심어놓았던 정보원이 그 정보를 겨우 넘겼는데 그도 곧 발각되어서 살해되었지요."

심호흡을 한 심학수가 초점이 흐려진 눈으로 마이클을 보았다.

"우리는 그 반역 조직만을 압니다, 마이클."

"……."

"하지만 그들을 법으로 처리하기에는 너무 시간이 걸리고 놈들이 도망칠 가능성이 많아요."

심학수의 눈짓을 받은 전용배가 마이클 앞에 파일을 밀어 놓았다.

"그 파일에 IS를 끌어들인 반역 단체의 자료가 들어있어요, 마이클."

마이클이 파일을 당겨 쥐었을 때 심학수가 말을 이었다.

"당신 팀원으로 둘을 배정해 놓았습니다. 우리는 당신한테 이들의 소탕 작전을 일임하려는 거요, 마이클."

심학수의 목소리는 낮지만 단호했다.

다음 날 아침, 침대에서 눈을 뜬 마이클이 숨을 들이켰다. 냄새를 맡은 것이다. 전에 맡은 적이 있었던 익숙한 냄새, 음식 냄새다. 그렇다.

어렸을 때 집에서 맡았다. 어머니가 주방에서 이 음식을 만들었다. 된장찌개, 구수하고, 독하고, 비린내까지 섞인 역한 냄새. 입안에 넣으면 뭐라고 형용할 수 없는 맛에 찡그리면서도 먹었던 그 맛. 그러나 그 냄새를 묻히고 학교에 가면 아이들이 질색을 하고 도망갔다. 끌리듯이 일어나 응접실로 들어서자 소파에 앉아있던 두 남녀가 일어섰다. 남자는 왜소한 체격의 40대, 여자는 날씬한 몸매의 20대쯤이다.

"나오실 때까지 기다리고 있었습니다."

사내가 머리를 숙여 보이면서 말했다.

"정보담당 오치근입니다, 잘 부탁합니다."

"안내역 강윤희입니다."

여자가 맑은 목소리로 인사했다. 어젯밤 심학수가 말해준 팀원이다. 머리를 끄덕인 마이클이 주방 쪽을 향해 숨을 들이켜고 나서 말했다.

"이 냄새로 날 유인했군."

주방에서 이쪽에 등을 보인 채 음식을 만들던 여자가 머리만 돌려 마이클을 보았다. 40대쯤의 요리사가 웃음 띤 얼굴로 마이클에게 물었다.

"된장찌개 좋아하세요?"

"오래전에 내 어머니가 만들어 주시던 냄새하고 똑같군."

마이클이 말을 이었다.

"이곳 한국에서는 된장 냄새를 옷에 묻히고 다녀도 괜찮겠지."

"30분쯤 기다리시면 아침 준비가 됩니다."

"그사이에 우린 회의를 해야겠군."

마이클이 위층을 눈으로 가리키며 발을 떼었다. 저택은 2층이다. 2층 응접실에서 회의를 하려는 것이다. 응접실에서 자리 잡고 앉았을 때 오치근이 말했다.

"서양인 용모라고 해서 걱정을 좀 했는데 선글라스에 분장만 조금 하면 될 것 같습니다."

"절반은 한국인 어머니 유전자를 받았으니까."

마이클이 웃음 띤 얼굴로 말을 이었다.

"어젯밤 서류를 검토해보니까 IS놈들도 활개치고 돌아다니는데 나라고 못할 리는 없지."

그때 오치근이 말했다.

"통일회는 3일 후에 간부회의를 합니다. 그날 간부가 다 모이지요."

마이클이 머리만 끄덕였고 오치근이 말을 이었다.

"회의 장소는 양동성당이고 저녁 8시에 열리는 것까지는 확인되었는데 안에 들어갈 수는 없지요."

오치근의 얼굴에 쓴웃음이 번졌다.

"대한민국은 민주주의 국가니까요. 종교의 자유도 있어서 성당 안에 불법 침입을 해도 안 됩니다. 통일회는 합법적 정치 단체니까요."

그때 마이클이 물었다.

"무기는?"

"말씀하신 대로 베레타92-F, SIG자우에르226을 소음기 포함해서 가져왔고 저격용 드라구노프도 소음기하고 같이 가져왔습니다."

오치근이 말을 이었다.

"무전기, 휴대폰, 그리고 위장용 차량까지 승용차 3대, SUV 2대, 활동비는 일단 고액권으로 10억을 금고에 넣어 놓았습니다."

마이클의 시선이 강윤희에게 옮겨졌다. 강윤희는 안내역으로 차량 운전도 맡는다.

"오늘은 서울 시내 구경부터 하자고."

마이클이 말하자 강윤희가 머리를 끄덕이며 물었다.

"어느 지역으로 안내해 드릴까요?"

"번화가, 지난번 IS가 테러를 일으킨 지역."

"네, 보스."

"지금 보스라고 했나?"

"네, 보스."

마이클의 시선을 받은 강윤희가 표정 없는 얼굴로 대답했다.

"직급이 없으셔서 그렇게 부르는 것이 낫겠습니다."

오치근은 외면한 채 거들지 않는다. 입맛을 다신 마이클이 머리를 끄덕였다.

"좋아, 당분간 보스가 되기로 하지."

회의를 마친 마이클이 식당으로 내려왔을 때는 30분쯤 후다. 마이클은 사양하는 오치근과 강윤희를 식당으로 불러 같이 식사를 하고 나서 저택을 나왔다. 오전 10시. 강윤희가 운전하는 한국산 최고급 승용차 '천마'를 타고 안가를 나왔다. 마이클의 안가는 마포구 동교동이다. 곧장 시내로 나온 강윤희가 익숙하게 차를 몰아 시청 앞을 지날 때다. 강윤희 옆 좌석에 앉은 마이클이 창밖을 둘러보며 감탄했다.

"이건 내가 본 도시 중 가장 깨끗하군."

그 도시에 바그다드도 포함되어 있을 것이다. 마이클의 입에서 감탄사가 계속 터졌다.

"여기가 옛날에 조선 왕이 살던 왕궁입니다."

강윤희가 말하자 마이클이 주위를 둘러보며 감탄했다.

"꽤 넓은 곳에서 살았군."

"조선왕조는 5백 년간 계속되었지요."

"어쩌다 망한 거야?"

마이클과 강윤희는 경복궁 한복판에 서 있다. 주위를 관광객들이 무리를 지어 지나고 있었는데 둘도 관광객처럼 보인다.

"일본이 합병했습니다."

강윤희가 외면한 채 대답했다.

"합병이라니?"

"예, 일본하고 합친다는 거죠."

"그냥 합쳐? 전쟁도 안 하고?"

머리를 조금 기울인 마이클이 강윤희를 보았다.

"뭐, 그런 셈이죠."

"한국, 그러니까 조선왕국이라고 했나? 그 조선하고 일본이 사이가 좋았던 모양이군, 그렇지?"

마이클이 묻자 강윤희가 이맛살을 찌푸렸다.

"왜요?"

"전쟁도 안 하고 합쳤다면서?"

"속은 거죠, 아니 역적들이 합병조약에 서명을 한 겁니다."

"그렇게 해서 나라가 일본에 합병되었다고?"

"저기가 왕이 살던 곳이죠."

강윤희가 손으로 안쪽 건물을 가리켰지만 마이클은 쳐다보지도 않았다.

"그래서 한국, 아니 조선왕국이 망했나?"

마이클이 묻자 강윤희가 한숨을 뱉었다.

"그렇죠."

"그럼 언제 일본한테서 떨어진 거야?"

"2차 세계대전이 끝났을 때요."

강윤희가 발을 떼었고 마이클이 따라 걷는다.

"그때까지 일본과 같은 국가였어?"

"그런 셈이죠."

"어떻게 독립했지? 일본과 전쟁한 거야?"

"아니, 일본이 미국한테 패망하는 바람에……."

"그럼 일본이 패하지 않았다면 지금도 일본 땅이 되어 있겠군, 이곳이."

"……."

"난 한국 역사를 배운 적이 없어."

걸음을 늦춘 마이클이 다시 왕궁 안을 둘러보면서 물었다.

"이곳이 일본령이었군. 그런데 북한은 왜 쪼개진 거야? 왜 남한하고 원수가 되어 있지?"

"그것은……."

"내 친구가 북한 중좌였어. 호위총국 소속 파견관이었는데, 그건 국정원에서도 알고 있지."

"……."

"그런데 그 친구한테 물어보지를 못 했어. 왜 남쪽 북쪽이 원수가 되어 있는가를 말이야."

다시 마이클이 발을 떼었고 이제는 강윤희가 옆을 따랐다.

"쫓기느라 바빴지. 지금은 물어볼 수도 없는 상황이 되었지만."

"설명하려면 좀 깁니다, 보스."

"넌 국정원 경력이 얼마나 돼?"

불쑥 마이클이 묻자 강윤희의 표정의 굳어졌다.

"예, 4년 되었습니다."

"국내 근무만 했어?"

"예, 보스."

"어떤 업무였어?"

"작전팀이었죠. 감시, 운반, 경비 업무를 주로 맡았습니다."

"사람 죽여 보았어?"

"그런 경험 없습니다, 보스."

"하긴 여긴 민주주의 국가니까."

쓴웃음을 지은 마이클이 앞쪽 연못을 바라보며 말했다.

"아까부터 우리 뒤를 노란 재킷을 입은 남자하고 붉은색 등산복 차림의 여자가 따르고 있는 거 알고 있어?"

"모르겠는데요."

당황한 강윤희의 얼굴이 하얗게 굳어졌지만 머리를 돌리지는 않았다. 입맛을 다신 마이클이 말을 이었다.

"우리가 큰 나무 밑에 서 있을 때부터였어. 중국 관광객 사이에 있을 때 말이야."

"……."

"노란 재킷이 내 사진을 찍더군, 나무를 찍는 시늉을 하면서 말이야."

"우리 요원은 아닙니다."

"그럼 경찰인가?"

"경찰일 리는 없는데요."

"그럼 CIA?"

그렇게 묻고는 마이클이 이를 드러내고 웃었다.

"비행기 안에서 CIA 요원을 만나 이야기도 들었는데 사진까지 찍을 이유는 없잖아?"

"잡을까요?"

그때 주위를 둘러보던 마이클이 말했다.

"연락을 해. 저 두 연놈을 쫓으라고."

강윤희가 핸드폰을 꺼내더니 버튼을 눌렀고 마이클의 말이 이어졌다.

"북한 놈일 가능성이 많아."

그러더니 길게 숨을 뱉었다.

"최철산이가 있었으면 좋았는데 그 병신이……."

덕수궁을 나왔을 때 핸드폰으로 연락을 받은 강윤희가 마이클에게 말했다.

"둘을 잡았습니다."

마이클의 시선을 받은 강윤희의 두 눈이 반짝였다.

"지금 시청 근처의 안가로 데려가고 있는데 무기를 소지하고 있었습니다."

"무슨 무기야?"

차에 오르면서 마이클이 묻자 강윤희가 주위를 둘러보았다. 이곳은 시청 근처 호텔 주차장이다.

"둘 다 암살용 독약이 든 주사기, 칼, 분말이 든 약병을 소지했고 카메라와 핸드폰에 우리 둘을 찍은 사진이 있었습니다."

"거봐."

마이클이 얼굴을 펴고 웃었다. 호텔 지하 주차장을 나온 차가 도로에 나왔을 때 강윤희가 물었다.

"어디로 가실까요?"

"시장."

"백화점 말입니까?"

"아니, 시장. 서민들이 가는 곳."

"그럼 근처에 남대문시장이 있습니다."

차를 돌린 정윤희가 힐끗 옆에 앉은 마이클을 보았다.

"한국은 처음이라면서 시장을 어떻게 아셨습니까?"

"어렸을 때 내 어머니한테 시장 이야기를 들었지."

의자에 등을 붙인 마이클이 눈을 가늘게 뜨고 앞을 보았다.

"어머니가 그림을 그려주면서 시장 이야기를 해주었어."

"……."

"어머니가 시장 이야기를 할 때 가장 활기에 띤 모습이었지. 그래서 어렸던 나도 몇 번이고 가만히 들어줄 수밖에 없었어."

"……."

"시장에는 사람이 많고 온갖 것을 다 판다고 했어. 가격 흥정을 하고 싸우기도 하고."

"요즘은 관광객이 많이 와요."

"나 같은 놈들인가?"

"중국 관광객이 많습니다."

"그렇군."

그때 핸드폰 벨이 울렸다. 강윤희가 서둘러 핸드폰을 귀에 붙이더니 듣기만 하고 나서 마이클을 보았다.

"조선족입니다."

"조선족이라니?"

되물었던 마이클이 아는 척했다.

"아까 이야기했던 조선왕국 사람들인가?"

"아니, 그게 아니고요."

차를 길가에 붙인 강윤희가 웃음을 참느라고 콧구멍이 벌름거렸다.

"조선왕국은 진즉 망했다고 했지 않아요?"

"그렇지, 망했다고 했지. 그럼 조선족이 뭐야? 한국인을 그렇게 부르는 건가?"

"중국에 사는 한국인을 그렇게 부르고 있습니다."

"거기 뭐 하러 가서 사는데?"

"그것까지 말할 필요는 없고요."

심호흡을 한 강윤희가 말을 이었다.

"중국에 사는 한국인을 조선족이라고 부르는데 중국 국적을 갖고 있지요. 하지만 대부분이 한국어를 잘해서 한국에 와서 일을 합니다."

"그럼 나도 조선족이군, 아니 미국 국적의 조선족인가?"

"그것이⋯⋯."

말을 이으려다가 헷갈린 강윤희가 물끄러미 마이클을 보았다.

"보스, 가만히 좀 계세요."

"그러지."

"보스가 자꾸 끼어드니까 이야기가 다른 곳으로 새잖아요."

"그렇군, 쏘리."

"그 둘이 조선족 스파이 같답니다, 중국의 스파이죠. 둘이 어떻게 해서 보스를 미행하고 있는가를 조사하겠답니다."

"지금 어디 있다고?"

"시청 근처 안가니까 이곳에서 멀지 않습니다, 보스."

"그럼 시장 구경을 하고 나서 거기 안가로 가는 것이 낫겠군."

마이클이 말하자 망설이던 강윤희가 다시 핸드폰을 들었다. 상부의 의견을 들으려는 것이다. 시장 구경을 마친 마이클과 강윤희가 안가에 들어섰을 때는 그로부터 한 시간쯤 후다. 안가(安家)는 소공동 골목의 허름한 5층 건물이었는데 현관에 서 있던 사내가 둘을 맞았다. 40대쯤 의 평범한 용모의 사내다.

"지하실에 있습니다."

지하 계단을 앞장서 내려가면서 사내가 말을 이었다.

"중국 대사관에 연락을 해달라면서 입을 열지 않아요."

사내가 힐끗 마이클에게 시선을 주었다.

"덕수궁에서 우연히 만난 것 같지 않습니다."

지하실 철문을 열고 들어선 마이클이 의자에 앉아있는 두 남녀를 보았다. 둘은 마이클을 본 순간 일제히 몸을 굳혔는데 놀란 표정이 역력했다. 지하실은 사방 10미터쯤의 시멘트벽으로 둘러싸였고 창문도 없다. 테이블 하나와 의자 3개가 놓여있을 뿐이다. 남녀는 의자에 앉아 있었지만 뒤로 수갑이 채워져 있다. 상의는 벗겨졌으나 얼굴은 말짱하다. 테이블 건너편에 서 있던 세 사내가 마이클을 보더니 제각기 눈인사를 하거나 비켜서서 예의를 차렸다. 마이클의 뒤를 따라 들어선 강윤희가 설명했다.

"직접 심문하시겠답니다."

세 사내는 입을 열지 않았다. 두 남녀에게 다가간 마이클이 먼저 사내에게 물었다.

"너 최철산 중좌를 아나?"

그 순간 숨을 들이켠 사내가 마이클을 응시한 채 움직이지 않았다. 입이 반쯤 벌어졌고 눈동자의 초점은 멀어져 있다. 40대 중반쯤의 사내는 말끔한 용모에 피부도 희다. 여자는 30대쯤으로 미인이다. 둘이 잘 어울리는 짝이었다. 그때 마이클이 앞쪽에 남은 의자에 앉았다. 지하실 방안에서 숨소리도 들리지 않는다. 심문하던 세 사내도 사내의 반응에 놀란 것 같다. 의자에 등을 붙인 마이클이 사내를 물끄러미 보았다. 마이클의 눈동자도 흐려졌다.

"최철산이 호위총국 소속 파견관으로 홍콩에 있다가 나하고 만나게 되었어."

마이클의 목소리가 지하실 사방의 시멘트벽에 부딪혀 울렸다.

"최철산이 저를 모르는 해외공작반원은 가짜라고 했다. 최철산의 코드 번호가 AA-217번이지? 비밀번호는 4945번이고."

이제는 여자의 얼굴도 하얗게 굳어졌다. 여자의 시선도 마이클한테서 떼어지지 않는다. 마이클이 둘을 번갈아 보았다.

"너희들, 조선왕국, 아니 조선족으로 중국 국적이라는데, 날 미행한 이유는 뭐냐?"

둘은 대답하지 않았고 마이클이 느릿하게 말을 이었다.

"내가 한국에 온 것도 알고 있는 것 같은데 그 이유를 듣자."

"대답하지 않았습니다."

지하실에 있던 셋 중 선임으로 보이는 사내가 쓴웃음을 짓고 말했다.

"중국 대사관만 찾는데요. 아예 한국말을 모르는 시늉을 합니다."

머리를 끄덕인 마이클이 사내에게 다시 물었다.

"너, 최철산이 베트남에서 죽은 것 알아?"

사내의 눈동자가 흔들렸다. 여자는 숨을 들이켜는 소리를 내었다. 충격 받았다는 증거다. 마이클이 말을 이었다.

"최철산의 죽음을 비밀로 한 모양이군. 그리고 나서 너희들을 나한테 보낸 것 같은데, 그럼 그 이유가 이것뿐이지."

상체를 기울인 마이클이 사내를 보았다.

"최철산이 갖고 있는 비자금 때문이냐? 내가 최철산의 비자금을 갖고 있을 줄 알고 날 찾았군, 그렇지?"

"……."

"잘 봤어, 맞다."

두 남녀의 얼굴이 하얗게 굳어졌다가 바로 붉어졌다. 충격이 심하다는 증거다. 방안에 다시 마이클의 목소리가 울렸다.

"최철산은 만일의 경우에 대비해서 나한테 구좌 번호와 비밀번호까지 말해 주었지. 5개 구좌로 3천만 불 가깝게 된다, 어떠냐? 맞지?"

"……."

"날 납치해 오라고 하더냐?"

그때 여자가 입을 열었다.

"정말 최 중좌 동무가 죽었습니까?"

그 순간 심문관 셋이 서로의 얼굴을 보았다. 지금까지 여자는 중국어만 했기 때문이다. 그러나 여자는 개의하지 않는다. 여자의 시선을 받은 마이클이 쓴웃음을 지었다.

"그래, 베트남에서 공안의 총을 맞았다는군. 너희들 대사관에서 들었어."

마이클이 지갑을 꺼내더니 안에 넣었던 사진을 테이블 위로 놓았다. 최철산의 사진이다. 죽은 모습이다. 그것을 갖고 다녔던 것이다. 남녀가 상반신을 기울여 사진을 보더니 제각기 얼굴이 일그러졌다. 그러나 입을 열지는 않는다.

"이건 너희들 영사가 나한테 보내준 거야."

사진을 눈으로 가리키면서 마이클이 말을 이었다.

"그 친구는 이런 짓을 안 할 부류인 것 같군. 너희들에게 지시를 내린 건 다른 놈들인 것 같다."

"……."

"나에게 최철산의 죽음을 알려준 친구는 최철산이 보호하던 한국 여자까지 알려주었어. 그래서 내가 만나 최철산의 최후 모습을 들을 수 있었지."

"……."

"너희들을 시킨 놈은 누구냐? 그리고 그놈은 나한테 어떻게 하라고 한 거냐? 다 털어놓아라. 난 최철산의 친구였다, 같이 전쟁을 치르고 나온 거다."

그때 여자가 말했다.

"우린 선전선동부 지시를 받고 나왔어요."

10장 집행관

놀란 셋이 숨을 죽였고 사내는 외면했으며 마이클은 시선만 주었다. 여자가 말을 이었다.

"최철산 동지 이야기는 못 들었습니다. 다낭에서 출발하는 한국 항공 842편에 마이클 로한이란 이름의 한국계 미국인이 탑승한다는 것, 그를 추적, 수단과 방법을 가리지 않고 납치하라는 지시를 받았을 뿐입니다."

"납치해서 어떻게 하라고 했나?"

"말씀하신 대로 최철산 동지가 관리하는 비밀 구좌의 비자금을 모두 회수하는 것이 이번 작전의 목적입니다."

"너희들 조직은?"

"우리는 미행조일 뿐입니다. 조직원이 얼마인지는 모릅니다."

"미행조는 몇 명이야?"

"3개 팀이었습니다."

그때 셋이 시선을 주고받았다. 나머지 2개 팀은 도망쳤을 것이다. 이쪽 작전이 다 노출된 것이다. 그러나 경솔했다고는 생각하지 않는다.

"여기서는 누가 지휘하나?"

"모릅니다."

여자가 머리를 저었다.

"우리는 전화로 지시받고 보고만 합니다."

여자가 머리를 들고 마이클을 보았다.

"아시겠습니까? 난 이미 끝났습니다. 이렇게 된 이상 북조선과는 끝났단 말입니다."

여자의 두 눈은 충혈 되었고 목소리가 떨렸다. 갸름한 얼굴형에 눈매가 날카로운 미모다. 마이클이 힐끗 사내를 보고 나서 물었다.

"이놈하고의 관계는?"

"위장 부부입니다."

"좋아하는 사이냐?"

"우린 그런 거 없습니다."

"뭐가 없단 말이냐?"

"남녀관계 말씀입니다."

"네 이름은?"

"이화진입니다."

"어디 소속이냐?"

"호위총국 대외공작반 소속 대위입니다."

"최철산 부하로군."

"안 뵌 지 6년이 되었습니다."

"전향할 거냐?"

"어쩔 수 없지 않습니까?"

머리를 끄덕인 마이클이 그때서야 셋에게 시선을 돌렸다.

"넘기겠습니다."

"수고하셨습니다."

선임이 허리를 꺾어 마이클에게 절을 했다.

"김용기라고 합니다, 잘 부탁합니다."

이름까지 밝힌 걸 보면 감동한 것 같다. 강윤희와 함께 지하실을 나와 계단을 오르면서 마이클이 말했다.

"1차장한테 연락해서 저 여자를 나한테 넘기라고 해."

"저 여자, 이화진이란 여자 말입니까?"

놀란 강윤희가 되물었다.

"그래, 이번 작전에 필요하다고 말해."

"알겠습니다, 보스."

"IS와 통일회하고 연결되어 있는지도 몰라."

"그렇습니까?"

안가를 나온 강윤희가 핸드폰을 꺼내 전화를 하더니 곧 마이클에게 말했다.

"차장님이 안가를 옮기신다고 했습니다. 그동안에 보고를 한 모양입니다."

"그렇군."

쓴웃음을 지은 마이클이 머리를 끄덕였다. 지하실에서 이화진의 말을 들은 김용기가 바로 보고를 한 것이다. 다낭에서부터 마이클을 미행하였으니 안가(安家)까지 모두 밝혀진 것이다. 그래서 덕수궁까지 꼬리를 달고 오지 않았는가? 국정원의 망신이다. 마이클이 발견하지 않았다면 작전을 시작하기도 전에 '집행관'팀은 전멸했을 것이다. 차에 올랐을 때 강윤희가 백미러를 보면서 말했다.

"보스, 이제는 뒤에 경호차 두 대가 붙었습니다."

마이클의 시선을 받은 강윤희가 쓴웃음을 지었다.

"그럼 지금 새 안가로 가겠습니다."

"한국도 안전한 곳이 아니로군."

차가 움직였을 때 마이클이 혼잣소리처럼 말했다. 강윤희는 열심히 앞쪽 차를 따라가고 있다. 그러고 보니 앞쪽이 인도(引導) 차다. 뒤에는 경호차가 2대 따르고 있다.

"강윤희 씨는 결혼했나?"

불쑥 마이클이 묻자 강윤희가 앞쪽을 본 채 대답했다.

"안 했습니다, 보스."

"남자친구는 있어?"

"몇 년 전에 있었는데 헤어졌어요."

"왜?"

"회사 일 때문이죠, 비밀이 많으니까요."

"그렇지."

머리를 끄덕인 마이클이 강윤희를 보았다.

"목숨을 걸고 일해본 적 있어?"

"없는데요."

대답하고 난 강윤희가 숨을 들이켰다.

"이번 일이 그런 경우가 되겠지요?"

오후 8시 반, 마이클이 오치근과 함께 양동성당 옆쪽 골목에 서 있다. 이곳은 천호동 주택가여서 주위는 조용하다. 성당에 오가는 신자도 없고 본관은 짙은 어둠에 덮여 있다. 앞쪽 1차선 도로에만 차량과 행인이 가끔씩 지날 뿐이다. 오치근이 옆에 선 마이클을 보았다. 어둠 속에서 두 눈이 반짝이고 있다.

"보스, 성당 안으로 들어갈 수는 없습니다. 애들이 철저하게 경호를 해서요."

오치근이 말을 이었다.

"이건 경찰 이상이라니까요. 무기만 안 들었을 뿐이지 대단합니다."

마이클이 끄덕이며 성당을 보았다. 마치 난공불락의 요새처럼 느껴졌다. 이곳에서 이틀 후에 통일회의 간부회의가 열리는 것이다. 간부들 대부분이 '국보법'이라는 법을 위반해서 형을 살았다고 했다. 오치근의 설명대로라면 반역자, 매국노들의 집단이다.

"모두 몇 명이라고 했지?"

"예, 참석 인원은 150명입니다. 통일회의 간부는 다 모이는 셈이지요."

그리고 그 시간에 이 주변은 경찰과 통일회원들로 가득 차 있을 것이다. 통일회원은 간부들을 응원하고 보호하는 역할이다. 또한 세(勢)를 과시할 목적도 있을 것이다. 모임은 언론에 크게 보도될 것이기 때문이다. 이윽고 발을 뗀 마이클이 입을 열었다.

"한국이 미국보다 민주주의 국가군."

뒤를 따르는 오치근은 대답하지 않았다. 둘이 새 안가인 영등포 대림동의 단독 주택에 도착했을 때는 밤 10시 반이 되어갈 무렵이다. 이곳은 단층 주택으로 주위가 공장과 창고로 둘러싸인 공장단지에 위치하고 있다. 집 안으로 들어선 마이클을 강윤희가 맞았다.

"보스, 이화진을 데려왔습니다."

강윤희가 눈으로 건넌방을 가리켰다.

"차분합니다."

이화진의 상태를 말해준 것이다. 방으로 들어선 마이클이 창가의 의자에 앉아 있는 이화진을 보았다. 창에 도난 방지용 쇠창살이 쳐져 있어서 감금하기에도 적당한 방이었다. 마이클을 본 이화진이 엉거주춤 일어섰다. 과연 차분한 표정이다. 이화진의 앞쪽 창틀에 엉덩이를 걸치고 선 마이클이 웃음 띤 얼굴로 말했다.

"널 왜 데려왔는지 짐작이 가나?"

"예, 갑니다."

다시 의자에 앉은 이화진이 고분고분 말했다.

"날 이용해서 공작조를 색출하려는 것이죠."

"지금쯤 다 흩어졌겠지?"

"재편성을 끝냈을 것입니다."

이화진이 또렷해진 눈으로 마이클을 보았다.

"우리가 미행조 중 하나일 뿐이니까요."

"납치, 살해 훈련은 얼마나 받았어?"

"한 3년 받았습니다."

이화진의 눈동자가 조금 흔들렸다.

"정말 최철산 동지하고 같이 계셨습니까?"

"내가 한국으로 온다는 정보를 누구한테서 들은 거야?"

"그건 저 같은 말단은 모르지요."

"너희들하고 통일회하고는?"

"그것도 모릅니다."

"홍태수는 알아?"

"모릅니다."

홍태수는 통일회 사무총장으로 회장 양성호보다 더 실권자다. 통일회를 실제로 운영하고 있는 실세인 것이다. 현직 변호사로 남북평화회의 고문을 겸하고 있는 데다 야당인 민족당의 최고의원도 맡고 있다. 국보법 위반으로 두 번이나 수감 생활을 한 경력도 있다. 마이클이 머리를 끄덕였다.

"너 같은 말단이 알 리가 없지."

"맞습니다."

"언제 한국에 온 거냐?"

"석 달 되었습니다."

"맡은 임무는 뭐였어?"

"시중 동향 파악이었는데 이번에 선생님의 감시조에 편입된 것입니다."

"숙소는 어디였어?"

"신촌 예운 오피스텔이었습니다."

"거기서 그놈하고 동거했나?"

"가끔 다른 감시조하고도 같이 숙박했었습니다."

지금쯤 오피스텔은 국정원 수사관들이 깨끗이 청소해 놓았을 것이다. 마이클이 이화진의 얼굴을 똑바로 보았다.

"너, 내가 누군지 알지?"

"예, 마이클 로한……."

"내 유튜브 보았어?"

"봤습니다."

이화진의 눈동자가 흔들렸다. 머리를 끄덕인 마이클이 말을 이었다.

"내가 왜 널 데려왔는지 그 유튜브의 장면하고 연결시켜서 생각해

봐. 그러고 나서 마음을 정하란 말이다."

응접실로 나온 마이클이 소파에 앉아 있는 1차장 전용배를 보았다. 오치근과 강윤희는 보이지 않았고 뒤쪽에 사내 하나만 서 있다. 전용배의 보좌관 같다.

"마이클, 이야기할 것이 있어서 왔습니다."

전용배가 웃음 띤 얼굴로 자리에서 일어섰다.

"저놈들이 당신을 쫓고 있을 줄은 몰랐습니다. 우리들이 부족했습니다."

"천만에요."

마이클이 전용배와 마주보고 앉으면서 말을 이었다.

"내가 최철산의 구좌를 넘겨받고 있었던 것을 잊어버리고 있었습니다."

"최철산이 죽었지만 북한하고 연결이 끊어지지 않았던 것이지요."

머리를 끄덕인 전용배가 말을 이었다.

"체포한 감시원들이 선전선동부 지시를 받은 것은 확실합니다."

전용배의 시선이 건넌방을 스치고 지나갔다.

"홍콩에 있던 북한 영사 고성준은 본국으로 송환되었습니다. 최철산 문제에 대한 책임을 지고 숙청당했다는 소문이 났습니다."

"……."

"놈들이 당신 뒤에 붙은 것도 그 일과 무관하지 않은 것 같습니다."

마이클의 얼굴에 쓴웃음이 번졌다. 자신이 끌고 온 것이나 마찬가지인 것이다. 마치 꿀을 본 벌떼처럼 달려들었다. 전용배의 얼굴에도 웃음이 떠올랐다.

"모레 저녁으로 다가온 통일회 모임을 지원하려고 북한 공작원들이 모인 줄 알았습니다."

"과연 돈의 위력이 대단하군요."

입맛을 다신 마이클이 전용배를 보았다.

"내 머릿속에 든 3,200만 불이 이곳을 공작원 세상으로 만든 것입니까?"

"아니, 본래부터 이곳은 북한 공작원 세상이었습니다."

전용배가 머리를 돌려 뒤에 서 있는 사내를 보았다.

"김 과장, 자네가 말씀드려."

그러자 사내가 한 걸음 다가서더니 마이클을 향해 목례를 했다. 30대 후반쯤으로 단단한 몸매에 무표정한 얼굴이다. 시선을 마주치지 않는 것을 보면 현장 경험이 많은 것 같다. 사내가 입을 열었다.

"5일 전에 통일회에 심어놓은 정보원한테서 받은 정보입니다."

목소리를 낮춘 김 과장이 말을 이었다.

"통일회에서 IS의 연락원을 만났다는데 그 연락원이 북한 측 공작원이라고 했습니다."

마이클이 머리를 끄덕였다. 최철산은 IS는 물론이고 탈레반, 알 카에다 요원들까지 훈련시켰던 것이다. 베트남 정글에 묻혀 있는 게릴라 중에서도 최철산의 제자가 있다. 지금 한국에서 사기범으로 수배된 이지윤과 함께 있는 카이엔도 그렇다. 그때 김 과장의 말이 이어졌다.

"IS는 이번에 자살 테러를 할 것 같습니다."

마이클의 시선을 받은 김 과장이 목소리를 더 낮췄다.

"그동안 여러 번 한국에 경고했으니까요. 이번에 온 IS 연락원이 그 계획을 갖고 왔을 것 같습니다."

"그 연락원이 파악되었어요?"

마이클이 묻자 김 과장이 대답했다.

"통일회 고위층은 알겠지요."

"……."

"이번 통일회 간부회의는 IS의 테러 후에 일어날 혼란에 대비하려는 성격이 짙습니다."

그때 마이클이 물었다.

"IS의 테러를 막기 위해서 어떤 조처를 하고 있습니까?"

"그래서 오늘 찾아온 것입니다."

전용배가 말하더니 힐끗 김 과장을 보았다. 전용배의 눈짓을 받은 김 과장이 건넌방 문을 열고 들어갔다. 이화진이 엿들을까 봐서 그런 것 같다. 그때 전용배가 말을 이었다.

"이번 IS의 테러는 통일회가 배후입니다. 통일회의 홍태수가 주모자라고 봐야 됩니다."

전용배가 번들거리는 눈으로 마이클을 보았다.

"홍태수는 반(反)국가 세력의 보호를 받고 있어서 이젠 건드릴 수도 없는 존재가 되었습니다. 뚜렷한 증거가 없는 한 체포할 수도, 수색할 수도 없게 되어 있어요."

"……."

"IS 연락원은 물론 행동책도 홍태수 근처에 있을 것입니다."

마이클의 표정을 본 전용배가 길게 숨을 뱉었다.

"마이클 당신한테 전권을 일임합니다. 당신이 IS와 전쟁을 한 경험이 있으니까 당신한테 맡기겠습니다."

"그리고 책임을 미국 국적인 나한테 넘기실 작정이시군."

268

마이클이 웃음 띤 얼굴로 대답했다.

"우리가 여러 번 경고를 했으니까요."

강준길이 손목시계를 보면서 말했다.

"이제 당할 때가 된 겁니다."

"그럼 언제 어떻게 할 겁니까?"

홍태수가 낮게 묻자 강준길이 무표정한 얼굴로 대답했다.

"그걸 말씀드릴 수는 없습니다."

오후 10시 반, 이곳은 영등포역 근처의 사무실 안, 방안에는 홍태수와 최영만, 그리고 강준길까지 셋이 둘러앉아 있다. 창밖에서 차량 소음이 요란하게 울렸고 유리창이 흔들릴 정도다. 소음이 거의 여과 없이 들어오는 것이다. 홍태수가 똑바로 강준길을 보았다. 오늘 강준길을 두 번째 만나는 것이다. 강준길은 40대 중반쯤으로 평범한 인상이다. 옷차림도 후줄근한 점퍼 차림에 둥근 얼굴로 그동안 한 번도 시선을 마주치지 않았다. 시선을 마주치지 않았으니 머릿속에 이 작자의 정확한 인상이 떠오르지 않는다. 그러나 강준길은 IS의 연락원으로 북한 공작조 출신이다. 홍태수가 다시 물었다.

"IS가 통고는 할 거죠?"

"당연하지요."

머리를 끄덕인 강준길이 정색했다.

"5개 목표 중 2개를 공격할 겁니다."

"2개를……."

숨을 들이켠 홍태수가 옆에 앉은 최영만과 시선을 맞추고 나서 말했다.

"시간은 내일 이후가 되어야 합니다, 아시겠지요? 절대 우리하고 연결된 낌새를 보이면 안 됩니다."

"알고 있습니다."

"내일 간부회의 때 우리는 폭력을 규탄한다는 성명을 채택할 거요."

"이해합니다."

"그래도 놈들의 의심을 벗어날 수는 없지만 국민들은 속아 넘어가겠지."

"그런데……."

강준길이 눈을 가늘게 뜨고 홍태수의 가슴께를 보았다.

"한국에 CIA의 집행관이었던 놈이 들어왔습니다. 아주 악질인데……."

"CIA 집행관? 그건 뭐하는 놈이오?"

"도살자요. 반년쯤 전에 유튜브에서 '바그다드의 도살자'라고 떴던 그놈 못 보았습니까?"

"아, 본 것 같은데."

홍태수가 이맛살을 모았다.

"그놈이 CIA 집행관이란 말이오?"

"아니, 그만두었습니다."

"그래서요?"

"CIA하고 틀어져서 쫓기다가 국정원하고 손을 잡은 모양인데……."

홍태수는 이제 시선만 주었고 강준길의 둥근 얼굴이 찌푸려졌다. 그러나 전혀 다른 인상이 되었다.

"우리 요원 둘이 그놈을 미행하다가 잡혔습니다. 그래서 서둘러야겠어요."

270

"잡혀요?"

와락 긴장한 홍태수가 상반신을 기울였다.

"당신들 요원이?"

"그렇소."

"IS가 말이오?"

"아닙니다."

입맛을 다신 강준길이 외면하고 말했다.

"잡힌 동무들은 북조선 공작조요, IS하고는 전혀 상관이 없습니다."

"그렇다면……."

"난 공작조 고위층으로부터 동향만 전달받습니다. 그리고 공작조 고위층도 내 행동을 모릅니다."

"그럼 그 집행관이란 놈 이야기는 왜 하는 거요?"

"KCIA가 그놈을 끌어들인 의도가 궁금해서 그럽니다."

그때 강준길이 처음으로 시선을 들고 홍태수를 보았다. 그 순간 홍태수가 숨을 들이켰다. 강준길의 검은 눈동자 속으로 자신의 눈이 빨려 들어가는 느낌을 받았기 때문이다. 다음 순간 머리끝이 쭈뼛거렸다.

"홍태수는 나흘째 집에 들어오지 않았습니다."

오치근이 머리를 돌려 마이클을 보았다. 오후 11시, 차는 마포대교를 달려가는 중이다. 오치근이 말을 이었다.

"홍태수 측근에 있는 정보원도 사흘간 연락이 끊겼습니다."

"누구야?"

마이클이 묻자 오치근의 시선이 이화진을 스치고 지나갔다. 이화진이 마이클 옆에 앉아 있었기 때문이다.

"홍보 비서로 있는 서윤식입니다, 보스."

"그자도 집에 안 들어갔어?"

"예, 대부분의 통일회 간부들이 집에 안 들어간 상태입니다. 그중 일부분만 소재 파악이 되었지요."

그때 이화진이 말했다.

"소재 파악이 된 놈들은 미끼죠. 그 미끼를 이용해서 미행자를 찾아내는 건데 모두 우리한테서 학습 받은 방법이지요."

밤 12시 반, 상계동 아파트 단지의 주차장 앞쪽 어린이 놀이터를 손으로 가리키며 이화진이 말했다.

"저기, 그네 옆의 통을 보세요."

이화진이 가리킨 곳을 본 마이클이 쓴웃음을 지었다.

"고양이가 따로 없군."

"감시조들은 얼굴은 보지 않았어도 습성이 비슷하니까요. 저도 저 위치를 택했을 겁니다."

"네가 마음에 든다."

머리를 끄덕인 마이클이 어둠에 덮인 놀이터를 보았다. 마이클은 지금 이화진과 함께 상계동 우진아파트 107동 705호에 살고 있는 변종기를 찾아온 것이다. 변종기는 통일회 중간 간부로 알루미늄 공장 관리부장이다. 통일회의 직책은 교육처장, 회원들의 교육을 책임지고 있다. 그런데 변종기는 150명 가까운 통일회 간부 중 자택에 들어와 있는 20여 명 중 하나다. 지금 마이클은 이화진과 함께 변종기의 집 주변을 살피다가 감시자를 찾아낸 것이다. 마이클의 시선이 107동 앞쪽의 지상 주차장에서 옮겨졌다. 어둠에 덮여서 검은 덩어리로만 보이는 차량들

중 한 곳에 변종기를 감시하는 국정원 요원이 있는 것이다. 마이클이 주머니에서 핸드폰을 꺼내 단축 번호를 눌렀다.

"예, 보스."

신호음이 울리자마자 오치근이 대답했다.

"지금 움직이라고 해."

마이클이 지시하자 오치근이 바로 통화를 끊는다. 핸드폰을 귀에서 뗀 마이클이 다시 놀이터의 그네 옆을 보았다. 그네 옆에는 아이들이 들어가 놀도록 커다란 플라스틱 통들이 쌓여있다. 그 옆에 사내 하나가 기대서 있는 것이다. 마이클은 발견하지 못했는데 이화진이 찾아내었다. 그때 주차장으로 검은 그림자가 흔들리는 것 같더니 곧 사내 하나가 나타났다. 그러고는 서둘러 왼쪽 아파트 출구로 다가간다. 아파트는 인적이 뚝 끊겨 있었기 때문에 사내의 움직임이 선명하게 드러났다.

"저기."

그때 이화진이 앞쪽을 손가락으로 가리켰다. 놀이터에서 사내 하나가 나오고 있는 것이다. 요원을 감시하던 북한 공작조다. 이쪽과의 거리는 50미터 정도였는데 이화진이 입술만 달싹이며 말했다.

"통 옆쪽에 하나가 더 있을 겁니다. 감시자가 더 없는 것을 확인하면 아파트에 연락하겠지요."

"저놈은 다른 미행조를 부르겠군."

마이클이 왼쪽 출입구로 다가가는 사내를 가리키며 말했다. 어느새 승용차에서 나온 감시조는 보이지 않고 그 뒤를 쫓는 미행자 뒷모습만 어른거린다.

"네, 그 후에는 윗선에서 해결하겠지요."

이화진이 말했을 때 마이클이 턱으로 놀이터 쪽을 가리켰다.

"네가 오른쪽으로 다가가라."

숨을 들이켠 이화진이 마이클을 보았다.

아파트 밖으로 나온 유근철이 왼쪽 모퉁이로 꺾어지는 사내를 보았다. 빠르다. 마음이 급해진 유근철이 핸드폰을 귀에 붙이고 말했다.

"편의점 로터리에서 왼쪽으로 꺾어졌다."

핸드폰을 귀에서 뗀 유근철이 이제는 뛰었다. 인적이 뚝 끊긴 아파트 단지 앞쪽 길이다. 고무 밑창의 운동화여서 발자국 소리는 들리지 않는다. 유근철이 모퉁이로 꺾어진 순간이다. 눈앞에 검은 그림자가 나타난 것 같더니 갑자기 목에 격렬한 충격이 왔다.

"컥!"

자신의 입에서 뱉어지는 신음을 들으면서 유근철이 뒤로 벌떡 넘어졌다. 야구 배트 비슷한 물체로 목울대를 맞은 것이다.

박양근은 오른쪽에서 다가오는 여자를 보았다. 반코트 차림에 바지를 입었고 운동화를 신었다. 두 손을 코트 주머니에 찌른 채 빠른 걸음으로 다가온다. 앞쪽 104동을 향하고 있다. 그러나 여자가 지나는 방향은 바로 그네 옆이다. 통에 기대서 있었으니 여자의 행로에서 5미터쯤 떨어져 있다. 여자와의 거리는 50미터. 박양근은 몸을 돌려 통 뒤쪽으로 다가갔다. 뒤쪽에 숨으면 통에 가려지게 된다. 통 뒤쪽으로 몸을 돌린 순간이다.

"퍽!"

턱뼈가 부서지는 것 같은 충격과 함께 박양근이 뒤로 머리를 젖혔다.

"퍽!"

이번에는 관자놀이가 부서지는 느낌이 들면서 머리가 훌떡 옆으로 젖혀진 박양근이 통에 몸을 부딪치며 엎어졌다.

"이놈 끌고 가자."

땅바닥에 엎어진 박양근이 의식이 끊기는 순간에 사내의 목소리를 들었다.

"뭐 흘린 것 있나 잘 봐."

이 말은 못 들었다. 손에 낀 쇠뭉치를 빼낸 마이클이 박양근의 뒷덜미를 움켜쥐었다.

"이 자식들, 자는 모양이군."

7조의 연락이 20분 늦었지만 문주식은 크게 염려하지 않았다. 오전 2시 20분, 종로2가의 사무실 안, 소파에 비스듬히 누운 문주식이 음소거를 시킨 TV를 응시한 채 다시 혼잣소리처럼 말했다.

"에이, 이제 며칠만 더 고생하면 되겠다."

이곳 중간 연락소 역할도 지겹고 고되기는 마찬가지다. 하루 2교대로 12시간을 꼬박 통신에 매달려야 한다. 같은 일을 반복하면 무기력해진다. 그래서 5일 이상은 반복시키지 않아야 하는데 오늘이 딱 5일째인 것이다. 복도에서 인기척이 났다. 바깥 경비인 윤기성이 들어오는 것 같다. 조금 전에 양성진이 교대하러 나갔기 때문이다. 다시 TV 화면으로 시선을 돌린 문주식은 주윤발이 권총을 난사하는 장면을 보았다. 베레타92-F를 쏜다. 음소거를 시켜서 탄피만 튀어나오고 있다. 그때 문이 열리더니 윤기성이 들어섰다. 주윤발이 마지막 한 발까지 쏘는 것을 다 보고 머리를 돌렸던 문주식이 숨을 들이켰다. 장신의 외국인이 서 있다. 윤기성이 아니다. 놀란 문주식이 입을 떡 벌린 순간이다.

"퍽!"

사내의 손에 쥔 베레타92-F, 소음기까지 끼워져서 길어진 총구에서 둔탁한 발사음이 울렸다. 다음 순간 어깨가 떨어져 나가는 것 같은 충격을 받은 문주식이 벌떡 뒤로 넘어졌을 때 사내가 빙그레 웃었다. 그때 다시 한 발의 발사음이 울렸다.

"퍽!"

이번에는 무릎뼈가 박살났다.

"아윽!"

참을 수 없는 고통으로 문주식이 비명을 질렀을 때다. 한걸음에 다가온 사내가 총의 손잡이 부분을 휘둘러 문주식의 뒤통수를 쳤다.

"뻑석!"

뒷머리뼈가 부서지는 소음이다.

오전 8시 반, 국정원장 심학수가 출근하는 차 안에서 핸드폰을 귀에 붙였다. 제1차장 전용배의 전화다.

"원장님, 조금 전에 공작조장을 생포했습니다."

전용배가 거두절미하고 보고했다.

"공작조장?"

놀란 심학수가 되물었을 때 전용배가 서두르듯 말을 이었다.

"예, 중간 연락 장소인 종로2가 사무실에서 중간 간부를 2시 반쯤 생포했습니다. 사무실에는 4명이 있었는데 둘은 사살, 둘은 생포한 겁니다."

"……."

"집행관이 직접 나섰습니다. 우리가 위치 추적은 해주었지요. 그러고 나서⋯⋯."

"공작조장을 찾아내었나?"

"예, 중간 간부 핸드폰의 위치추적으로 영등포 문래동에 잠복하고 있던 공작조장 조상천을 생포, 경호원 넷은 현장에서 사살했습니다."

"그것도 집행관이?"

"예, 집행관이 직원 둘을 데리고⋯⋯."

"공작조장은 지금 어딨나?"

"마포 안가에 잡아 놨습니다. 지금 이쪽으로 오시겠습니까?"

전용배도 마포 안가에 있다는 말이다.

"가지."

심학수는 자신의 목소리가 흥분으로 떨리는 것을 들었다. 이렇게 빨리 진행될 줄이야. 지지부진하면서 통일회 모임을 기다리고만 있던 상황이다. 집행관이 일을 끌어간다.

"으아악!"

비명이 지하실을 울렸다. 전용배가 숨을 들이켜자 피비린내가 맡아졌다.

"으아아아."

다시 조상천이 신음을 뱉더니 온몸을 떨기 시작했다. 전용배는 벽에 등을 붙인 채 조상천과 그 앞쪽에 서 있는 마이클을 번갈아 보았다. 지독하다. 지금까지 별일을 다 겪은 전용배다. 현장에서 참혹한 시체도 여러 번 보았고 총격전으로 부상도 당해 보았다. 그런데 눈앞에서 고문을 하는 장면은 처음이다. 그리고 이런 고문이 있었단 말인가? 조금 전부터 구역질이 나려고 했고 함께 들어왔던 보좌관 정영식은 조금 전에 밖으로 나갔다. 토하려고 나간 것 같다.

"으아아아아."

이제 조상천이 울음 섞인 비명을 길게 뺀다. 조상천의 피부가 벗겨지고 있는 것이다. 도살자, 저놈은 인간이 아니다. '바그다드의 도살자', 지난번 유튜브에 찍힌 대로 그냥 목을 비틀어 죽이는 것이 백 배더 짧잖다. 그때 조상천이 악을 쓰듯 외쳤다.

"털어놓겠어! 다 털어놓겠어!"

그러나 마이클은 듣지 못한 것처럼 팔의 껍질을 벗겨 올라가고 있다. 살과 피부가 분리되면서 무수한 붉은 핏방울이 일어난다. 흰 살에서 솟아나는 핏방울, 그것이 금방 핏물이 되어 살을 덮는다.

"아이고! 다 털어놓을게!"

그때 문이 열리더니 국정원장이 들어섰다.

30분쯤이 지났을 때 지하실에서 나온 국정원장 심학수, 제1차장 전용배가 마이클과 함께 1층 사무실에 둘러앉았다. 심학수는 보좌관도 참석시키지 않았다. 심학수가 굳어진 얼굴로 마이클을 보았다.

"믿을 수 있겠나?"

심학수는 조상천의 자백을 들은 것이다. 공작조는 IS 측에 5개 목표에 대한 정보를 제공해 주었다. 그 5개 목표란 서울시청, 경찰청, 국제호텔, 무역센터, 고속터미널이다. IS 자폭 테러는 그 5개 목표를 대상으로 일어날 것이라고 했다. 조상천은 또한 한국에 온 마이클 로한의 추적, 생포 지시를 받았는데 무슨 수단을 쓰더라도 최철산이 비밀구좌에 은닉한 자금을 회수하라는 것이었다. 마이클의 얼굴에 쓴웃음이 번졌다.

"믿지 않으면 어쩌실 건데요?"

그 순간 전용배의 얼굴이 시멘트 덩어리처럼 굳어졌다. 심학수도 외면했는데 굳게 다문 입술 끝이 희미하게 떨리고 있다. 마이클이 소파에 등을 붙이더니 둘을 번갈아 보았다. 마이클의 얼굴도 어느새 굳어 있다.

"두 분은 아직 현재 상황을 실감하지 못하고 계신 것 같습니다."

마이클의 시선이 똑바로 심학수에게 옮겨졌다.

"북한 공작조장의 자백이 허위라고 하더라도 그 내용만으로도 국가 비상사태가 아닙니까? 그런데 직접 들으시고도 믿을 수 있겠느냐고 해요?"

"이, 이 사람아……."

당황한 전용배가 손을 들었을 때 마이클이 머리를 저었다.

"한 번도 이런 상황을 겪지 않았다고 해도 그런 반응을 보이시다니, 놀랍습니다."

"날 모욕하는 건가?"

심학수가 버럭 소리쳤을 때 마이클이 머리를 들었다.

"예, 각하."

"뭐라고?"

"육참총장 출신이라고 들었습니다만 실망했습니다. 지금 이러고 있을 때가 아닙니다."

"아니, 이……."

그때 마이클의 시선이 전용배에게로 옮겨졌다.

"자백 확인을 할 여유가 없습니다."

전용배가 머리를 끄덕였고 마이클이 말을 이었다.

"비상훈련 식으로 이 5개 목표의 경비를 해야 됩니다. 그리고 검문검색을 실시해야지요."

"그, 그것은 대통령의 지시가 있어야……."

"지금 받으셔야죠."

마이클의 얼굴에 다시 쓴웃음이 떠올랐다.

"내가 CIA 측에 연락할까요?"

"아니, 내가 하겠네."

전용배가 대답하더니 옆쪽에 앉은 심학수를 보았다.

"원장님, 진정하시고 나가시지요."

"이자를 집행관에서 해임시켜."

불쑥 심학수가 말했다.

"그리고 저놈 자백도 믿을 수 없어. 그놈 말만 믿고 전국을 비상 상황으로 몰아갈 수는 없어."

"원장님."

당황한 전용배가 심학수를 보았다.

"그렇다면 그냥 놔두자는 말씀입니까? 그러다가……."

"더 확실하게 조사를 하자는 거야. 북한 공작조 한 놈의 자백으로 나라가 혼란에 빠지면 되겠나?"

심학수가 목소리를 높였을 때 마이클이 자리에서 일어서며 말했다.

"고위층 한 명의 무능이 나라를 망하게 할 수도 있는 겁니다."

"뭐라고?"

"오늘 이 방안의 대화는 녹음했습니다."

마이클이 점퍼 주머니를 가볍게 손으로 두드리며 말했다.

"자살폭탄 테러가 터졌을 때 정보 최고 책임자가 당시에 어떤 행동을 했는지 증거가 되겠지요."

그 순간 심학수의 얼굴이 하얗게 굳어졌다. 입을 반쯤 벌린 심학수가 눈을 치켜떴을 때 마이클이 방을 나왔다. 그때 전용배가 따라 나왔다.

"마이클."

복도에서 마이클을 불러 세운 전용배가 다가와 섰다.

"전권을 줄 테니 잡아 없애주게."

전용배가 이 사이로 말하자 마이클의 시선이 뒤쪽 방으로 옮겨졌다.

"원장은 어떻게 하시렵니까?"

"원장은 신중론자야, 나한테 맡겨둬."

"신중하다가 나라 망합니다."

"글쎄, 원장 걱정은 말고."

전용배가 마이클의 어깨를 밀었다.

"지원이 필요하면 나한테 직접 연락해."

그러고는 전용배가 몸을 돌렸다.

"저 집입니다."

이화진이 눈으로 앞쪽 가게를 가리켰다. 아이스크림 가게다. 이곳은 마포 경찰서 옆, 오전 9시 반이어서 차도와 인도는 모두 혼잡했다. 편의점 옆에 나란히 붙어선 이화진이 강윤희에게 말을 이었다.

"저곳 카운터에 가방을 맡겨 놓았지요. 그 후로 가본 적이 없습니다."강윤희가 머리를 끄덕였다. 잡힌 조상천이 자백한 '지번 포인트'가 바로 저곳이다. '유나 아이스크림', 일주일 전에 이화진은 묵직한 알루미늄 가방을 전달받아 저곳에 맡기고 왔다. 내용물은 모른다. 그 가방도 전화 연락을 받고 서대문의 식당 카운터에서 찾아왔을 뿐이다. 그때 이화진이 물었다.

"그 가방에 폭탄이 들었습니까?"

"내가 어떻게 알아? 네가 알지."

"이런 식으로는 못 찾습니다.""넌 입 닥치고 시킨 대로만 해."쓴웃음을 지은 강윤희가 나무랐다. 둘은 한 팀이 되어 있었는데 그렇다고 이화진을 믿고 있는 것이 아니다. 그들 옆쪽으로 10미터쯤 거리에 경호팀 2명이 붙어있다. 이화진도 그것을 알고 있다. 그때 강윤희의 점퍼 주머니에 든 핸드폰이 진동했다. 핸드폰을 집어든 강윤희가 발신자를 보았다. 마이클이다.

"여보세요."

강윤희가 서둘러 응답했을 때 마이클이 물었다.

"거기 어디야?"

"마포경찰서 옆 아이스크림 가게 근처입니다."

"뭐라고?"마이클의 목소리가 높아졌다.

"마포경찰서?"

"예, 아이스크림 가게에 가방을 맡겼다는 겁니다."

"가게가 경찰서 옆이야?"

"정문에서 10미터쯤 떨어져 있어요."

잠깐 말을 멈췄던 마이클이 다시 물었다.

"카운터에 누가 있어?"

"여직원인데요.""이화진이 가방을 맡겼을 때는 누구였냐고 물어봐."

"예, 보스."

핸드폰을 귀에서 뗀 강윤희가 이화진에게 물었다.

"그때 가방을 맡길 때 누가 받았지?"

"남자였는데 주인 같았어요, 40대쯤."

강윤희가 핸드폰을 귀에 붙였다.

"남자, 주인, 40대쯤이랍니다."

"나도 들었어."

핸드폰 수화구를 이화진 쪽에 댄 것이다. 그때 마이클이 말했다.

"거기 감시 남겨놓고 철수해라."

핸드폰을 귀에서 뗀 마이클이 얼굴을 찌푸리며 웃었다.

"IS의 수단이 조금도 진화하지 않았군. 이곳에 최철산이 있었다면 좋을 텐데."

이곳은 서교동의 오피스텔 안이다. 임시로 만들어진 '작전상황실' 형식이어서 책상과 의자, 소파가 어수선하게 놓였지만 벽에 통신장비는 정연하게 배치되었다. 소파에 둘러앉은 인원은 대여섯. 작전국장 최동국이 책임자였지만 실제로는 마이클이 지휘하고 있다. 마이클이 간부들을 둘러보았다.

"폭탄을 분해해서 가져와 아이스크림 가게에 놓을 거요. 가게 주인인 사내는 중간 전달책 역할인데 위치가 경찰서 옆이야."

마이클의 두 눈이 번들거렸다.

"IS 수단이긴 한데 이곳 한국에서는 별로 세심하게 신경을 쓰는 것 같지 않군." "……."

"목표 중 하나인 경철서 옆 가게를 중간 전달 장소로 만들다니, 이곳에서 바로 폭탄을 조립해서 던질 수도 있겠어."

마이클이 머리를 저었다.

"유럽이나 미국 같은 곳에서는 이렇게 안 해, 10번도 더 옮겨."

그때 듣기만 하던 최동국이 말했다.

"여긴 처음이니까 그런 모양이군, 마이클. 통일회와 시간을 맞추려고 서둘기도 한 것 같아.""그런 것 같아요."

머리를 끄덕여 보인 마이클이 머리를 들고 최동국을 보았다.

"국장님, 여기 모인 간부들은 믿을 만합니까?"

"무슨 말이오?"최동국이 넓은 얼굴을 들고 마이클을 노려보았다. 최동국은 전용배의 심복이다. 얼마 전에 해외작전국장 원경호를 도태시켰고 CIA간부들을 대량 해고시키고 감옥까지 보낸 마이클이다. 최동국은 마이클이 아침에 국정원장을 면전에서 모욕을 줬다는 것도 전용배한테서 들은 것이다. 지금 전용배는 국정원장 심학수를 소외시키고 '특별상황실'을 운용하고 있다. 자리뿐만 아니라 목숨을 걸고 심학수를 거의 감금시킨 상태로 만들어놓은 것이다. 따라서 자신과 여기 모인 간부들은 전용배와 뜻을 함께 하는 특공대나 같다. 그때 최동국이 이 사이로 말했다.

"다 알면서 그러시오? 우린 목숨까지 걸었어, 당신과 함께 말이오."

오후 12시 반, 홍태수는 최영만과 서윤식, 안현구와 함께 점심을 먹는다. 통일회의 실세 넷이 모두 모인 셈이다. 이곳은 청담동의 중식당 '북경'의 밀실 안. 홍태수의 단골 식당이다. 유명한 식당이어서 예약 손님 외에는 받지 않는 데다 자장면 한 그릇에 12,000원이나 받지만 항상 만원이다. 그만큼 맛이 있기 때문이다.

"언론사는 몇 곳이나 올 건가?"

자장면을 삼킨 홍태수가 묻자 홍보비서 서윤식이 대답했다.

"종편까지 TV방송국이 9개, 교회 안에 입장 허가를 내준 언론사는

72개, 2백 명 정도 됩니다."

"간부들보다 많겠군."

쓴웃음을 지었지만 홍태수의 얼굴은 밝다. 이것으로 통일회의 명성이 한 계단 올라갈 것이다. 그때 조직국장 안현구가 홍태수에게 물었다.

"총장님, 민족당 대표께서 내일 중앙당 회의에 참석해 달라고 하셨지요?"

"그래, 난 최고의원이니까 참석은 해야겠지만……."

홍태수가 젓가락으로 반찬을 깨작거리며 말했다.

"하지만 안 만날 거야. 대표 들러리는 이제 그만 해야겠어."

홍태수는 민족당 내부에 3명의 현역 의원, 30여 명의 원외 의원장을 거느린 계보의 수뇌인 것이다. 통일회는 전국에 13만 가까운 회원을 거느린 정치단체다. 홍태수는 현역 의원이 아니었지만 배후의 영향력도 민족당 대표 유원철 못지않았다. 남북관계에 있어서는 오히려 유원철보다 낫다는 평가를 받는다. 그것은 북한 측이 중요한 사안이 있으면 홍태수를 찾기 때문이기도 하다. 통일회 회장 양성호는 80이 넘은 원로여서 홍태수가 전권을 장악하고 있는 것이다. 그때 홍태수가 말을 이었다.

"오늘 우리의 평화 선언이 기폭제가 될 거야. 모두 정신을 차려야 돼."

"예, 총장님."

모두 제각기 대답했을 때 종업원이 음식 싣는 수레에 요리를 싣고 왔다. 탕수육과 양장피, 해삼탕도 놓였다.

"음, 든든히 먹고 오늘 저녁 양동성당에 나가야지."

요리 접시가 놓이자 홍태수가 웃음 띤 얼굴로 말했다.

"저녁에는 아마 뭘 먹을 시간이 없을 거야, 미리 든든히 먹어둬."

"고추잡채가 안 왔습니다."

종업원이 말하더니 서둘러 몸을 돌렸다.

"이 집은 탕수육이 맛있어."

서윤식이 탕수육을 한 점 집으면서 말했다. 푸짐한 요리가 방안 분위기를 밝게 만들었다. 모두 홍태수와 10년이 넘는 동안 동고동락을 해온 투사들이다. 네 명 모두가 국보법 위반으로 형을 살고 나온 터라 똘똘 뭉쳐있다. 그때 안현구가 홍태수를 보았다.

"잘 진행되고 있습니다."

안현구의 시선을 받은 홍태수가 머리를 끄덕였다.

"이제 정신을 차리겠지."

홍태수는 더 이상 말을 잇지 않았고 넷은 다시 먹는 것에 열중했다. 그때 최영만이 음식 수레를 힐끗 보면서 말했다.

"고추잡채를 왜 안 가져 오는 거야?"

그 순간이다.

"꽈꽝!"

엄청난 폭음과 함께 방안은 산산조각이 났다. 벽이 모두 날아갔고 폭발과 함께 불길이 솟으면서 천장까지 무너졌다. 폭발력은 엄청나서 옆방도 무너뜨렸는데 그쪽 방도 화염에 휩싸였다.

10분 후에 신고를 받고 달려온 강남소방서 소방차 3대는 화재를 진압하는 데 1시간이 넘게 걸렸다. 그때는 강남경찰서장도 달려와 있었는데 옆에 선 정보과장으로부터 다급한 보고를 받는다.

"사망자가 7명입니다, 서장님."

286

"젠장, 일곱이나 돼?"

투덜거린 서장 윤창식이 정보과장을 노려보았다.

"폭발물이야?"

"예, 그런데 그것이⋯⋯."

정보과장 이철재가 손에 쥐고 있던 팸플릿을 윤창식에 건네주었다.

"현장에 이것이 여러 장 뿌려져 있습니다."팸플릿을 받아든 윤창식이 숨을 들이켰다.

"IS는 미 제국주의의 충실한 개가 되어있는 한국을 처벌한다. 이것이 처음이 아니다, 이제 너희들이 죄를 뉘우치지 않는 한 IS의 형벌은 계속될 것이다!"

붉은색 글씨로 또박또박 쓰인 글씨, 맞춤법도 틀리지 않았다. 윤창식의 얼굴이 굳어졌다.

"이, 이것이⋯⋯."

"그때 이철재가 외면하고 말했다.

"벌써 언론사 놈들이 집어 갔습니다."

"이, 이게⋯⋯."

전용배가 말을 더듬었다. 오후 1시 반, 서교동의 오피스텔 안, 달려온 전용배의 얼굴은 상기되었다.

"지, 지금 마이클은 어디 있나?"

"예, 집행관은 작전 중입니다."

최동국의 대답이다. 머리를 든 전용배가 처음 만난 사람처럼 최동국을 보았다.

"최 국장, 지금 뭐라고 했어?"

"예, 작전 중이라고 했습니다."다시 입을 열었던 전용배가 어깨를 늘어뜨렸다. 앞쪽에 음소거를 시킨 TV에서 앵커가 열심히 입만 뻐끔대고 있었는데 아래쪽에 자막이 나왔다.

"통일회 사무총장 홍태수, 관리국장 최영만, 홍보비서 서윤식, 조직국장 안현구……"

중식당 '북경'에서 폭사한 사망자 명단이다. 방안에 무거운 적막이 덮였다. '북경'은 IS테러에 의해 폭파되었다. IS는 테러를 자행하고 나서 당당히 자신들의 소행이라고 선전문까지 수십 장을 뿌린 것이다. 지금 전국은 비상 상황이 되어있고 대통령은 비상 각료회의를 소집했다. 그런데 폭사자 명단에 통일회 최고위급 간부들이 끼어 있다니, 언론은 계속해서 통일회 간부들을 보도하고 있다. 그때 전용배가 심호흡을 했다.

"기가 막히는군."

둘러앉은 간부들은 전용배의 시선을 받지 않았다. 전용배가 말을 이었다.

"이렇게 뒤집어 버리다니……."

이 말뜻을 앞에 앉은 간부 몇 명 외에는 아무도 짐작하지 못할 것이었다. 그때 전용배 옆으로 보좌관이 다가섰다.

"차장님, 박 과장한테서 연락이 왔습니다."

전용배의 시선을 받은 보좌관이 목소리를 낮췄지만 간부들은 다 들었다.

"원장님이 해외작전국장한테 연락해서 특수팀이 출동했습니다."

전용배의 얼굴에 쓴웃음이 번졌다.

"빠르군."

"원장님 감시팀은 충돌 없이 철수했습니다."

"어차피 비상 각료회의에 참석해야 할 테니까."

"그런데 지금 원장님이 이동 중입니다."

전용배는 시선만 주었다.

"좋습니다, 30분쯤 후에는 도착할 겁니다."

국정원장 심학수가 말하고는 핸드폰을 귀에서 떼었다. 차는 한남대교 남단에서 올림픽대로로 꺾어졌다. 심학수가 앞쪽에 앉은 해외작전 국장 원경호에게 말했다.

"간부들을 모두 모으도록. 그리고 감찰국장을 바꿔."

"예, 원장님."

원경호가 서둘러 버튼을 누르더니 곧 감찰국장과 연결이 되었다. 승용차는 이제 여의도를 향해 곧장 달려가고 있다.

"국장, 난데."

심학수가 참모총장이었을 때 비서실장으로 데리고 있었던 감찰국장이다. 심학수가 어깨를 부풀리고 말했다.

"전용배부터 체포해. 그놈을 추종한 간부급 명단은 파악하는 대로 직위 해제시키고 체포해."

"예, 원장님."

"현재까지 몇 명이 파악되었나?"

"27명입니다, 원장님."

"내가 지금 CIA 지부장 맥도널을 만나러 간다. 그 친구 만나고 나서 각료회의 끝나면 오후 6시쯤 될 거야, 7시에 간부 회의다.""예, 원장님."

"그때까지 모두 체포해, 전용배까지. 반란죄다.""알겠습니다."

통화를 끝낸 심학수가 힐끗 뒤쪽을 보았다. 경호차가 2대나 따르고 있다.

"국정원장의 꼬리에 불이 붙었군."

CIA 서울 지부장 맥도널이 쓴웃음을 지었다. 손목시계를 본 맥도널이 보좌관 크리스에게 말했다.

"올 때 되었다, 크리스. 데려와."

이곳은 여의도의 부룩클린 호텔 17층, CIA의 안가다. 크리스가 방을 나가자 맥도널이 토쿄에서 파견 나온 로렌스에게 말했다.

"낮에 통일회 간부들을 폭사시킨 건 '집행관' 그놈이야."

맥도널의 얼굴에 웃음이 떠올랐다.

"한국 국정원이 두 그룹으로 나뉘었어. 이제 원장 놈을 우리가 장악하면 우리는 돌멩이 한 개 던져서 새 3마리를 잡게 돼."

"맥도널 씨, 당신은 너무 낙천적이야."

말은 그렇게 했지만 로렌스의 얼굴에도 쓴웃음이 떠올랐다. 로렌스는 아시아 지역 감찰관이다. 맥도널이 말을 이었다.

"마이클 그놈이 교묘해. IS 수법으로 IS 동조자 놈들을 폭사시켰으니까 말이야."

"이 기회에 우리가 한국 국정원을 장악해버리고 마이클까지 제거하면 되겠군."

로렌스가 그렇게 말한 순간이다. 문이 열리더니 사내 하나가 들어섰다. 머리를 든 둘은 일제히 숨을 들이켰다. 그 순간 사내가 쥔 '무지'기관총에서 빗발 같은 총탄이 쏟아졌다. 소음기를 끼어서 총성이 괴상했다. 사내는 마이클이다.

"우두두두두두두."

290

30발 실탄을 두 몸뚱이가 그대로 받았으니 벌집이 따로 없다. 이윽고 마이클이 주머니에서 비눗갑만 한 상자 3개를 꺼내더니 3면의 벽에 붙이고는 방을 나갔다.

"꽈꽝!"

10초쯤 후에 부룩클린 호텔 17층이 통째로 폭발하면서 이미 복도에 시체가 되어있던 국정원장 일행이 함께 날아갔다. 그때 17층에서 뿌려진 IS 팸플릿이 마치 축제 때의 꽃잎처럼 떨어지고 있었다.

<끝>